DE KRINAR-GEVANGENE

ANNA ZAIRES

♠ Mozaika Publications ♠

Uitgegeven door Mozaika Publications, onderdeel van Mozaika LLC.
www.mozaikallc.com

Coverontwerp: Okay Creations
www.okaycreations.com

Vertaling: Parel Blokken

ISBN e-book: 978-1-63142-535-6
ISBN: 978-1-63142-536-3

Ik wil niet dood. Ik wil niet dood. Alsjeblieft, alsjeblieft, ik wil niet dood.

De woorden bleven door haar hoofd gaan. Een wanhopige smeekbede die nooit gehoord zou worden. Haar vingers gleden nog een centimeter verder weg op het ruwe hout; ze brak haar nagels in haar pogingen om de grip niet te verliezen.

Emily Ross hing aan een kapotte, oude brug. Tientallen meters beneden haar raasde het water over de rotsachtige rivierbodem. Het had veel geregend de afgelopen tijd, waardoor de bergrivier snel stroomde.

Die regen was een van de oorzaken van haar huidige penibele situatie. Als het hout van de brug droog was geweest, was ze misschien niet uitgegleden, waarbij ze haar enkel had verzwikt. En ze zou zeker niet tegen de reling gevallen zijn, die het door haar gewicht had begeven.

Alleen het feit dat ze zich op het laatste moment

had weten vast te grijpen, had voorkomen dat Emily richting haar dood was gevallen. In haar val had haar rechterhand een kleine uitstulping aan de zijkant van de brug gepakt, en nu bungelde ze tientallen meters boven de harde rotsen in de lucht.

Ik wil niet dood. Ik wil niet dood. Alsjeblieft, alsjeblieft, alsjeblieft, ik wil niet dood.

Het was niet eerlijk. Dit was niet de manier waarop het horde te gaan. Ze was op vakantie om weer tot zichzelf te komen. Hoe was het mogelijk dat ze uitgerekend nu zou doodgaan? Ze was nog niet eens begonnen met leven.

Beelden van de afgelopen twee jaar schoten voor Emily's geestesoog voorbij, vormgegeven als de PowerPoint-presentaties waaraan ze zoveel uren van haar leven had besteed. Alle avonden en weekends die ze op kantoor had doorgebracht, het was allemaal voor niets geweest. Ze was haar baan kwijtgeraakt in een ontslagronde en nu stond ze op het punt dood te gaan.

Nee, nee!

Emily's benen zwiepten heen en weer, haar nagels groeven zich dieper in het hout. Met haar andere arm reikte ze omhoog naar de brug. Dit zou haar niet overkomen. Ze zou het niet laten gebeuren. Ze had te hard gewerkt om zich door een lullige brug te laten verslaan.

Het ruwe hout sneed in haar vingers en er liep bloed langs haar armen naar beneden, maar ze negeerde de pijn. Haar enige kans op overleving was als ze de zijkant van de brug met haar andere hand kon vastgrijpen en zichzelf omhoog kon trekken. Er was hier niemand die haar kon redden als ze zichzelf niet redde.

De mogelijkheid dat ze moederziel alleen zou kunnen sterven in het regenwoud was niet bij Emily opgekomen toen ze aan deze reis begon. Ze was een ervaren wandelaar en kampeerder, en zelfs na de twee helse jaren die ze achter de rug had, was ze nog altijd goed in vorm. Ze had haar conditie onderhouden met hardlopen en teamsporten op highschool en de Universiteit. Costa Rica stond bekend als een veilige bestemming; er was weinig criminaliteit en men was er gewend aan toeristen. Ook was het hier niet al te duur – een belangrijke overweging gezien haar snel slinkende spaarsaldo.

Ze had deze reis al geboekt vóórdat alles bergafwaarts ging. Voordat de markt weer in een vrije val was geraakt, voordat er weer een ontslagronde volgde die duizenden medewerkers op Wall Street hun baan kostte. Voordat Emily op een doodgewone maandag naar haar werk ging, met kringen onder haar ogen omdat ze het hele weekend door had gebuffeld, en diezelfde dag met haar bezittingen in een kartonnen doos de deur weer uit liep.

Voordat haar vier jaar lange relatie was uitgegaan.

Het was haar eerste vakantie in twee jaar tijd. En ze ging hem niet overleven.

Nee, zo moet je niet denken. Dat gaat niet gebeuren.

Maar Emily wist dat ze tegen zichzelf loog. Ze voelde haar vingers nog verder wegglippen, haar rechterarm en -schouder branden van de inspanning die het kostte om haar lichaamsgewicht tegen te houden. Haar linkerhand was heel dicht bij de zijkant van de brug, maar of het nu een paar centimeter was of een paar kilometer, het deed er niet toe. Het was onmogelijk om genoeg grip te krijgen om zichzelf met één arm omhoog te hijsen.

Doe het nou, Emily! Niet nadenken, gewoon doen!

Ze verzamelde al haar kracht, zwiepte haar benen omhoog en gebruikte het momentum om haar lichaam een klein stukje omhoog te brengen. Met haar linkerhand greep ze een uitstekend deel van de brug vast, en... het fragiele stuk hout brak. Er kwam een kreet van doodsangst uit haar keel.

Emily's laatste gedachte voordat haar lichaam de rotsen raakte, was: *ik hoop dat ik in één klap dood ben.*

DE GEUR VAN HET OERWOUD, RIJK EN INDRINGEND, drong Zarons neusgaten binnen. Hij ademde diep in en liet de vochtige lucht zijn longen vullen. Dit kleine stukje van de aarde was schoon, bijna net zo onbezoedeld als zijn thuisplaneet.

Dit was wat hij nu nodig had. Frisse lucht, ruimte, alleen zijn. De afgelopen zes maanden had hij geprobeerd weg te vluchten van zijn eigen malende gedachten en in het hier en nu te leven, maar het was hem niet gelukt. Zelfs bloed en seks hielpen niet meer. Tijdens de daad kon hij wel even zijn gedachten verzetten, maar naderhand kwam de pijn weer net zo hard terug.

Het was hem te veel geworden. Het vuil, de menigten, de stank van de mensheid. Als hij zich niet in een extatische schemerwereld bevond, was hij steevast diepongelukkig. Zijn zintuigen waren overprikkeld na zo lange tijd in mensensteden te hebben geleefd. Hier was het beter. Hier kon hij ademen zonder gif in zijn system te krijgen, kon hij leven ruiken in plaats van chemicaliën. Over een paar jaar zou alles anders zijn en dan zou hij het leven in een mensenstad wel weer een kans geven, maar nu niet.

Niet voordat ze hier volledig voet aan de grond hadden gekregen.

Dit was Zarons taak: hij was verantwoordelijk voor het stichten van nederzettingen. Hij had al tientallen jaren onderzoek gedaan naar de flora en fauna op aarde en toen de Raad zijn hulp vroeg bij de aankomende kolonisatie, had hij niet getwijfeld. Alles liever dan thuis zijn, waar alles hem herinnerde aan Larita.

Hier lagen geen herinneringen. Hoeveel overeenkomsten deze planeet ook had met Krina, het was hier vreemd en exotisch. Zeven miljard homo sapiens op aarde – een onbevattelijk aantal – en ze vermenigvuldigden zich op een krankzinnig tempo. Hun korte levensspanne en daaruit voortvloeiende gebrek aan langetermijnplanning hadden ertoe geleid dat ze de natuurlijke bronnen van de planeet in hoog tempo uitputten, zonder zich zorgen te maken over de toekomst. In sommige opzichten deden ze hem denken aan de *Schistocerca gregaria*, een sprinkhaansoort die hij een paar jaar geleden bestudeerd had.

Goed, mensen waren intelligenter dan insecten. Sommige individuen, zoals Einstein, hadden zelfs Krinar-achtige intelligentie. Dit verbaasde Zaron niet echt: hij had altijd vermoed dat dit de bedoeling was van het grote experiment van de Ouderen.

Terwijl hij door het oerwoud van Costa Rica liep, dacht hij na over zijn taak. Dit stukje van de planeet was veelbelovend. Het was niet moeilijk om zich voor te stellen dat hier eetbare planten van Krina zouden kunnen groeien. Hij had de bodem uitvoerig getest en hij had wel wat ideeën om hem nog beter geschikt te maken voor de gewassen van Krina.

Overal om hem heen was het bos overvloedig en intens groen. Het rook er naar bloeiende heliconia's en hij hoorde de ritselende bladeren en inheemse vogels. In de verte klonk de roep van een *Alouatta palliata*, een brulaap die hier voorkwam, en nog iets anders.

Zaron fronste en luisterde nog wat aandachtiger, maar het geluid bleef uit.

Nieuwsgierig liep hij in de richting waar het vandaan was gekomen. Zijn jagersinstinct stond op scherp. Heel even had het geluid hem doen denken aan de kreet van een vrouw.

Hij bewoog zich gemakkelijk door de dikke, dichte begroeiing van de jungle, en versnelde zijn pas nog wat om over een stroompje en een paar bosjes die in de weg stonden heen te springen. Hier, waar mensen hem niet konden zien, stond niets hem in de weg om zich te bewegen als een Krinar. Binnen een paar minuten was hij dichtbij genoeg om de geur op te pikken. Scherp en koperachtig. Hij watertandde en zijn pik roerde zich.

Het was bloed.

Mensenbloed.

Eenmaal op de plek waar het geluid en de geur vandaan kwamen stond Zaron abrupt stil en hij staarde naar wat hij voor zich zag.

Het was een bergrivier die snel stroomde omdat het recentelijk hevig had geregend. En op de grote, zwarte rotsen in het midden, onder een oude houten brug over de kloof, lag een lichaam.

Een lichaam van een mensenmeisje, in een onmogelijke houding.

HOOFDSTUK TWEE

Zaron onderdrukte een vloek en sprong de rivier in. Als hij een mens was geweest, zou hij meteen zijn meegevoerd door de sterke stroming. Zelfs nu nog moest hij al zijn kracht aanwenden om door het woeste water te zwemmen. Een paar keer raakten zijn benen rotsen onder water, maar hij negeerde de pijn. Blauwe plekken deden zijn soort niets. Tegen de tijd dat hij bij de stenen verderop was, zouden die alweer zijn geheeld.

Eindelijk was hij er. Hij klom op de gladde rotsen en knielde naast het meisje neer dat daar lag. Ze leefde nog; hij hoorde haar zwakke, grillige hartslag en het gorgelende geluid van haar ademhaling.

Ze leefde nog, maar afgaand op haar verwondingen had ze niet lang meer.

Haar onderlichaam lag in een vreemde hoek en haar tengere ledematen waren op meerdere plekken gebroken. Er staken stukken bot uit het opengescheurde, bleke vlees. De helft van haar gezicht zat onder het bloed; de donkerrode vloeistof gutste uit een diepe wond aan de zijkant van haar schedel. Haar shirt met korte mouwen verborg het grootste deel van de schade aan haar bovenlijf, maar Zaron vermoedde dat ze inwendige bloedingen had en dat haar ribbenkast vermorzeld was door de val van grote hoogte.

Zijn maag trok samen met een mengeling van medelijden en een vreemde wanhoop. Zaron staarde naar haar. Ze was jong, en zover hij kon zien was ze mooi. Lang, helblond haar, een gave huid, een slanke, krachtige lichaamsbouw… Als ze niet zo goed als dood was, had hij zich tot haar aangetrokken kunnen voelen.

Maar ze was wél zo goed als dood. Op z'n hoogst nog een paar minuten. Haar verwondingen waren zo ernstig dat het verbazingwekkend was dat ze überhaupt nog een hartslag had. Mensen waren erg tere wezens: ze liepen snel verwondingen op en die genazen maar langzaam. De kans leek hem klein dat een mensendokter haar zou kunnen genezen, zelfs als die hier op tijd zou zijn. De Krinar-geneeskunde zou haar wel kunnen redden, natuurlijk, maar Zaron had niets bij zich, en de reis naar zijn huis zou ze waarschijnlijk niet overleven.

Hij bracht zijn hand omhoog en raakte voorzichtig de zijkant van haar hoofd aan, liet zijn vingers langs haar kaaklijn glijden. Haar huid was zo zacht en glad als die van een baby. Er schoot een steek van spijt door zijn borstkas. Onder andere omstandigheden had hij heerlijk van haar kunnen genieten.

Plotseling kwam er een kreetje uit haar keel, en Zaron schrok op. Toen gingen tot zijn grote verbazing haar ogen open.

Haar ogen, omrand door dikke, bruine wimpers, hadden een heldere blauwgroene kleur, en waren opvallend mooi.

Heel even leek ze gedesoriënteerd, haar oceaankleurige ogen vol pijn. Maar toen werd haar blik scherper en focuste ze die op zijn gezicht.

Ze wist dat ze op het punt stond te sterven. Zaron zag het aan haar. Ze wist het, en ze verzette zich ertegen met alles wat ze had.

Haar mond bewoog, haar lippen gingen vaneen in een stille smeekbede, en toen wist hij wat hem te doen stond.

Zaron strekte zijn armen naar haar uit en tilde haar op, drukte haar tegen zijn borst.

De kans dat ze de reis zou overleven was vrijwel nihil, maar hij kon haar niet zo laten liggen.

Iemand die zo wanhopig aan het leven vasthield, mocht je niet opgeven.

Het leek een eeuwigheid te duren voor ze er waren, hoewel Zaron zo hard liep als hij kon zonder haar te veel door elkaar te schudden. Het moeilijkste stuk was de rivier geweest, waar hij met één hand tegen de stroming in moest bewegen en met de andere hand het meisje boven zijn macht moest dragen. Dat was zelfs voor hem een uitdaging.

Ze was nu weer buiten bewustzijn. Hij hoorde het ratelen van haar longen en wist dat ze niet lang meer had. Haar gezicht was akelig bleek, haar huid koud en klam door het rivierwater.

Eindelijk waren ze er.

Zaron droeg haar zijn huis binnen en legde haar voorzichtig op bed. Een snel commando zorgde ervoor dat een van de muren openging, waarna er een jansha naar hem toe zweefde – een klein, kokervormig geneeskrachtig apparaat. Hij greep het uit de lucht en legde het op bed voordat hij begon het meisje te ontkleden. Ze had niet veel aan – alleen een T-shirt en een afgeknipte spijkerbroek – maar daar maakte hij korte metten mee. Zijn borst trok pijnlijk samen toen hij het gescheurde lichaam zag dat eronder schuilging, waar meerdere botten uitstaken.

Hij pakte de jansha en ging ermee over haar lichaam om de verwondingen te meten. Zoals hij al had verwacht, waren die ernstig. Naast de schade aan haar organen had ze een ontstoken ruggengraat. Als ze dit overleefde, zou ze vanaf haar middel verlamd zijn.

Er waren nog meer verwondingen. Gebroken botten, een jaap in haar schedel, schaafwonden en bulten – allemaal veroorzaakt door de val. Maar er leken ook verwondingen bij te zijn die ze al vóór die tijd had. Op een bepaald moment had ze haar pols gebroken, en ze had een litteken op haar been van langer geleden. Bovendien was ze door een menselijke tandarts voorzien van die kunstmatige vullingen, die in haar uitgeholde kiezen waren gestopt.

Zaron aarzelde een kort moment voordat hij de jansha opdracht gaf tot complete genezing. Als hij meer tijd had gehad en haar verwondingen niet zo ernstig waren geweest, had hij het apparaat zodanig ingesteld dat het zich richtte op enkele specifieke verwondingen. Maar nu was de complete procedure de beste optie.

Het apparaatje trilde even en de geneeskrachtige nanocyten kwamen vrij. Zaron keek toe hoe het ernstig verwonde lichaam van het meisje geheeld werd, terwijl al haar cellen van binnenuit werden vernieuwd.

HOOFDSTUK DRIE

Emily werd langzaam wakker en ontdekte dat ze zich goed voelde.

Echt heel goed.

Ze had het niet te warm en niet te koud. Het dekbed waaronder ze lag had precies het juiste gewicht en volume. Het matras onder haar was ook ongelofelijk comfortabel – het voelde alsof het speciaal voor haar was gemaakt. Ze was ook opmerkelijk ontspannen. De altijd aanwezige spanning in haar nek was voor het eerst in maanden tijd verdwenen.

Met een glimlach om haar lippen kroop Emily lekker nog verder onder het dekbed. Dit moest wel de beste nachtrust zijn die ze in tijden had gehad. Ze kon haast niet geloven dat ze zo goed sliep in een kleine, simpele herberg in een uithoek van Costa Rica.

Het moest wil liggen aan de frisse lucht en de lichaamsbeweging, bedacht ze. Nog altijd had ze geen zin om haar ogen open te doen. Al dat wandelen had haar vast uitgeput.

Wandelen... Er ging een lichtje branden ergens in haar achterhoofd, een alarmlichtje.

Ze was van een brug gevallen!

Emily hapte naar adem en schoot overeind, ineens klaarwakker.

Ze was niet bij de herberg.

En ze was ook niet dood.

Heel even kreeg ze die twee realisaties niet met elkaar in overeenstemming. Als ze haar doodsmak had gedroomd, had ze dan niet wakker moeten worden op de plek waar ze in slaap was gevallen? En als het geen droom was geweest, waar was ze dan wel? Waarom was ze niet dood, of op z'n minst ernstig verwond?

Met een hevig bonzend hart keek Emily om zich heen. Ze trok het dekbed beschermend op tot haar borst. Het zachte materiaal raakte haar lijf – haar náákte lijf – en door het besef dat ze geen kleren aanhad vermenigvuldigde haar paniekgevoel met een factor duizend.

Waar was ze in hemelsnaam?

Dit was geen ziekenhuis, zoveel was zeker.

Ze zat op een groot, rond bed met het vreemdste matras dat ze ooit had gezien. Geen gewone boxspring en ook geen memoryfoam, hoewel het zich wel naar haar lichaam vormde. Dat deed het matras zo nauwkeurig dat ze het haast onder zich kon voelen bewegen.

Behalve het bed stond er niets in de ruimte. Emily

kon niet eens vaststellen waar het licht vandaan kwam dat de hele kamer in een zachte gloed liet baden. De muren, de vloer en het plafond waren crèmekleurig, evenals het beddengoed op dit rare bed.

Bovendien waren er geen ramen of deuren.

Wat wás dit voor plek?

Emily had het gevoel dat ze hyperventileerde. Ze probeerde diep en rustig in te ademen. Hier moest wel een verklaring voor zijn – een logische verklaring. Ze moest alleen even zien uit te vogelen welke dan.

Ze schoof voorzichtig naar de rand van het bed en zette haar voeten op de grond. Het feit dat ze zo goed kon bewegen, zonder pijn of stijfheid, was vreemd. Als ze zich niet had verbeeld dat ze van die brug was gevallen, had ze dan niet op z'n minst een paar gebroken botten moeten hebben? De andere mogelijkheid – dat het allemaal een levendige droom was – vond ze niet erg realistisch gezien de plek waar ze zich nu bevond.

Emily stond op, trok het dekbed van het bed en sloeg het om zichzelf heen. Ze probeerde niet toe te geven aan de paniek die probeerde haar te overmeesteren.

Toen verdween een stuk van de muur voor haar.

Het verdween letterlijk, het loste op in het niets, en er kwam een man de kamer in.

Met lange, krachtige passen stapte hij door de opening in de muur alsof het niets was, zoals je normaal gesproken door een deuropening zou gaan.

Zijn grote lichaam bewoog met vloeiende, atletische souplesse.

'Hoi Emily,' zei hij zachtjes. Zijn donkere ogen waren op haar gericht. 'Ik had niet verwacht dat je zo snel al wakker zou worden.'

HOOFDSTUK VIER

EMILY KON NIETS UITBRENGEN. HET ENIGE WAT ZE KON, was staren.

De man die voor haar stond was adembenemend.

Niet aantrekkelijk. Niet knap. Zelfs niet mooi.

Simpelweg adembenemend.

Zijn glanzende, zwarte haar was wat langer bovenop, en zo dik dat er nog een paar centimeter bij zijn toch al indrukwekkende lengte kwam. Zijn gezicht was hoekig en mannelijk, met de mooiste lijnen die Emily ooit had gezien. Hoge jukbeenderen, een krachtige kaak, volle lippen – het was alsof er een beeldhouwer aan de gang was geweest die een Griekse god uit marmer hakte. Zelfs zijn gebronsde huid was smetteloos, als op een gefotoshopte advertentie.

Hij zag er buitenlands uit, exotisch... en ongelofelijk knap. Emily had geen idee wat zijn ras of afkomst was, maar ze had nog nooit zo'n mooie man gezien. Ze had niet eens geweten dat er mannen zoals hij bestonden.

En hij wist hoe ze heette.

Zodra dat tot haar doordrong, versnelde haar hartslag weer en drong de realiteit tot haar door. Het deed er niet toe hoe deze man eruitzag – wat Emily moest weten, was waar ze was en wat haar was overkomen.

'Wie ben jij?' vroeg ze. Ze trok het dekbed nog wat dichter om zich heen. 'Waar ben ik? Hoe weet je hoe ik heet?'

Zijn blik was donker en ondoorgrondelijk. 'Je rijbewijs zat in je portemonnee,' zei hij zachtjes. Er trok een rilling over haar ruggengraat van zijn diepe timbre. 'Daarop stond wat info over jou, Emily Ross uit New York City.'

Emily knipperde met haar oogleden. 'Goed, oké. En je had mijn portemonnee omdat…?'

'Omdat die in de zak van je korte broek zat,' zei hij, en hij stapte wat verder de kamer in. De muur achter hem werd weer één geheel; de doorgang verdween alsof die er nooit was geweest.

Emily voelde hoe haar nekhaartjes overeind gingen staan. 'Wat is dit in godsnaam voor plek? Waar ben ik?' Ze hoorde zelf dat er een hysterisch randje aan haar stem zat en ze dwong zichzelf om diep in te ademen. Op iets kalmere toon vroeg ze: 'Wat is er met me gebeurd?'

'Ga even zitten, Emily.' De man maakte een gebaar

naar het bed. 'Je hebt nog steeds rust nodig. Je lichaam heeft een serieus trauma doorstaan.'

Ze zette een stap achteruit en volgde zijn advies niet op. 'Dus ik ben inderdaad van die brug gevallen?' Het voelde alsof ze in een aflevering van *The Twilight Zone* was beland. 'Is dit een ziekenhuis? Bent u een arts?'

Zijn mooie lippen vormden een vaag glimlachje. 'Niet helemaal, maar het komt in de buurt.'

'Is dit een soort wetenschappelijk centrum?'

'Nee.' De man keek er geamuseerd bij. 'Dat is het in de verste verte niet.'

'Wat is het dan wél?' vroeg Emily gefrustreerd. 'En wie ben jij?'

'Noem me Zaron.' Hij liep naar het bed en ging erop liggen, met zijn lange benen uitgestrekt. Voor het eerst viel het Emily op dat hij casual gekleed ging. Hij droeg een blauwe spijkerbroek en een mouwloos wit shirt dat ervoor zorgde dat zijn gebronsde, gespierde armen goed zichtbaar waren. Aan zijn voeten droeg hij een paar grijze sandalen, en zijn enige accessoire was een vreemd uitziend horloge om zijn linkerpols. Als hij een arts was, dan kleedde hij zich daar bepaald niet naar.

'Zaron?' zei ze fronsend. 'Is dat je voor- of achternaam?'

Hij bleef haar simpelweg aanstaren met een duistere, onleesbare blik, en Emily slikte toen ze doorhad dat hij niet van plan was antwoord te geven op haar vraag. 'Goed dan, Zaron,' zei ze langzaam, met nadruk op zijn aparte naam, 'wat is er met me gebeurd? Waarom ben ik hier?'

'Je bent van de brug gevallen, Emily.' Zijn stem klonk kalm, zijn gezicht was neutraal. 'Ik heb je gevonden en mee hierheen genomen.'

'Aha.' Ze keek hem ongelovig aan. 'En hoe kan het dat ik volstrekt ongedeerd ben?'

'Heb je honger?'

'Wat?' Emily knipperde met haar ogen vanwege de plotselinge verandering van onderwerp.

'Ik vroeg of je honger had,' herhaalde hij geduldig, en hij keek haar nog steeds aan met die donkere, prachtig exotische ogen. 'Je hebt twee dagen niets gegeten terwijl je aan het herstellen was. Zou je wat willen weten?' Er was iets in zijn blik wat haar deed denken aan haar kat George – een vreemde intensiteit waardoor ze zich een muis voelde waarmee hij op het punt stond te gaan spelen.

Die vergelijking kwam heel treffend op haar over – treffend en angstaanjagend. 'Ik zou graag kleren willen,' zei Emily op vlakke toon, want ze was zich plotseling hevig bewust van haar naakte lijf onder het dekbed, en van het feit dat ze in één ruimte was met een man die ze niet kende.

Een erg lange, erg gespierde man.

Die er ongetwijfeld voor verantwoordelijk was dat ze haar kleren niet meer aanhad.

Haar handpalmen begonnen te zweten en haar hartslag versnelde nog meer. Voor het eerst drong volledig tot haar door hoe kwetsbaar ze was. De man op het bed was niet alleen bloedmooi, hij was ook gróót. Veel groter – en zeer waarschijnlijk veel sterker – dan zij. Met haar lengte van één meter zeventig was zij bovengemiddeld lang voor een Amerikaanse vrouw, maar Zaron was minstens een kop groter, en hij was breed gebouwd met een en al stalen spieren.

Als hij haar iets wilde aandoen, kon zij daar niets tegen uitrichten.

Waarschijnlijk waren die gedachten van haar gezicht af te lezen, want hij stond soepel op en zei zachtjes: 'Geen enkel probleem. Ik zal wat voor je gaan halen.'

Emily keek geschokt toe hoe de muur weer voor hem openging en hij erdoor stapte, waarna de muur onmiddellijk weer dichtging en zij opgesloten zat.

Zodra de muur achter hem dichtging, ademde Zaron diep in en balde hij zijn handen tot vuisten. Hij voelde dat zijn hart hevig bonsde en zijn hele lichaam stond strak. Zijn pik was keihard en vol verlangen. Hij was blij dat ze haar blik op zijn gezicht gericht had gehouden terwijl hij de kamer uit liep, want als ze naar beneden had gekeken, zou haar begrijpelijke behoedzaamheid zijn omgeslagen in absolute angst – en terecht ook.

Het was angstaanjagend hoe zijn lichaam op haar reageerde. Zelfs nu nog kon Zaron de lichte zoetheid van haar lichaamsgeur ruiken, en zijn handen jeukten om haar weer aan te raken, om de zachtheid van haar romige huid onder zijn vingers te voelen. Het had hem al zijn wilskracht gekost om weg te lopen, om bij haar vandaan te gaan in plaats van te doen wat zijn lichaam verlangde en zich diep in haar zachte vlees te boren.

Hij had jarenlang niet zó naar een vrouw verlangd.

Acht jaar lang, om precies te zijn.

Dat besef kwam binnen als een stomp in zijn maag. Heel even dreigde de herinnering Zaron te overmannen en hem mee te sleuren in het zwarte gat van de wanhoop. Op pure wilskracht lukte het hem zijn gedachten terug te brengen naar het mensenmeisje – veel veiliger om aan te denken.

De afgelopen twee dagen had hij gezorgd dat het haar aan niets ontbrak, dat ze schoon bleef en comfortabel lag terwijl ze herstelde van haar verwondingen. Hij had haar in bad gedaan, had haar haar gewassen en had een oogje op haar gehouden terwijl ze sliep. Inmiddels kende hij haar lichaam beter dan dat van welke vrouw dan ook met wie hij ooit naar bed was geweest, maar zij kende hem niet. Voor haar was hij een vreemde.

Een vreemde die zich haast niet kon inhouden om haar te bespringen.

Hij wist niet precies op welk punt zijn behulpzaamheid was veranderd in dit tomeloze verlangen. In het begin had hij haar alleen gezien als een gewonde vrouw die hulp nodig had. Een fragiel mensenmeisje dat met verrassend veel wilskracht vasthield aan het leven. Hij had haar verwondingen willen genezen, haar lijden willen verlichten. Seks was wel het laatste waar hij aan dacht.

Ergens in de afgelopen twee dagen was dat echter veranderd. Terwijl haar lichaam herstelde, had hij oog gekregen voor haar volle borsten, haar zachte lippen, de sensuele kuiltjes in haar onderrug... Hoewel ze slank was, was haar figuur prachtig vrouwelijk. Na een tijdje was het enige waar hij nog aan kon denken haar aanraken, haar proeven... haar neuken.

Het was krankzinnig. Ze was mooi, maar ze was absoluut niet zijn type. Sinds hij hier op aarde was, had Zaron zich telkens weer aangetrokken gevoeld tot lange, elegante brunettes die hem deden denken aan de Krinar-vrouwen. Geen tere blondjes met overduidelijk menselijke karakteristieken. Geen enkele Krinar had zulk licht haar en zulke vreemde, helderblauwe ogen, maar bij haar – Emily – was het een bijzonder aantrekkelijke combinatie, die hem deed denken aan illustraties die hij had gezien in boeken van mensen. Voor haar soort was ze een erg mooie vrouw.

Ze was om op te vreten.

Dat vond zijn pik in elk geval wel.

Zaron ademde nog eens diep in en dwong zijn handen om uit vuisthouding te komen. Hij moest zijn kalmte herpakken. Waarom hij dit mensenmeisje zo vreselijk graag wilde was hem een raadsel, maar geduld was hier de sleutel. Geduld en zelfbeheersing. Hij wilde haar niet afschrikken. Ze was nu al in de war en nerveus omdat ze wakker was geworden op een onbekende plek, en zo vitaal dat ze het niet kon bevatten. Hij moest omzichtig te werk gaan en de waarheid langzaam aan haar onthullen, zodat ze niet in paniek zou raken.

Hij wilde niet dat ze bang voor hem zou zijn als ze uiteindelijk bij hem in bed belandde.

En dat zou gebeuren. Daar was Zaron zeker van. Hij had snel haar burgerlijke status gecheckt en gezien dat ze niet getrouwd was en geen kinderen had. Ze woonde in een kleine studio in New York City, in Manhattan. Ze was niet bezet, en Zaron wilde haar. Hij verlangde meer naar haar dan naar welke andere vrouw dan ook sinds Larita.

Hij wilde haar, en hij was van plan haar te krijgen.

Het enige wat hij nodig had, was geduld.

HOOFDSTUK VIJF

Terwijl Emily wachtte op Zarons terugkomst, tikte ze ongeduldig met haar voet op de vloer.

Nadat hij was weggegaan was ze naar dezelfde muur toe gelopen en had ze haar hand ertegenaan gelegd om te ontdekken hoe het werkte. Er moest wel een soort schuifdeur zijn ingebouwd, waardoor het alleen maar leek alsóf de muur in het niets oploste.

Tot haar teleurstelling had ze niets ontdekt. Wel had ze gevoeld dat de muur een vreemde structuur had. Hij voelde warm aan onder haar vingertoppen – warm en zacht, bijna levend. Een minuut lang had ze de muur gestreeld, maar toen was ze daar weer klaar mee en ging ze op bed zitten wachten tot de pseudodokter terugkwam.

Voor het eerst in haar volwassen leven had Emily geen idee wat ze moest doen. Ze was altijd kalm en vindingrijk – ze kon ieder probleem analyseren en tot een goede oplossing komen. Maar dit was een situatie waar ze geen raad mee wist. Ze had geen idee waar ze was, hoe ze hier was gekomen, en hoe het kon dat ze nog leefde. Alles eraan voelde surrealistisch, van de exotisch mooie man met zijn buitenlands klinkende naam tot de kamer die haar deed denken aan sciencefiction.

Was het misschien toch een wetenschappelijk centrum? Zaron had dat ontkend, maar ja, waarom zou hij haar de waarheid vertellen? Deze hele plek – wat het ook was – kon weleens strikt geheim zijn, een soort Area 51, en dan zou hij in de problemen komen als hij haar te veel vertelde.

Het feit dat ze speelde met complottheorieën vond Emily wel grappig. Ze was altijd rationeel, ze gebruikte haar gezond verstand. Zelfs als kind had ze nooit geloofd in de Kerstman of monsters onder haar bed. Dat leek haar allemaal niet logisch. Net zomin als ze nu geloofde dat de overheid geheime onderzoekscentra had gebouwd in Costa Rica.

Maar wat kon het dan zijn? Die vraag hield Emily overmatig bezig en maakte haar nog ongeduldiger. Ze kon geen enkele verklaring bedenken, behalve dat ze het allemaal verzon. Kon dat het zijn? Lag ze misschien in het ziekenhuis met hersenletsel en had ze hallucinaties?

Voordat ze dat gedachtespoor kon vervolgen, ging de muur weer open en kwam Zaron binnen. Hij bewoog zich nog altijd zo opmerkelijk soepel.

'Alsjeblieft,' zei hij, en hij gaf haar een zachtroze

jurk en een paar witte sandalen. 'Je kunt je aankleden als je wilt.'

'Eh, bedankt,' zei Emily en ze nam de kleding van hem aan. 'Heb je een badkamer waar ik even naartoe kan?'

'Natuurlijk.' Hij doorkruiste de kamer op weg naar de andere muur. 'Kom maar mee.'

Emily volgde hem. Ze vroeg zich af waar die badkamer schuilging. Toen ze vlak bij de muur waren loste die weer op en ontstond er een doorgang naar een kleine kamer. Zaron stapte er naar binnen en gebaarde dat zij ook door de muur heen mocht komen.

'Dat is de wc,' zei hij, wijzend naar een wit, kokervormig ding in de hoek waar ze binnen waren gekomen. 'Je gaat er gewoon op zitten en dan komt het goed. In de andere hoek kun je je handen wassen.' Hij gebaarde naar een kleine wastafelachtige uitstulping. 'Als je wilt douchen, kan ik je laten zien hoe dat werkt.'

Emily voelde haar gezicht warm worden. 'Oké, dank je. Ik denk dat het zo wel moet lukken. Kun je alsjeblieft weer weggaan? Ik heb maar heel even nodig.'

Haar mondhoeken gingen omhoog in een kleine glimlach. 'Tuurlijk,' zei hij, en in één soepele beweging was hij weg, en Emily was weer alleen.

Zodra de muur dicht was, liet ze het dekbed vallen en trok ze de jurk aan die hij haar had gegeven. Het was een zomerjurkje met spaghettibandjes. Tot Emily's verbazing paste de nauwsluitende jurk perfect. Zelfs haar borsten werden ondersteund door de dunne, maar stevige voering in het lijfje. Het materiaal was alweer zo ongewoon. Het had de textuur van fleece, maar was zo licht als katoen. De sandalen pasten haar ook goed. Het was alsof ze speciaal op maat voor haar gemaakt waren. Ondergoed had hij haar niet gegeven, maar Emily besloot daar nu niet moeilijk over te doen. Kleren aanhebben was al een grote vooruitgang.

Toen keek ze naar de vreemde wc. Het was een rechtopstaande, holle cilinder met afgeronde randen. Er zat geen water in en er was ook geen doorspoelmechanisme te zien. Zaron had gezegd dat ze er gewoon op moest gaan zitten. Emily aarzelde even, maar trok toen haar jurk omhoog en ging met een schouderophalen op de koker zitten.

Ze moest nu eenmaal naar de wc.

Zodra ze klaar was met plassen, voelde ze een warme luchtstroom langs haar blote onderlijf. Haar huid tintelde even en Emily slaakte een gilletje en sprong van de cilinder af. Het tintelende gevoel verdween meteen weer. Toen ze voorzichtig achteromkeek naar de cilinder zag ze dat die smetteloos schoon was, net zo schoon als voordat zij erop plaatsnam. Ze besefte dat ook zij zich schoon en fris voelde, zonder dat ze toiletpapier had gebruikt – nog iets wat ontbrak in deze rare badkamer.

Fronsend liep Emily naar het wastafelachtige ding in de andere hoek. Er was geen draai- of drukknop te zien, dus ze zwaaide er wat naar in de hoop dat er een bewegingssensor was. Vrijwel meteen kwam er een stroom warme vloeistof uit die haar handen bedekte met een aangenaam geurend goedje dat vaag deed denken aan zeep. Voordat Emily een wasbeweging kon maken met haar handen, vervluchtigde het goedje en waren haar handen schoon en droog.

Een state-of-the-art wastafel. Leuk.

Nu alles wat er moest gebeuren achter de rug was, liep Emily naar de muur waar de doorgang net was. Toen ze ervoor stond ging de muur weer open, alsof die had aangevoeld dat ze eraan kwam.

Ze staarde er een paar seconden naar en schudde toen haar hoofd. Ze moest Zaron nodig spreken om antwoord te krijgen op een paar vragen. Dit sloeg nergens op.

Vanuit haar ooghoek zag ze beweging. Ze draaide zich om en zag dat de doorgang aan de andere kant van de kamer ook weer was ontstaan, omdat Zaron ervoor stond.

'Kom mee,' zei hij, en hij gebaarde haar naar hem toe te komen. 'Dan gaan we lunchen.'

'Goed.' Emily stapte voorzichtig door de opening in de muur, om zich heen kijkend of ze kon ontdekken hoe dit mechanisme werkte. Tot haar teleurstelling was er niets van te zien. De randen van de opening waren glad, er was geen richel of uitsparing die wees op schuifdeuren.

Zodra ze erdoorheen was ging de muur weer dicht, gewoon waar ze bij stond.

Ongelofelijk.

Ze wendde zich tot Zaron en keek hem gefrustreerd aan. 'Hoe werkt dit ding?' vroeg ze, en ze tikte op de muur. 'Wat is dit voor materiaal?'

Zaron keek haar rustig aan. 'Ik zou je kunnen vertellen hoe het heet, maar dat zou jou niets zeggen. Wat betreft de werking: ik ben geen ontwerper, dus ik zou het je niet goed kunnen uitleggen.'

Geen ontwerper? Wat bedoelde hij daarmee? 'O, wat ben je dan wel?'

Er verscheen een glimlachje om zijn mooie lippen. 'Ik ben bioloog, gespecialiseerd in bodemkunde. Ik bestudeer alle levende wezens en de aarde die ze voedt.'

Emily knipperde met haar ogen. 'Aha.' Dus hij was wel een soort onderzoeker. 'Is dit je lab?'

'Nee.' Hij schudde zijn hoofd. 'Dit is mijn tijdelijke woning.'

Woning? Emily keek vol ongeloof de kamer rond. Net als in de slaapkamer waar ze zojuist uit was gekomen, was ook hier alles ivoor- en crèmekleurig, zacht verlicht door een lichtbron die ze niet kon zien. Er waren geen ramen of deuren en ook hier was het schaars gemeubileerd. Behalve een lange, witte plank midden in de ruimte die deed denken aan een simpel bankje en wat bloeiende planten her en der, was de kamer eigenlijk leeg.

Behoedzaam zette Emily een stap in de richting van de plankbank. Haar ogen moesten haar wel bedriegen, want... 'Zweeft dit ding in de lucht?' vroeg ze, en ze ging op haar knieën zitten om eronder te kijken. 'Wordt het omhooggehouden met een soort magneetsysteem?'

'Natuurlijk niet,' zei Zaron. Hij liep naar haar toe en

kwam naast haar staan. 'Het werkt op basis van antizwaartekrachttechnologie.'

Nog steeds in geknielde houding keek Emily naar hem op. Hij zag er nog groter, krachtiger en mannelijker uit vanuit dit perspectief. Er gleed een vervelende huivering over haar ruggengraat. 'Antizwaartekrachttechnologie?' herhaalde ze langzaam. Ze voelde zich als Alice in een sci-fi wonderland. 'Waar heb je het over?'

Hij keek haar aan met een koele, donkere blik. 'Laten we wat eten, dan vertel ik je meer,' stelde hij vriendelijk voor. Zijn stem klonk zacht, maar Emily merkte toch dat het een bevel was. Ze kreeg ook de indruk dat hij niet van plan was op dit moment haar vragen te beantwoorden.

'Goed,' zei ze, en ze stond op. 'Even...' Maar voor ze die zin kon afmaken, slaakte ze een geschrokken zuchtje omdat ze zijn hand om haar elleboog voelde en hij haar omhooghielp. Zijn aanraking was licht, maar er zat iets bezitterigs in zijn grip, in de manier waarop zijn vingers een paar seconden langer op haar arm bleven liggen voordat hij haar losliet.

Met haar hart in haar keel zette Emily een stap achteruit en ze staarde hem aan. Hoe vreemd het ook was, ze voelde zich haast gebrandmerkt door zijn aanraking. Haar huid tintelde op de plek waar zijn hand had gelegen. Hij keek ook intens naar haar, zijn ogen glansden onheilspellend. Voor het eerst zag Emily dat zijn irissen niet donkerbruin waren, zoals ze in eerste instantie had gedacht. Ze waren zwart.

Compleet uit het lood geslagen deed Emily wat ze altijd had gedaan als ze zich in het nauw gedreven voelde: ze zette een vrolijk masker op.

'Goed,' zei ze met een glimlach. 'Laten we eten en praten.'

BLIJ MET HAAR PLOTSELINGE ENTHOUSIASME LEIDDE ZARON HAAR NAAR DE KEUKEN.

Hij was blij dat hij een kans had gekregen om haar op een simpele, niet-seksuele manier aan te raken. Het was belangrijk dat ze gewend raakte aan zijn aanraking. Emily verleiden zou in veel opzichten doen denken aan hoe het was om een wild dier te temmen. Hij moest langzaam haar vertrouwen winnen. Ze moest erop vertrouwen dat hij haar geen pijn zou doen, want anders zou ze bij de eerste de beste seksuele toenadering in paniek raken.

Het goede nieuws was dat ze hem zag staan, zoals een gezonde vrouw een aantrekkelijke man zag staan. Ze was dan wel geschrokken van zijn plotselinge aanraking, maar ze was ook een beetje opgewonden geraakt. Dat had hij gezien aan de kleine verwijding van haar pupillen en de plotselinge toename van haar hartslag. Haar hormonale geur was ook iets versterkt. Als Zaron de zachte lippen tussen haar benen zou hebben aangeraakt, zou hij ongetwijfeld hebben gevoeld dat ze warm en nat was, zich instinctief voorbereidend op het paren.

Zijn soort had al lang geleden ontdekt dat ze goed konden paren met de mens. Hoewel hun DNA anders was en ze zich niet konden voortplanten, hadden de Ouderen ervoor gezorgd dat de mens qua uiterlijk en lichaamsbouw veel leek op de Krinar. Niemand wist waarom de Ouderen daarvoor hadden gekozen, maar het resultaat was een soort die veel Krinar aantrekkelijk vonden als bedpartner – temeer omdat mensenbloed een afrodisiacum was.

En deze specifieke mensenvrouw was nog aantrekkelijker dan de meeste andere, vond Zaron. Hij keek naar hoe Emily geschokt naar de tafel en stoelen in de keuken staarde. Net als de bank in de woonkamer werden ze omhooggehouden door antizwaartekracht-technologie, waardoor het leek alsof ze in het luchtledige zweefden. Voor een eenentwintigste-eeuwse mens moest deze technologie wel een soort magie lijken, hoewel de meeste mensen inmiddels wel slim genoeg waren om niet alles toe te schrijven aan tovenarij.

Zaron wist nog steeds niet hoeveel hij het meisje moest vertellen. De afgelopen twee dagen, terwijl hij voor haar zorgde, had hij overwogen om helemaal niets te vertellen en te doen alsof hij een mens was. Hij had zelfs overwogen haar terug te brengen naar de brug en daar achter te laten zodat ze wakker kon worden op die plek. Dan kon ze haar overleving toeschrijven aan een wonder of denken dat ze het gedroomd had, wat ze maar wilde. Maar iets had hem daarvan weerhouden. Zijn toenemende verlangen naar haar was steeds sterker geworden dan zijn wens om een potentieel moeilijke situatie te vermijden. En toen was ze wakker geworden, een paar uur eerder dan hij had verwacht, en kon hij niet meer terug.

Nu zat hij met een wantrouwende, verwarde mens opgescheept – een mens die hem aankeek met een gefrustreerde blik in haar heldere, zeekleurige ogen.

'Laat me raden,' zei ze, en ze gebaarde naar de tafel. 'Antizwaartekrachttechnologie?'

Zarons blik werd nog vermaakter bij het nauwelijks verholen sarcasme in haar vraag. 'Ja, precies,' zei hij. Hij ging zelf op een van de zwevende stoelen zitten. Het intelligente materiaal vormde zich onmiddellijk naar zijn lichaam om hem een zo comfortabel mogelijke zithouding te geven.

'Wil je dat ik daarop ga zitten?' Haar stem schoot de hoogte in. 'Op een plank die in de lucht zweeft?'

'Er overkomt je niks, wees gerust,' zei Zaron. Hij onderdrukte zijn drang om te glimlachen terwijl ze naar de tafel toe schuifelde met het enthousiasme van een ter dood veroordeelde op weg naar de elektrische stoel. 'Het zit zelfs erg lekker.'

'Ja hoor,' mompelde ze, en ze ging voorzichtig zitten. Toen werden haar ogen groter. Ze had ongetwijfeld de stoel voelen bewegen terwijl die zich naar haar lichaam vormde. Binnen een paar seconden was zelfs haar rug ondersteund, en ze leek geschokt door deze technologie.

Nu kon Zaron een grinnik niet onderdrukken. Hij had niet verwacht dat hij dit zo leuk zou vinden, maar dat vond hij wel. Deze mensenvrouw laten kennismaken met zijn wereld kon weleens op meerdere manieren heel plezierig worden, dacht hij, terwijl hij keek hoe ze zich omdraaide om de achterkant van de stoel te zien. Natuurlijk bewoog de intelligente stoel met haar mee, dus ze kon de achterkant niet zien.

Toen ze naar hem keek, was de blik in haar ogen onbeschrijflijk. 'Serieus, wat ís dit?' vroeg ze, en ze pakte de rand van de tafel vast met haar handen. 'Waar ben ik?'

Zaron lachte zachtjes. 'Je bent in mijn huis, Emily,' zei hij, ook al had hij haar dat al eerder verteld. 'En dit is mijn meubilair.'

'Wat voor meubilair doet dit? Het ding bewóóg.'

'Ja,' zei Zaron. 'Het is zo ontworpen dat het je lichaam maximaal comfort biedt. Als je je omdraait, zit dat niet zo lekker, dus dat beweegt het met je mee.'

'Aha, natuurlijk.' Ze kneep haar ogen dicht en wreef met een gepijnigde gezichtsuitdrukking over haar slapen.

Zaron werd meteen overvallen door bezorgdheid. Hij reikte over de tafel heen en drukte de rug van zijn hand tegen haar voorhoofd. 'Gaat het wel?' Mensen waren ontzettend kwetsbaar, hun lichamen waren zwak en gevoelig voor allerhande ziektes die zijn soort niet konden deren. Dingen als hoofdpijn. Zaron had dat nooit ervaren, op één keer na toen hij een hersenschudding had, maar hij wist dat het heel normaal was voor Emily's soort.

Bij zijn aanraking deinsde ze achteruit en haar ogen schoten open. 'Ja hoor,' zei ze met diezelfde geveinsde opgewektheid. 'Ik voel me kiplekker.' Toen Zaron haar bleef aankijken alsof hij er niks van geloofde, voegde ze eraan toe: 'Ik meen het, het gaat prima met me. Ik weet vrij zeker dat ik tientallen meters naar beneden ben gevallen, maar ik ben ongedeerd.'

Zaron besloot dat laatste te negeren. 'Goed dan,' zei hij, en hij leunde achterover. 'Maar als je wel hoofdpijn hebt, laat het me dan weten. Ik kan die wegnemen.'

Ze ademde langzaam diep in, waardoor zijn blik naar haar borsten ging die een beetje naar voren kwamen. 'Hoe dan?' vroeg ze, en Zaron moest zichzelf dwingen weer naar haar gezicht te kijken.

Dit was niet het moment om toe te geven aan de aantrekking.

'Heb jij me de vorige keer ook genezen?' vroeg ze toen Zaron niet meteen reageerde. 'Hoe kan het dat ik me goed voel nadat ik van zo grote hoogte ben gevallen?' Haar ogen werden groot, alsof er iets bij haar was opgekomen. 'Wacht even, welke dag is het vandaag? Heb ik in coma gelegen of zo?'

'Nee, geen coma,' zei Zaron. Hij snapte wel dat ze zich dit afvroeg. 'Het is donderdag 6 juni.'

'Dus ik ben twee dagen van de wereld geweest.'

Zaron knikte. 'Ja, precies.' Hij begon trek te krijgen, en het kon niet anders of voor haar gold hetzelfde. Een uitleg kon wel wachten. Hij schakelde over op het Krinar en bestelde vlug een salade voor hen allebei.

Emily keek hem fronsend aan. 'Wat zei je?'

'Ik heb wat eten voor ons besteld,' legde hij uit. 'Helaas kan mijn huis geen commando's in het Engels verwerken.'

'Vandaar.' Ze keek hem aan alsof hij knettergek was. 'Maar je huis kan dus wel commando's verwerken in die taal die je net sprak?'

'Die taal is Krinar,' zei Zaron – eindelijk was hij tot een besluit gekomen. Hij kon haar wel in het duister laten tasten, maar dat was niet echt nodig. Ze had al zoveel gezien, dus hij zou haar niet kunnen laten gaan – en dan zou ze snel genoeg de waarheid ontdekken.

'Krinar?' Ze keek verward terwijl ze het woord herhaalde met een licht Amerikaans accent. 'Welk deel van de wereld is dat?'

'Krinar is de taal die wordt gesproken op Krina,' zei Zaron zachtjes, en hij keek naar Emily's gezicht. 'Mijn thuisplaneet.'

HOOFDSTUK ZES

EMILY STAARDE NAAR DE PRACHTIGE MAN DIE TEGENOVER HAAR ZAT. Ze kon haar oren niet geloven. 'Wacht even… wát? Zei je nou net: mijn thuisplanéét?'

Hij knikte doodgemoedereerd. 'Ja, Emily. Ik weet dat het niet past bij wat jullie samenleving gelooft, en als je ervoor kiest me niet te geloven, vind ik het goed. Je wilde weten hoe het kan dat je nog leeft en waarom mijn huis jou zo vreemd voorkomt. Dit is het antwoord. Als je iets anders had willen horen, voel je dan vrij om zelf een verhaal te verzinnen.'

Emily slikte. Haar hartslag versnelde. Het leek er niet op dat hij met haar zat te dollen. Hij keek haar aan met die donkere ogen van hem en er was geen spoortje spot op zijn gezicht te zien.

Of hij was gek, of ze was inderdaad Alice in een bizar wonderland.

'Vertel je me nou serieus dat je een alien bent?'

'Vanuit jouw perspectief ben ik dat inderdaad,' zei

hij bedachtzaam. 'Ik geef echter de voorkeur aan de naam Krinar.'

'Een alien? Een buitenaards wezen, dus?' Emily kon niet geloven dat die woorden uit haar mond kwamen. Dit moest wel een ontzettend levendige droom zijn. Het kon niet anders. Dat was de enige logische verklaring voor deze hele reeks gebeurtenissen. Ze had alles gedroomd en lag nu te slapen in haar hotelkamer.

'Ja,' antwoordde hij geduldig. 'Ik kom van Krina, dus ik ben buitenaards.'

Het was officieel: ze droomde dit. Hoe kon ze anders op een zwevende stoel zitten aan een zwevende tafel, tegenover een man die te mooi was om waar te zijn?

Te mooi om mens te zijn, fluisterde een stemmetje in haar achterhoofd, en er ging weer een rilling over haar ruggengraat.

'Oké,' zei ze langzaam, 'laten we er even van uitgaan dat het waar is. Als je van een andere planeet komt, hoe ben je hier dan beland en hoe kan het dat je er zo menselijk uitziet?' Laat hem dáár maar eens antwoord op geven, dacht ze. Haar slapende brein kon niet overal een antwoord op verzinnen dat nog ergens op leek te slaan. Op een bepaald moment zou ze wakker worden en zich afvragen hoe ze in zo'n rare droom was beland.

Tot haar irritatie leek die vraag hem te amuseren. 'Zoals je wel kunt raden, ben ik hier gekomen op een schip,' zei hij, met een lichte glimlach om zijn sensuele lippen. 'Een ruimteschip, zo je wilt. En hoe het kan dat ik er zo menselijk uitzie? Dat is de verkeerde vraag,

Emily. Ik zie er niet menselijk uit.' Hij pauzeerde even en keek haar doordringend aan. 'Jij lijkt op een Krinar.'

Emily deed haar mond open om te vragen wat hij daarmee bedoelde, maar op dat moment ging de muur rechts van haar open en zweefde er een kom met kleurrijk eten naar haar toe. De kom maakte een keurige landing op de tafel. Meteen erna volgde een tweede kom, die op tafel voor Zaron landde.

Emily staarde naar de tafel en onderdrukte de neiging om in haar ogen te wrijven. *Een droom,* zei ze tegen zichzelf. *Het is maar een droom.*

In de kommen zat iets wat op een salade leek – een ongewone combinatie van groenten en fruit met een lichtgroene dressing erop. In iedere kom zat een vreemd stuk bestek dat deed denken aan een kleine tang.

Emily pakte voorzichtig het stuk bestek op en prikte ermee in een stuk tomaat. 'Dat ziet er niet zo buitenaards uit,' zei ze met een dubieuze blik op Zaron.

'Klopt. Dit zijn allemaal planten van de aarde, zoals deze *Citrus sinensis.*' Hij pakte een stuk sinaasappel op met zijn eigen bestek, stopte het in zijn mond en kauwde er genietend op.

Ze staarde hem aan. 'Oké. Dus jullie kunnen ons voedsel eten?"

Hij slikte het door en knikte. 'Ja hoor. Het is zelfs best lekker, sommige dingen dan,' zei hij, en toen ging hij weer vol smaak verder met eten.

Met het bestek nog altijd in haar hand keek Emily een paar seconden naar hem. Het voelde alsof het wonderland om haar heen alleen maar wonderlijker werd. Waarom werd ze niet wakker? Was het niet zo dat als je droomde, dat je dan wíst dat je droomde maar er toch niet op wilskracht uit kon ontwaken?

Ze wist niet wat ze anders moest doen, dus begon ze de salade te eten. Het was als een smaakexplosie op haar tong, deze combinatie van pittige groenten en zoete vruchten, ongewoon maar overheerlijk. De dressing was zowel friszuur als rijk van smaak. Emily kon zich niet herinneren dat ze ooit iets als dit had geproefd. Ze hield van salades, en dit was een van de beste die ze ooit had gehad.

Deze droom was veel te realistisch.

Ze slikte de hap door waarop ze had gekauwd en legde haar bestek neer. 'Dit is geen droom, hè?' vroeg ze zachtjes, kijkend naar Zaron.

'Dacht je dat?' Hij hield zijn hoofd ietsje schuin. 'Ben je daarom zo rustig? Ik vroeg het me al af. Op basis van alles wat ik weet over jouw soort, had ik een veel extremere reactie verwacht.'

Emily voelde op dit moment wel wat voor zo'n 'extreme' reactie.

Ze ging staan en liep achterwaarts weg van de tafel, met haar blik op Zaron gericht. Haar eigen versnelde hartslag klonk in haar oren en haar ademhaling was gehaast en oppervlakkig. Het voelde alsof er niet genoeg zuurstof in de ruimte was.

Als dit echt gebeurde – als dit geen bizar hersenspinsel was – dan was er geen logische, aardse verklaring voor.

'Kun je het bewijzen?' Haar stem trilde. 'Kun je bewijzen dat je van een andere planeet komt?'

Hij leunde naar achteren in zijn stoel met een klein glimlachje om zijn lippen. 'Hoe wil je dat ik het bewijs, Emily? Is het niet genoeg bewijs dat je nog leeft terwijl je had moeten overlijden aan je verwondingen? Ken je een menselijke arts die dat had kunnen doen?'

Emily bevochtigde haar lippen. 'Hoe erg was ik eraan toe?' De woorden kwamen er zo zacht uit dat ze bijna niet hoorbaar waren. Ze dacht aan de brug en de rotsen eronder, en er ontstond een knoop in haar maag. Voor het eerst drong ten volle tot haar door dat ze lééfde.

Ze leefde... terwijl ze morsdood had moeten zijn.

'Je had meerdere botbreuken en ernstige inwendige bloedingen,' zei Zaron, en hij veegde een lok haar van zijn voorhoofd. 'Je ruggengraat was ook gebroken.'

Emily ademde met moeite in langs de stalen klem die om haar ribbenkast leek te zitten. Ze herinnerde het zich nu – dat korte, vreselijke moment toen haar lichaam op de rotsen klapte. Ze herinnerde zich dat ze wenste dat ze in één klap dood zou zijn, zodat ze niet zou hoeven lijden.

Met tranen in haar ogen keek ze naar haar handen alsof ze ze voor het eerst zag. Haar huid was glad en licht, volkomen onbeschadigd. Er was geen spoor te zien van wat voor verwonding dan ook, nog geen bult of schram.

Ze leefde.

Ze lééfde.

Terwijl dat besef indaalde, begon Emily oncontroleerbaar te beven. Ze had dood kunnen zijn. Ze had dood móéten zijn. Ze had zeker geweten dat ze zou doodgaan.

En als deze man die hier aan tafel zat er niet was geweest, was dat ook gebeurd.

Ze keek naar hem op en zag dat hij haar aankeek met die licht geamuseerde blik die ze al van hem kende. 'Je hebt me gered…' Haar stem klonk dunnetjes van de shock. 'Je hebt mijn leven gered.'

Hij knikte en stond in een soepele beweging op. 'Ja,' zei hij, en hij liep naar haar toe met een roofdierachtige souplesse, 'klopt.' Op een halve meter afstand van haar bleef hij stilstaan en hij streek heel licht met de achterkant van zijn vingers langs haar kaaklijn.

Emily ademde vluchtig in, geschrokken door deze onverwachte tederheid. Zijn nabijheid was overweldigend en versterkte de storm die in haar woedde. Haar huid tintelde van zijn aanraking en ze voelde een hete rilling over haar ruggengraat gaan, terwijl haar hele lichaam beefde.

De man die haar zojuist had aangeraakt, de man die haar leven had gered, beweerde van een andere planeet te komen.

Met hevig bonzend hart deed Emily een stap achteruit. 'Waarom heb je me gered?' fluisterde ze, en ze staarde hem aan. 'Wat wil je van me?'

'Je hoeft niet bang te zijn, Emily.' Zijn stem was vriendelijk, geruststellend, maar ze kreeg weer het onprettige idee dat hij een katachtige was en zij zijn prooi. 'Ik zal je geen kwaad doen.'

Ze slikte een brok in haar keel weg en deed nog een stap naar achteren. Ze wist niet zeker of ze hem geloofde – of ze ook maar iets geloofde van wat hij zei. Hoe kon het dat er mensachtige aliens waren? Dat was net zoiets belachelijks als yeti's en zeemeerminnen. Een soort Costa Ricaanse Area 51 vond zij veel geloofwaardiger. Het enige wat daarmee niet verklaard werd, was hoe ze zo snel was hersteld van haar val. Als zoiets al mogelijk was, zou die medische technologie niet lang geheim zijn gebleven.

Ze kon niet anders dan de gedachte toelaten dat hij de waarheid sprak, en als dat zo was, dan stond zij tegenover een buitenaards wezen.

Een buitenaards wezen dat haar leven had gered.

Een wezen van een andere planeet dat naar haar keek zoals een hongerige leeuw keek naar een gazelle.

HOOFDSTUK ZEVEN

ZARON KEEK TOE TERWIJL EMILY LANGZAAM VAN HEM WEGLIEP. Haar gezicht was bleek en haar ogen waren groot. Hij zag haar ledematen trillen en voelde een drang om haar naar zich toe te trekken en haar vast te houden. De drang was zo sterk dat hij zich bijna niet kon bedwingen. De vluchtige aanraking van daarnet had zijn lust alleen maar versterkt.

Hij wilde haar. Hij wilde haar aanraken, haar huid onder zijn vingertoppen voelen. Hij wilde haar kleren van haar lijf rukken en haar benen spreiden, haar openhouden terwijl hij zijn pik in haar stootte. Hij wilde haar tegen zich aan trekken en haar neuken als een wildeman… en hij wilde zijn tanden in de tere huid van haar keel zetten en de hete, koperachtige smaak van haar bloed proeven.

Het water liep hem in de mond bij die gedachte.

'Waarom zei je dat ik eruitzie als een Krinar?' Haar aarzelende vraag maakte een eind aan zijn gedachtespinsels, doorbrak het waas van lust dat hem overrompelde in haar nabijheid. Ze stond nu stil aan de andere kant van de kamer en keek hem onderzoekend aan. Ze voelde zich prettiger met wat afstand tussen hen, realiseerde hij zich. Ze had geen idee hoe makkelijk hij die afstand kon overbruggen met maar één stap. 'Dat ik lijk op een Krinar in plaats van jij op een mens, bedoel ik?' verduidelijkte ze.

Zaron ademde diep in om in balans te komen en dwong zichzelf om stil te blijven staan en haar de ruimte te geven die ze nodig had. Het was logisch dat ze zich angstig en overweldigd voelde. Mensen wisten niets over de Krinar.

'Omdat wij de eerste intelligente wezens zijn,' zei hij. 'Jullie soort is gecreëerd naar ons evenbeeld, niet andersom.'

Het meisje ging met haar tong langs haar lippen, een nerveuzige handeling die een scheut lust naar zijn kruis deed gaan. 'Naar jullie evenbeeld? Waar heb je het over?'

'Ik heb het over het feit dat wij jullie soort hebben gecreëerd… alle soorten op deze planeet, om precies te zijn.' Zaron pauzeerde even om haar de gelegenheid te geven dat tot zich door te laten dringen. 'Als wij er niet waren geweest, was er geen leven op aarde.'

Haar ogen werden groot en er flitste ongeloof over haar gezicht. 'Bedoel je dat jullie ons hebben gemáákt? In een lab of zoiets?'

'Nee, niet in een lab,' zei Zaron. Hij wilde net een uitgebreide wetenschappelijke uitleg gaan geven, maar hield zich in. 'Wat we hebben gedaan, is hier een paar miljard jaar geleden DNA planten. Toen hebben we jullie evolutie versneld om een Krinar-achtige soort te helpen ontstaan.' Dit was een erg versimpelde weergave, maar hij vond niet dat Emily op dit moment de precieze details nodig had.

Nu al ging Emily's mond open en dicht zonder dat er geluid uit kwam. Zaron kon zowat zíén hoe haar snelle brein overuren draaide in haar mooie, kleine schedel. Ze wist niet of ze hem kon vertrouwen, en haar eerste neiging was om alles wat niet in haar bestaande wereldbeeld paste af te wijzen. Maar ze kon niet ontkennen wat ze vandaag had gezien.

'Een paar miljard jaar geleden?' vroeg ze, en ze staarde hem aan. 'Is jullie samenleving al zo oud?'

Zaron knikte. 'Ja, we lopen al aardig wat jaartjes mee. Onze planeet is veel ouder dan die van jullie.'

Emily ademde huiverend in. 'Aha.' Ze wreef over haar slapen, alsof ze hoofdpijn kreeg van dit alles.

Zaron zag het lijdzaam aan. Hij vond het niet fijn dat ze pijn had, terwijl hij daar iets aan kon doen. Het was raar, maar op een bepaalde manier voelde het alsof ze bij hem hoorde en alsof haar welbevinden zijn verantwoordelijkheid was. Hij zette een paar stappen de kamer door en bleef voor haar stilstaan. 'Emily... heb je iets nodig om je beter te voelen? Een medicijn?'

Ze liet haar handen langs haar zij vallen en keek naar hem op. In dit licht waren haar ogen meer groen dan blauw. 'Nee, dank je. Het gaat prima met me. Het is alleen nogal veel.'

'Natuurlijk.' Zaron voelde weer de drang om haar in zijn armen te nemen, dit keer om haar te troosten. Helaas was ze nog niet klaar voor een dergelijke intimiteit, en als hij nu een move maakte, zou ze zich daar niet bepaald beter door gaan voelen. Dus glimlachte hij maar naar haar. 'Ik snap het.'

'Ik ben nog steeds in Costa Rica, toch?' vroeg ze, haar wenkbrauwen fronsend alsof er plots een idee in haar opkwam. 'Ik ben toch niet op je schip?'

'Nee, we zijn inderdaad in Costa Rica. Die brug is hier iets van tien kilometer verderop. Zoals ik al zei: ik woon hier nu.'

Haar voorhoofd werd weer glad en er kwam een glimlachje tevoorschijn. 'Goed.' Ze leek opgelucht, en Zaron moest een lachje onderdrukken omdat mensen altijd dachten dat aliens ontvoerders waren.

Hij keek naar haar en realiseerde zich dat hij zich in jaren niet zo licht had gevoeld. Hij had nog nooit veel tijd doorgebracht met een mens en hij had niet verwacht dat hij er zo van zou genieten. Dankzij haar rijbewijs wist hij dat Emily vierentwintig jaar oud was – een groentje in vergelijking met zijn eigen leeftijd van meer dan zeshonderd jaar. Toch leek ze volwassener dan een Krinar van dezelfde leeftijd. Dat had waarschijnlijk te maken met het feit dat mensen op die leeftijd al volwassen waren.

Het drong ineens tot hem door dat hij een uur lang niet aan Larita had gedacht. Dat besef ging gepaard met een steek in zijn borstkas, en hij duwde de gedachte meteen weer weg. Hij vond het fijn hoe hij zich voelde bij dit mensenmeisje en hij was van plan dat gevoel vast te houden.

Emily schraapte haar keel, zodat hij weer naar haar keek. 'Zaron,' zei ze zachtjes, en ze hield zijn blik vast, 'ik heb je nog niet bedankt dat je me hebt gered. Ik herinner me die val en ik weet dat ik dood had moeten zijn…' Haar stem vulde zich met tranen en ze slikte. 'Ik moet je bedanken voor wat het ook is dat je gedaan hebt…'

'Het is al goed, Emily,' onderbrak hij haar, was hij zag dat ze op het punt stond in tranen uit te barsten. 'Ik ben blij dat je leeft.'

Ze slikte weer en keek hem toen aan met een bibberige glimlach. 'Sorry, het was niet mijn bedoeling om zo emotioneel te worden. Zelfs aliens worden dus nerveus als een meisje moet huilen?'

'Je weet niet half hoe erg,' zei Zaron droogjes. Hij vond het vreselijk om een vrouw in tranen te zien; hij voelde zich dan zo hulpeloos. Als Larita moest huilen, wilde hij hemel en aarde bewegen om het voor haar op te lossen. Emily leek hem niet zo'n jankerd en dat vond hij fijn. Dit meisje had een engelachtig voorkomen, maar eronder ging een sterke vrouw schuil die hij nu al bewonderde.

Emily's glimlach werd breder, haar hele gezicht klaarde ervan op. 'Oké, dan zal ik niet huilen. Ik zeg gewoon dank je wel en dat is dat.'

Zaron lachte. 'Zo zie ik het graag.'

Een zachte trilling om zijn pols trok zijn aandacht. Hij keek naar de computer om zijn arm en zag dat er een belangrijk bericht voor hem was. 'Excuseer me,' zei hij met een berouwvolle blik. 'Ik ben zo terug.'

Voordat ze kon reageren, liep hij naar zijn studeerkamer.

Een verzoek van de Raad had altijd prioriteit.

MET BONZEND HART ZAG EMILY ZARON VERDWIJNEN. Heel even had ze het gevoel gehad dat er een band begon te ontstaan – een band die zowel opwindend was als verontrustend.

Hij maakte haar nerveus, maar ze voelde zich toch tot hem aangetrokken. Als ze met elkaar praatten, merkte ze dat ze zich afvroeg hoe het zou zijn om met haar vinger langs de lijnen van zijn wenkbrauwen te gaan en de dikke, glanzende haartjes te voelen. Terwijl hij zo dicht bij haar stond, was ze zich hyperbewust geweest van zijn grote, gespierde lichaam; zijn puur masculiene perfectie.

Het sloeg nergens op. Hij was prachtig, ja natuurlijk, maar hij had al gezegd dat hij geen mens was. Hij was Krinar, een alien van een miljarden jaren oude planeet.

Een planeet waar ze blijkbaar het leven op aarde hadden vormgegeven.

Emily kneep haar ogen dicht en wreef in een reflex weer over haar slapen. Toen ze tegen Zaron had gezegd dat het nogal veel was om te verwerken, had ze niet overdreven. Het voelde alsof haar hersenen op ontploffen stonden en haar gedachten waren een wervelwind. Ze had nog geen knallende koppijn, maar er zat wel degelijk een strakke band om haar voorhoofd.

Ze zuchtte, deed haar ogen open en liep terug naar de tafel, waaraan ze op een van de zwevende stoelen ging zitten. Toen het ding zich naar haar lichaam vormde, deed ze haar best om daar ontspannen bij te gaan zitten en het gewoon te laten gebeuren. Ze raakte gewend aan Zarons technologie – tenminste de gewone huis-tuin-en-keukentechnologie.

Hoe geavanceerd wás hun soort? Ze vroeg zich dit af terwijl er wat spanning uit haar spieren gleed dankzij de kalmerende vibraties van de stoel. Zaron had duidelijk een ruimtereis gemaakt, dus dat hadden ze onder de knie. Misschien zelfs sneller dan het licht? Volgens de huidige wetenschappelijke theorieën was dat onmogelijk, maar het was ook onmogelijk om wonden te genezen zoals die Emily had opgelopen met haar val. De Krinar-wetenschap liep zo ver voor op alles wat Emily kende dat ze zich niet kon voorstellen wat ze nog meer zouden kunnen. Misschien teleporteren? Er waren zoveel mogelijkheden voor gave technologie dat haar hoofd ervan tolde.

Emily was altijd geïnteresseerd geweest in wetenschap. Ze las graag over ontdekkingen en keek naar wetenschappelijke programma's op tv. Soms had ze zelfs gewild dat ze biologie of astrofysica was gaan studeren. Maar dat had ze niet gedaan. Zij had economie gestudeerd, verleid door de grote sommen geld die daarmee te verdienen waren op Wall Street. Emily, die was opgegroeid in pleeggezinnen, verlangde naar financiële zekerheid en stabiliteit. Het bankwezen had haar de perfecte manier geleken om dat snel voor elkaar te krijgen. Om in de wetenschap carrière te maken, moest je ver doorleren. Maar voor een carrière in de financiële wereld was vier jaar studeren genoeg, als je het aanvulde met een paar zomerstages en meer dan tachtig uur werken per week. Op vierentwintigjarige leeftijd was Emily best ver geweest op weg naar haar doel van financiële zekerheid. Ze had een mooie spaarrekening en daar kwam steeds meer bij. Maar toen crashte de beurs.

Haar spaarrekening was gehalveerd en ze was de baan kwijt die haar leven de afgelopen twee jaar had bepaald. Emily verwachtte dat ze weer overrompeld zou worden door spijt en bitterheid nu ze hieraan dacht, maar dit keer voelde ze alleen een kleine teleurstelling. Voor het eerst sinds de ontslagronde maakte ze zich niet zo druk over haar toekomst. Ze had belangrijkere dingne aan haar hoofd – zoals het feit dat een alien haar leven had gered.

De krankzinnigheid van dat besef zorgde ervoor dat ze hardop lachte. Heel even voelde ze zich weer Alice in Wonderland, maar na een paar diepe ademteugen kon ze zich herpakken. Ze moest nadenken zonder in paniek te raken, want als wat Zaron zei waar was, was dat simpelweg onthutsend.

Er was nog een intelligente soort in het universum, en ze waren veel geavanceerder dan de mens. Deze soort had de mens gemaakt. Wat wilden ze? Waarom was Zaron hier, in een Costa Ricaanse jungle? Waarom had hij haar leven gered?

En waarom wist niemand van de Krinar? Als Zarons soort echt de makers van de mens waren, hadden ze dat dan niet allang moeten weten?

Er trok een koude rilling door haar heen terwijl ze huiverend inademde, en nog een keer, en nog een keer. Ze begon het weer benauwd te krijgen.

Op die vraag bestond maar één mogelijk antwoord: niemand wist over de Krinar omdat ze niet wilden dat de mensen van hun bestaan wisten.

Zaron had een risico genomen door haar mee naar zijn huis te nemen, haar te vertellen wat hij was en waar hij vandaan kwam. Hij leek zich niet af te vragen of ze met het verhaal naar de media zou gaan. Hij leek zich er niet druk om te maken wat hij kon veroorzaken door uit de school te klappen.

Emily stond langzaam op en staarde naar de ivoorkleurige muur, terwijl ze met haar handen de tafel omklemde.

Was de reden waarom hij haar dit allemaal kon vertellen, dat hij toch niet van plan was haar ooit nog te laten gaan?

HOOFDSTUK ACHT

Zaron liep zijn studeerkamer in en activeerde de vergadermodus op zijn computer. Een seconde deed hij zijn ogen dicht. Toen hij ze weer opendeed, stond hij in een grote, witte ruimte – de vergaderzaal van de Raad op Krina. Hij was daar uiteraard niet fysiek aanwezig, maar de simulatie was zo werkelijkheidsgetrouw dat hij alles kon zien, voelen, aanraken en ruiken alsof hij er echt was.

Er waren maar drie Raadsleden: Korum, Arus en Saret. Niet zo'n officiële vergadering dus, besefte Zaron – dan hadden ze er wel alle vijftien moeten zijn. Hij neeg zijn hoofd respectvol en wachtte af waarom hij hierheen was geroepen.

De drie mannen behoorden tot de meest invloedrijke op Krina. Ze waren allemaal al Raadslid sinds vóór Zarons geboorte. De Raad, die de uitvoerende macht was op Krina, hoefde alleen verantwoording af te leggen aan de Ouderen, de negen oudste levende Krinar. En aangezien de Ouderen zich vrijwel nergens mee bemoeiden, had de Raad een bijna ongelimiteerde macht als het ging om wetten en de handhaving daarvan.

Tot twee jaar terug had Zaron zo nu en dan een Raadslid ontmoet op sociale gelegenheden. Maar de Raad had interesse getoond in zijn onderzoek en nu kende hij de meeste Raadsleden persoonlijk.

'Goed je te zien, Zaron,' zei Arus. Hij zette een stap naar hem toe. 'Dank je dat je zo snel bent gekomen. We staan op het punt te vertrekken en we wilden graag weten of je nog nieuws hebt met betrekking tot het kiezen van locaties.' Zijn gezichtsuitdrukking was vriendelijk geïnteresseerd, bedoeld om hem op zijn gemak te stellen. Arus, die een achtergrond had als socioloog, was een geliefd politicus, bijna iedereen mocht hem – Zaron ook. Arus had hem twee jaar geleden benaderd om hem om hulp te vragen bij het uitkiezen van plaatsen om op aarde nederzettingen te bouwen. Daarmee had hij Zaron uit de depressie getrokken waarin hij verkeerde sinds Larita's dood.

'Ja,' zei Zaron. 'Ik denk dat de meest veelbelovende plek in Costa Rica is.' Met een snelle polsbeweging haalde hij een 3D-kaart van de aarde tevoorschijn en hij zoomde in op de plek die hij bedoelde. 'Het klimaat lijkt er erg op wat we op sommige plekken op Krina kennen en ik denk dat ik het zodanig kan aanpassen dat de grond geschikt wordt voor veel van onze eetbare planten.'

'En de andere negen Centers?' vroeg Korum, zijn

ongewone amberkleurige ogen op Zaron gericht met een koele, indringend intelligente blik. Van de drie Raadsleden die hier waren was hij verreweg de intimiderendste. Zijn ambitie grensde aan meedogenloosheid. Hij was de drijvende kracht achter de aanstaande invasie.

'Ik heb zeven van de negen locaties geselecteerd,' zei Zaron. 'De overige twee zal ik in de komende weken bepalen. Ze moeten in de VS zijn zodat we daar ook aanwezig zijn. Ik zal een keuze maken tussen Florida, Arizona en New Mexico, maar ik moet al die plekken nog beter onderzoeken voordat ik een definitieve keuze maak.'

'Heel goed.' Arus glimlachte waarderend. 'Je hebt al heel wat bereikt. Ik verwacht dat we de eerste maanden toch wel veel op de schepen zullen verblijven totdat de menselijke bevolking gewend is aan onze aanwezigheid.'

'Verwachten jullie veel opschudding?' vroeg Zaron. Hij probeerde zich voor te stellen hoe alles zou verlopen. Emily's reactie op zijn onthullingen gaven hem de indruk dat veel mensen het moeilijk zouden vinden om te gaan met iets wat zo ver buiten hun huidige scope lag.

'We hopen dat het zal meevallen,' zei Saret. Deze breinexpert was een rustige en over het algemeen relaxte figuur, die daardoor vaak wat naar de achtergrond verdween naast de krachtiger types in de Raad. 'Ik verwacht dat sommige mensen zullen schrikken, maar ik hoop dat het goed komt zodra we alles uitleggen…'

'Ze passen zich wel aan,' zei Korum ongeduldig. 'Ze hebben geen keus. En zover we hebben gezien is hun soort best flexibel.'

Arus fronste naar Korum en wendde zich toen weer tot Zaron. 'Bedankt voor de informatie. Dit is precies waar we op hoopten. Is er nog iets wat we nu moeten weten?'

'Nee,' zei Zaron, maar om de een of andere vage reden dacht hij aan Emily. De Raad zou zich niet interesseren voor zoiets triviaals als een mensenmeisje in zijn huis, dus het had geen zin om ze daarover te vertellen.

'Tot op aarde dan,' zei Arus, en de ruimte vervaagde om Zaron heen, zodat hij zijn ogen dicht moest doen.

Toen hij ze opendeed was de virtuele vergaderkamer verdwenen en stond hij weer in zijn eigen studeerkamer.

Tegen de tijd dat Zaron terugkwam, was Emily op van de zenuwen. Ze was teruggegaan naar de kamer waarvan ze dacht dat het de woonkamer was, die met de lange zwevende plank die zich tot de comfortabelste bank ever vormde zodra ze erop plaatsnam. Daar had ze een paar minuten gezeten en haar situatie overdacht, en toen was ze opgestaan om een uitgang te zoeken, want er zat te veel adrenaline in haar lijf om stil te blijven zitten. Ze liet haar handen over de muren gaan en probeerde iets te vinden wat wees op een deur, een doorgang, maar de wanden waren irritant glad en warm onder haar vingers.

Emily had het laten zitten en was begonnen te ijsberen.

Zover ze kon nagaan had Zaron maar drie mogelijkheden met haar, als hij tenminste wilde dat zijn soort geheim bleef. Hij kon haar laten gaan en erop vertrouwen dat ze zich stilhield; hij kon haar geheugen wissen (ervan uitgaande dat die technologie bestond); of hij kon iets doen wat voorkwam dat ze het ooit kon doorvertellen – bijvoorbeeld haar ontvoeren naar zijn planeet. In theorie kon hij haar ook vermoorden, maar dat zou nogal onlogisch zijn na al die moeite die hij had gedaan om haar leven juist te redden.

Ze hoopte heel erg dat hij neigde naar de optie 'haar vertrouwen'.

'Sorry daarvoor.' Zijn diepe stem doorbrak haar gedachten en ze draaide zich geschrokken om. Ondanks zijn indrukwekkende lichaam was hij opvallend geruisloos. Hij stond op slechts een meter afstand en ze had hem niet eens horen binnenkomen.

'Geeft niks.' Emily lachte hem overdreven stralend toe om te verbergen hoe nerveus ze was. 'Je had vast iets belangrijks te doen en ik leid je alleen maar af. Goed, ik zal maar eens gaan…' Haar stem stierf weg omdat Zarons blik donkerder werd.

'Je leidt me niet af.' Hij stapte naar haar toe, alweer zo geruisloos. Voor het eerst drong tot haar door dat er iets onmenselijks was aan de manier waarop hij zich bewoog, iets waardoor hij haar deed denken aan een carnivoor die een prooi besloop. 'Je moet nog verder herstellen, Emily, en ik vind het fijn om je hier te gast te hebben.'

'Nee hoor, het gaat weer goed met me,' wierp ze tegen. Haar hartslag schoot omhoog bij het besef dat hij níét neigde naar de vertrouwensoptie. 'Wat je ook met me hebt gedaan, het heeft geweldig gewerkt. Ik ben weer kerngezond.'

'Emily...' Zaron bleef op korte afstand van haar staan, met zijn donkere ogen strak op haar gezicht gericht. 'Schiet alsjeblieft niet in de stress. Je lichaam heeft een grote klap te verwerken gekregen en het kost tijd om daar volledig van te herstellen.'

'Hoeveel tijd?'

'Een paar weken.'

'Een paar weken?' Emily staarde hem aan. Haar ongemak werd er niet echt minder op. 'Ik kan niet zo lang in Costa Rica blijven. Ik moet terug naar huis, ik vlieg zaterdag.'

Zaron keek haar zwijgend aan. 'Ik koop wel een nieuw ticket voor je,' zei hij na een kort moment. 'Dat is heus geen probleem.'

'Echt?' Emily knipperde met haar ogen. 'Kun jij een ticket kopen?' Hoe was hij van plan dat te doen, met een creditcard? Hadden aliens een creditcard? Ze stelde zich voor hoe hij een MasterCard aanvroeg vanuit zijn ruimteschip en beet op de binnenkant van haar wang om te voorkomen dat ze in de lach zou schieten om dat beeld.

'Natuurlijk.' Hij leek verward door haar vraag. 'We hebben genoeg geld. Ik kan alles kopen wat je wilt, Emily.'

De aandrang om te lachen verdween als sneeuw voor de zon. 'Dat is heel gul van je,' zei ze, en ze probeerde kalm te blijven, 'maar ik zou me heel schuldig voelen als je zoveel geld aan me uitgaf.' Ze deed weer een poging tot een glimlach. 'Ik kan ook gewoon de luchtvaartmaatschappij bellen en vragen of ze mijn vluchtdatum kunnen aanpassen. Als je denkt dat ik nog niet kan reizen in mijn huidige toestand, dan kan ik hier nog wel een paar dagen blijven. Ik moet alleen even een paar dingen regelen...'

'Emily...' Hij zuchtte op een mensachtige manier. 'Zoals je waarschijnlijk wel kunt raden, is dat niet mogelijk.'

Haar hart kroop naar haar keel. 'Ik zou niemand over je vertellen. Ik zweer het.' Emily had door dat ze ratelde, maar ze kon het niet helpen. 'Je hebt mijn leven gered, ik zal je niet verraden. En trouwens, wie zou mij geloven? Niemand gelooft in aliens...'

'Dat doet er niet toe,' zei hij om haar af te kappen. 'Ze hoeven je niet op je woord te geloven. Ze hoeven alleen maar je gebit erop na te kijken.'

'Mijn gebit?'

'Je lichaam heeft de volledige procedure ondergaan,'

zei Zaron. 'Dat betekent dat ál je verwondingen zijn geheeld, ook die van voorheen, door jullie primitieve tandheelkunde. Je tanden hebben nu geen enkel gaatje of vulling meer. Dat is iets waar jullie wetenschap nog niet toe in staat is.'

Met een toenemend gevoel van paniek ging Emily met haar tong langs haar tanden in een poging te verifiëren wat hij zei. Haar mond voelde inderdaad subtiel anders aan, maar ze wist niet of ze zich dat gewoon verbeeldde.

'Heb je een spiegel?' vroeg ze, en ze probeerde haar ademhaling onder controle te krijgen. Wat had zijn procedure nog meer veroorzaakt? Was ze veranderd?

Hij glimlachte naar haar en zei iets in zijn eigen taal, met enkele lichte keelklanken.

'Kom,' zei hij, en hij wees naar een muur aan haar rechterhand. 'Kijk.'

De muur was een grote spiegel geworden – iets waar Emily al bijna niet meer verbaasd over was. Ze liep naar de spiegel toe, deed haar mond wijd open en probeerde haar kiezen te zien, waar ze gaatjes in had gehad omdat ze als kind een zoetekauw was.

Er was geen spoor meer van die gaatjes of vullingen. Haar kiezen waren als nieuw.

Zaron had niet gelogen. Wat hij had gedaan, had onmiskenbare sporen nagelaten – bewijs dat er iets was gedaan wat moderne wetenschap niet kon verklaren.

Ze deed haar mond dicht en draaide zich terug naar Zaron, die licht geamuseerd naar haar keek. 'Is er nog iets?' vroeg ze op vlakke toon. 'Ben ik op nog meer manieren veranderd?'

Zijn lippen vormden een glimlachje. 'Nee, Emily. Tenzij je een paar littekens zult missen die je niet meer hebt.'

Ze trok haar jurk een paar centimeter omhoog en keek naar haar linkerdij. Een van haar pleegbroers had haar in een vuilcontainer gegooid toen ze twaalf was en ze had haar been toen opengehaald aan een glasscherf. Het litteken had haar in haar tienerjaren zo dwarsgezeten dat ze vijf jaar lang geen shorts had gedragen. Nu pas, nu ze volwassen was, had ze er een soort van vrede mee gekregen… en nu was het litteken weg.

Helemaal weg. Uitgewist door alientechnologie.

Emily keek op en vond Zarons ogen. 'Het is… weg.'

Hij knikte. 'Ja.'

'Wat ben je nu met me van plan?' Ze deed haar best om haar paniek te onderdrukken. 'Ga je me meenemen naar je planeet?'

'Nee, natuurlijk niet.' Hij keek weer zo geamuseerd. 'Ik zei al: je hoeft hier maar een paar weken te blijven. Zeventien dagen om precies te zijn.'

'Waarom? Wat zal er veranderen in zeventien dagen tijd?' Ze zou nog steeds haar perfecte gebit en ongehavende been hebben. Als hij haar nu niet vertrouwde, hoe zou hij haar dan tegen die tijd wel kunnen vertrouwen?

'Over zeventien dagen maakt het niet meer uit als je je verhaal in de openbaarheid brengt,' zei hij, en hij doorkruiste de ruimte om naast haar te komen staan. 'Het zou niet eens uitmaken als de krant het hoorde.' Hij pauzeerde even en keek naar haar. Toen zei hij op vriendelijke toon: 'Want over zeventien dagen komt mijn soort naar de aarde.'

HOOFDSTUK NEGEN

Zaron zag Emily's pupillen verwijden en haar gezicht nog bleker wegtrekken. 'Wat?' fluisterde ze. 'Wat bedoel je: je soort komt naar de aarde?'

'We maken ons op voor een officiële ontmoeting met jullie soort.' Zaron leunde tegen de spiegelmuur. 'Over zeventien dagen ontmoeten we jullie leiders. Dan kun jij teruggaan naar je normale leven, als je dat wilt.'

'Gaan jullie je bekendmaken?'

'Ja,' bevestigde Zaron. 'Dus je hoeft je nergens zorgen over te maken. Je kunt hier blijven als mijn gast en bijkomen.'

Ze ademde in. 'Als jouw gast. Oké. Totdat je soort er is. Totdat iedereen ontdekt dat aliens bestaan. Gesnopen.' Ze klonk in shock, en Zaron wilde haar omhelzen en wiegen om haar te kalmeren – en daarna wilde hij haar mee naar zijn bed sleuren en keihard neuken, dat ook. Deze opmerkelijke mix van beschermingsdrang en lust die ze bij hem opriep had hij nog nooit ervaren. Zelfs met Larita niet…

Nee. Hij stopte die gedachtegang voordat die verder kon gaan. Het was belachelijk om zijn gevoelens voor zijn partner te vergelijken met de primitieve aantrekkingskracht die hij voelde voor deze mensenvrouw. Die twee dingen hadden niets met elkaar te maken. Hij kon net zo goed Larita vervangen door een huisdier, zoals sommige mensen probeerden te doen na het verlies van een dierbare.

Maar eerlijk is eerlijk: Emily zou een heel neukbaar huisdier zijn, dacht hij droogjes. Zijn blik ging naar haar heerlijk volle borsten die opbolden onder de lichte stof van haar jurk.

'Waarom nu?' Haar stem trok hem uit een dagdroom waarin hij haar jurk naar beneden trok en die zachte, witte bollingen in zijn handen nam. Hij sleurde zijn blik terug naar haar gezicht en zag dat haar shock iets was bedaard. 'Waarom kiezen jullie ervoor om jullie nu aan ons bekend te maken?'

'Omdat de tijd rijp is,' zei Zaron. 'Omdat we denken dat jullie er klaar voor zijn.' En omdat de Raad zich zorgen maakte over wat de mens de aarde aandeed, maar dat wilde hij Emily nu nog niet vertellen.

Ze staarde hem aan. 'Oké. Dus jullie komen hier gewoon heen met jullie ruimteschepen en zeggen: "Hoi, hier zijn we dan."'

Hij moest een lachje onderdrukken. 'Ja, zo'n beetje wel inderdaad.' Het zou uiteraard wel wat meer behelzen, maar ook dát hoefde nog niet te weten.

'Goed. Als het zo zit, begrijp ik dat je een beetje met de timing in je maag zit,' zei ze, 'en ik ben je zeer dankbaar voor alles wat je voor me hebt gedaan. Maar ik heb ook een probleempje met de planning. Ik kan niet zo lang hier blijven, want ik heb verplichtingen thuis.' Ze ademde in. 'Ik heb volgende week een sollicitatiegesprek. Een heel belangrijk sollicitatiegesprek waar ik echt naartoe moet. Ook heb ik een kat, die nu bij een vriendin van me is, en zij zal zich zorgen maken als ik zaterdag niet terug ben.'

'Je kat?' Zaron fronste van verwarring. Hij had onlangs de soort *Felis catus* bestudeerd, en die leek zich niet op die manier zorgen te maken over zijn menselijke baasje.

'Nee, natuurlijk niet.' Emily keek hem vermoeid aan. 'Mijn vriendin.'

Daar moest Zaron om grinniken. 'Aha. Ja. Dat klinkt logischer.'

Er verscheen een glimlach op Emily's gezicht. 'Ja hè.' Ze werd weer serieus en zei: 'Maar echt, je hoeft je nergens druk om te maken met mij. Ik hou mijn mond over wat er gebeurd is, en ik zal de komende zeventien dagen ver uit de buurt blijven van dokters en tandartsen, voor het geval ze me willen onderzoeken op aliengeneeskunde.'

Zaron zuchtte. Hij had inmiddels wel door dat het niet zo makkelijk zou zijn om Emily te overtuigen om te genieten van haar verlengde vakantie. Ze had gelijk: het zou waarschijnlijk geen kwaad kunnen als ze nu terugging. Maar totdat de Krinar officieel op aarde waren, zat hij vast aan een mandaat van de Ouderen waarin stond dat hij niets mocht doen wat hun soort aan de mens bekend kon maken vóór de aankomst van het schip.

En er speelde nog iets mee – iets wat Zaron zelfs aan zichzelf niet echt wilde toegeven. Hij wilde Emily niet laten gaan voordat hij haar geproefd had… voordat hij de lust die in hem brandde had bevredigd.

Nee, dat had er niets mee te maken, zei hij tegen zichzelf. Hij hield zich gewoon aan het mandaat, zoals iedere rechtschapen Krinar zou doen.

'Het spijt me, Emily,' zei hij. 'Ik begrijp dat het niet jouw bedoeling is om iets te onthullen, maar ik moet de regels in acht nemen. Ik ben bang dat ik je hier nog iets langer zal moeten houden.'

Ze perste haar lippen op elkaar. 'Dus… tweeënhalve week zonder dat ik iemand mag laten weten waar ik ben of wat er met me is gebeurd.'

Zaron ademde uit. Hij begon gefrustreerd te raken. 'Je kunt je vriendin een mail sturen als je wilt.' Het leek hem geen probleem om te bepalen wat er in die mail zou staan, vooral niet als hij toegang kreeg tot haar mailaccount en het bericht zelf zou versturen.

'Dat zou fijn zijn, maar ik zit nog steeds met dat sollicitatiegesprek. Het is een heel belangrijk gesprek en ik kan het niet verplaatsen,' zei Emily. 'Het is voor het grootste hedgefonds in New York en dat is mijn droombaan. Ik bereid me hier al twee maanden op voor, sinds mijn ontslag van mijn vorige baan. Bij Evers Capital hebben ze geen ruimte voor smoesjes en ik zal geen tweede kans krijgen als ik deze verpest. Bill Evers, het hoofd van het fonds, staat erom bekend dat hij werk op de eerste plaats zet en alles daaraan ondergeschikt maakt. Hij heeft een keer een auto-ongeluk gehad waarbij hij in coma raakte en meteen op de dag dat hij daaruit ontwaakte, liet hij zich met zijn rolstoel naar kantoor brengen.' Er klonk iets van bewondering door in haar stem, wat Zaron op de een of andere manier ergerlijk vond.

Hij begon zijn geduld te verliezen. 'Luister, Emily, je moet één ding heel goed begrijpen,' zei hij, en hij deed een stap bij de muur vandaan. 'De enige reden waarom je nog leeft, is omdat ik je heb gevonden en mee hierheen heb genomen. Als ik er niet was geweest, ging je nu naar huis in een lijkenzak.'

Alle kleur trok weg uit haar gezicht.

'Dus misschien wil je daar even bij stilstaan als je je zorgen maakt over het afzeggen van een sollicitatiegesprek.' Hij stopte met praten, nog steeds onnoemelijk boos. Toen hij weer wat zei, kwam het er onvriendelijker uit dan hij bedoelde. 'Je bent hier bij mij te gast en dat blijft zo tot het mandaat niet langer van kracht is.'

'Ik snap het.' Haar stem klonk kalm, maar er was een verdachte glinstering te zien in haar ogen toen ze hem aankeek. 'Dus de komende zeventien dagen ben ik jouw gijzelaar.'

Zaron vernauwde zijn ogen tot spleetjes. 'Noem het maar hoe je het wilt noemen.'

Voordat hij iets kon doen of zeggen waar hij later

spijt van zou hebben, draaide hij zich van haar af en liep hij met vlugge passen naar zijn studeerkamer.

TOEN HIJ WEG WAS, LEUNDE EMILY TEGEN DE spiegelwand met haar armen beschermend om zichzelf heen geslagen. Ze wist niet waarom Zaron zo boos was, maar ze wist wel dat het niet slim was om hem nu verder uit te dagen. Ze had zijn 'gastvrijheid' gewoon moeten accepteren en er niet tegen in moeten gaan.

Het was niet het ergste wat haar kon overkomen, zei ze tegen zichzelf, alhoewel ze een knoop in haar maag moest wegdenken. Hij hield haar hier maar een paar weken, hij nam haar niet mee naar een andere planeet of zo, zoals ze eerst wel had gevreesd. Op een bepaalde manier had hij gelijk: het was dom om zich druk te maken over een gemiste carrièrekans terwijl ze ook dood had kunnen zijn. Toen Emily aan die brug bungelde, had ze niet gedacht aan dat sollicitatiegesprek. Ze was dankbaar dat Zaron ervoor had gekozen haar te redden... ook al kwam alles in haar in opstand bij het idee een gevangene te zijn zolang hij het nodig vond om haar vrijheid in te perken.

Als er één ding was waar Emily een hekel aan had, was het opgesloten zitten. Voordat ze in de pleegzorg terechtkwam, had ze bij haar tante gewoond, een sociaal onaangepaste vrouw die geen idee had hoe ze moest omgaan met een vierjarig kind dat net haar ouders had verloren. Als Emily zich misdroeg, sloot haar tante haar voor straf op in haar kamer, soms wel dagenlang. Haar tante mishandelde haar in de strikte zin van het woord nooit – ze gaf Emily wel te eten en gaf haar speelgoed – maar toch vond Emily het vreselijk om opgesloten te zitten. Zelfs nu gaf het haar een gevoel alsof ze een dier in een kooi was: opgesloten en razend.

Ga daar nou niet te veel bij stilstaan, zei ze tegen zichzelf. Het laatste wat ze nu kon gebruiken was dat haar fobie in volle kracht de kop opstak. Ze ademde rustig in, liep naar de plank en ging erop zitten, waarna het alienmeubilair zich om haar heen vouwde en iets van haar spanning wegnam. Als ze nou niet focuste op het feit dat ze hier vastzat, kon dit weleens een geweldige kans zijn – een kans om een intelligent wezen van een andere soort te leren kennen.

Een soort die alle mensen binnenkort zouden leren kennen.

De omvang van wat Zaron haar had verteld was haast niet te bevatten. Emily's hersenen gonsden van miljoenen vragen. Waarom had Zarons soort besloten dat mensen klaar waren voor deze ontmoeting? Wat zou er gebeuren als ze kwamen? Ze kon zich niet voorstellen dat iedereen hen met open armen zou verwelkomen, zelfs niet als de Krinar goede bedoelingen hadden. Wat waren überhaupt hun bedoelingen? Handjes schudden zoals verschillende wereldleiders weleens met elkaar denken, of misschien meer? En hoe zou de planeet reageren op hun komst?

Op het nieuws dat de mens niet alleen was, dat ze waren gecreëerd door een buitenaards ras?

Een buitengewoon mooi en heel menselijk ogend ras.

Tot haar grote schrik stelde Emily vast dat ze zich serieus aangetrokken voelde tot Zaron. Ze was zo overweldigd geweest door wat er was gebeurd dat haar op de een of andere manier was ontgaan hoeveel fysieke impact hij op haar had. Zelfs nu nog voelde ze haar huid prikken en het vocht ontstaan tussen haar dijen als ze alleen maar aan hem dacht. De aantrekkingskracht was sterker dan ze ooit had meegemaakt, en dat maakte haar behoorlijk bang.

Zaron zag eruit als een mens – *vooruit, veel mooier dan een mens* – maar hij wás geen mens. Als zijn soort zich echt had geëvolueerd op een andere planeet, dan moesten er wel verschillen zijn tussen hun soorten, en op dit moment kon Emily alleen maar raden wat die verschillen dan waren. Het was niet logisch dat zij zich seksueel tot hem aangetrokken voelde, maar dat kon haar lichaam niets schelen. Haar hormonen vonden Zaron het lekkerste waar ze ooit mee in aanraking was gekomen.

Fantastisch. Dit kon ze nu echt gebruiken: een ernstig geval van het stockholmsyndroom, en dat voor een alien. Emily kreunde inwendig en verborg haar gezicht in haar handen. Als deze samenleving echt zo geavanceerd en oud was als hij had gezegd, dan was de kans groot dat hij haar zag als een soort slimme aap: een wezen om te bestuderen. Hij had zelfs gezegd dat hij bioloog was, herinnerde ze zich met een wee gevoel in haar maag.

Nee, het was belachelijk om op hem te vallen. Ze behoorden tot een andere soort, en zelfs als dat niet het geval was, dan nog waren dit niet bepaald de juiste omstandigheden om een relatie aan te gaan. Als Zaron de waarheid had verteld, dan zou ze over zeventien dagen weggaan en zou ze hem waarschijnlijk nooit meer zien.

Het enige wat ze tot die tijd moest doen, was zorgen dat ze niet doordraaide.

HOOFDSTUK TIEN

Met een strakgespannen kaak van woede ging Zaron zijn studeerkamer binnen en hij ging zitten. Toen riep hij een 3D-weergave van de lokale omgeving op, legde er een plattegrond van waar het Center moest komen overheen en begon berekeningen te maken. Hij had nog een hoop werk te doen voor de aankomst van de Raad, maar hij kon zijn hoofd niet van zijn ondankbare gast af houden.

Hij had haar leven gered. Hij had haar léven gered! Zonder hem zou Emily een rottend lijk zijn geweest. En nu deed ze moeilijk over een paar weekjes in zijn huis? Hij knarsetandde en leunde naar voren in zijn stoel. Was het idee om met hem samen te zijn dan zó afstotelijk voor haar? Of wilde ze gewoon erg graag terug zodat ze kon gaan werken voor een belachelijk hedgefonds waarvan ze de baas leek te aanbidden?

Zarons woede werd nog groter bij die gedachte. Hij blafte een bevel naar zijn computer en riep de gegevens van Bill Evers op, waarna hij vluchtig door alle info ging die er over deze man bekend was, van krantenartikelen tot zijn woonadres. Wat hij zag, stelde hem niet bepaald gerust. De man voor wie Emily zoveel bewondering gehad was halverwege de dertig en had zich in die korte tijd opgewerkt tot een hoge positie in hun samenleving. Hij zag er ook goed uit voor een mens, met een regelmatige botstructuur, een slank lichaam van gemiddelde lengte, en bruin haar.

Was hij de reden waarom Emily zo graag voor dit fonds wilde werken, vroeg Zaron zich woest af. Wilde ze hem als partner? In dat geval had ze vette pech. Hij was niet van plan om een andere man in haar buurt toe te laten – tenminste niet totdat hij zich tegoed had gedaan aan haar heerlijke lichaam met die mooie rondingen.

En daar had je de reden voor zijn woede, besefte hij, terwijl hij nietsziend staarde naar de 3D-kaart. Hoe hard Zaron ook probeerde rationeel te zijn, hij was eerst en vooral een Krinar-man, en hij werd overmand door een bezitsdrang jegens Emily. Hij wilde haar, en hij wilde niet dat een ander haar kreeg – hij wilde niet eens dat ze aan een andere man dácht. Haar bewondering voor Evers had hem geïrriteerd omdat het het beeld opriep van een andere man ni haar leven – iemand voor wie ze nogal wat bewondering leek te hebben.

Het was belachelijk, maar zo zat het. Zaron voelde zich bezitterig jegens Emily... net zoals hij zich ooit had gevoeld jegens Larita.

Nee! Alles in hem verzette zich tegen die conclusie. Dit was anders. Het mooie meisje mocht dan wel zijn primitieve instincten prikkelen, maar dat kwam alleen maar doordat hij het gevoel had ergens recht op te hebben.

Ja, dat moest het zijn. Hij had haar gered en nu vond hij dat ze hem toebehoorde – ze was al de zijne. Het was niet erg logisch, maar dat deed er niet toe.

Als hij niet wilde doordraaien, moest hij haar hebben. En snel ook.

HOOFDSTUK ELF

'WAT BEN JE AAN HET DOEN?'

Bij het horen van die diepe stem die ze nu al zo goed kende, schrok Emily op en draaide ze zich om. Ze probeerde er niet betrapt uit te zien. 'O, gewoon de structuur van de muren aan het bestuderen,' zei ze vrolijk.

'Jaja.' Zaron leek haar niet te geloven. En toen wist ze zeker dat hij er niks van geloofde omdat hij zei: 'Emily, ze gaan niet voor je open, hoe hard je ook zoekt naar het mechanisme. Dit huis is intelligent geprogrammeerd om te reageren op mij, niet op jou.'

Emily's mond werd een strakke streep. 'Goed, natuurlijk.' Zoiets had ze al vermoed. Het afgelopen uur had ze de muren in de woonkamer en keuken afgespeurd en zover ze kon zien, was er geen sleufje of gaatje te vinden.

Tenzij Zaron zou doen wat hij moest doen om de muur te openen, zat ze vast.

Hij liep door de kamer heen en kwam naast haar staan. 'Waarom moet je dit nou per se zo moeilijk maken?' mompelde hij. Zijn vingers gingen over haar wang en er ging een warme rilling door haar heen. 'Dit hoeft niet zo vervelend voor je te zijn, engel. Integendeel: het zou fijn kunnen worden...' Zijn grote hand omvatte haar wang, zijn duim streek zachtjes over haar onderlip. 'Heel erg fijn zelfs.'

Geschokt staarde Emily hem aan. Haar hart bonsde als een bassdrum. Er bestond geen twijfel over wat hij bedoelde, al helemaal niet met deze intense, hongerige blik. Had hij haar gedachten gelezen? Kon hij dat? 'Eh...' Haar hersenen leken tot moes te zijn verworden, ze kon niet eens meer een samenhangende zin vormen. 'Eh, wat bedoel... wat bedoel je...?'

'Je hoeft niet bang te zijn, Emily,' zei hij zachtjes en hij kwam een stap dichterbij. 'Ik zal je geen kwaad doen.' En terwijl zij daar vol ongeloof stond, bracht hij zijn hoofd naar beneden en legde zijn lippen op de hare.

Zijn lippen waren zijdezacht, zijn adem warm en lichtzoet. Hij leek geen haast te hebben om de kus te verdiepen; het was alsof hij haar alleen maar even wilde proeven, de contouren en het gevoel van haar lippen wilde leren kennen. Tegelijkertijd wist hij precies wat hij deed. Er zat geen aarzeling in zijn kus, geen onzekerheid. Hij kuste haar alsof hij dit miljoenen keren had gedaan, met zijn vingers in haar haar en met een vriendelijke, maar onontkoombare grip op haar hoofd.

Heel even was Emily te verrast om te reageren, maar toen hij doorgaan met de kus, waar hij onmiskenbaar heel goed in was, begon er een warm gevoel door haar lichaam te stromen vanuit haar diepste binnenste. Haar handen gingen zonder dat ze het goed doorhad naar zijn borst en ze duwde haar palmen tegen de harde wand van spieren, en viel half en half tegen hem aan omdat haar spieren slap werden.

Bij het voelen van haar reactie verdiepte hij de kus. Zijn tong duwde haar lippen van elkaar en dook in de warmte van haar mond. Hij hield haar hoofd nog steeds met één hand vast en duwde de andere in haar onderrug, waarmee hij haar fluks tegen zijn sterke lichaam duwde. Ze voelde de harde, dikke bobbel van zijn erectie tegen haar buik en ze kreunde, vervuld door een plotseling, intens verlangen.

Er klonk een lage grom vanuit diep in zijn borst en de hand in haar haar verplaatste zich om het dunne bandje van haar jurk te pakken. Voordat Emily doorhad wat hij wilde, hoorde ze een scheurend geluid en toen lag zijn handpalm op haar borst. Zijn grote, sterke vingers omvatten die met een schokkende bezitterigheid; zijn duim streek langs haar harde tepel en er schoot een vurige scheut door haar heen.

Ergens in Emily's achterhoofd gingen er alarmbellen af, die door de mist van verlangen heen drongen. 'Wacht, stop,' hijgde ze, en ze draaide zich weg van de kus. 'Zaron, alsjeblieft... stop!'

Zijn lichaam verstrakte en zijn grip op haar borst werd sterker. Hij deed haar zowat pijn. Eén angstaanjagende seconde dacht Emily dat hij niet naar haar zou luisteren, maar toen liet hij haar los en zette hij een stap naar achteren om haar de ruimte te geven die ze nodig had.

Emily trilde over haar hele lijf. Ze probeerde haar naakte borsten te bedekken met de flarden van de jurk. Hoe kon ze dit hebben toegelaten? Hoe kon ze een vreemde man, een buitenaards wézen, toestaan om bijna seks met haar te hebben? Was ze dan alle logica en gezond verstand kwijt?

De jurk bleef niet meer zitten zonder dat ze hem vasthield en ze gaf het uiteindelijk op. Met het gescheurde materiaal stevig tegen haar borst keek ze op naar Zaron. Ze voelde zich heel erg uit het lood geslagen.

Hij keek haar aan met onverbloemde lust. Zijn ogen waren diepzwart en schitterden. Er zat een enorme bobbel in zijn korte broek en zijn gespierde lichaam trilde zowat van de spanning. Het zag eruit alsof het hem al zijn wilskracht kostte om haar niet te bespringen.

Hij wilde haar.

Dit was niet best. Helemaal niet best.

Emily deed met toenemende paniek een stap achteruit.

Zaron sperde zijn neusgaten wat wijder toen hij haar instinctieve terugtrekking zag. 'Ik zal je niet dwingen,' zei hij op vlakke toon. 'Je hoeft niet bang voor me te zijn.'

'Nee, natuurlijk.' Emily dwong zichzelf om te

stoppen met weglopen. 'Luister, Zaron...' Ze haalde diep adem. 'Ik weet niet wat je voor ons in gedachten hebt, maar dit is een slecht idee.'

'Waarom?' Zijn brandende blik hield haar vast. 'Je wilt me. Of verbeeldde ik me dat maar?'

Emily slikte. 'Nee, je hebt het je niet verbeeld,' gaf ze toe, en haar gezicht werd warm. 'Maar dat betekent nog niet dat ik seks met je wil. Ik ken je haast niet en je... bent niet eens een mens.'

Zijn mond vertrok even tot een grijnsje. 'Ben je bang dat ik tentakels heb of een derde arm? Ik kan je verzekeren dat ik qua onderdelen precies lijk op een mensenman.'

'Dat weet ik wel,' zei Emily vlug, ook al had ze dat uiteraard niet zeker kunnen weten. Hij zag er menselijk uit, maar dat wilde nog niet zeggen dat hij ook precies op dezelfde manier werkte. Maar goed, ze ging haar twijfels nu niet aan hem toegeven.

'Wat is dan het probleem?' mompelde hij, en hij overbrugde weer de afstand tussen hen. 'Je zult ervan genieten, dat beloof ik je.' Zijn hand strekte zich uit naar de hare en omvatte de vuist waarmee ze haar jurk omhooghield. Ze voelde de warmte die van zijn lijf kwam, rook zijn cleane, mannelijke geur, en haar tepels werden weer hard en haar ademhaling versnelde terwijl die kriebel door haar lichaam ging. Onwillekeurig verslapte haar grip op de jurk en het zachte materiaal viel naar beneden, waardoor haar bovenlijf ontbloot werd.

Zarons ogen leken nog donkerder te worden en voordat Emily kon reageren, voelde ze zijn grote handen op haar billen, waarna hij haar met een opmerkelijk gemak optilde totdat haar borsten op zijn ooghoogte waren. Met een zachte grom boog hij zijn hoofd en hij nam één roze tepel in zijn mond om er krachtig aan te zuigen. Emily hapte naar adem en haar handen grepen naar zijn sterke spieren terwijl haar tenen krulden van het onverwachtse genot. De vochtige warmte van zijn mond en de druk van zijn tong versterkten het kloppende gevoel tussen haar dijen en ze kreunde, waarbij ze zich gedachteloos tegen hem aan wreef om de spanning die zich in haar opbouwde te verlichten.

'Ja, precies,' fluisterde hij. Zijn hete adem ging over haar heen en hij liet haar langzaam zakken, zodat ze de stevigheid van zijn lichaam kon voelen, terwijl hij met zijn lippen naar het gevoelige plekje ging tussen haar hals en schouder. Ze huiverde hulpeloos, overrompeld door de sensaties, en voelde zijn vingers tussen haar benen glijden terwijl hij haar met de andere hand bleef optillen. Zijn duim omcirkelde haar clitoris gekmakend langzaam, en met elke cirkel werd haar binnenste strakker aangespannen. Er ging één vinger naar binnen in haar vochtigheid en ze hoorde hem grommen toen ze zich om hem heen aanspande, en toen bracht hij zijn duim meteen ook weer naar haar clit om die ritmische omtrekkende beweging te hervatten. Emily kermde het uit en haar heupen schoten naar voren en naar achteren van de intensiteit van het gevoel, en toen voelde ze hoe haar lichaam uiteenspatte in een miljoen stukjes.

Voordat ze kon bijkomen, draaide de kamer om haar heen. Gedesoriënteerd greep ze naar Zarons shirt – en ze besefte dat hij haar naar de vloer liet zakken en zijn hand van haar vagina liet wegglijden. Haar rug raakte het koele, harde oppervlak, en van schrik raakte ze uit haar sensuele waas.

Waar was ze mee bezig? Er ging een alarmbel af in haar hersenen toen Zaron de onderkant van de jurk omhoogtrok en haar onderlijf ontblootte. Zijn knieën stonden tussen haar benen en hielden die open. Iets hard en glads duwde tegen haar dijbeen en ze wist ineens honderd procent zeker dat dit het was; dat hij over een kort moment in haar zou zijn.

Ze was hier niet klaar voor. Toen Zaron zijn mond weer naar haar toe bracht, verzamelde Emily al haar wilskracht en duwde hem weg, waarna ze haar hoofd wegdraaide. 'Stop. Zaron, alsjeblieft, stop!'

Hij bevroor in zijn beweging, zijn ademhaling zwaar en rauw, en Emily wachtte af, hopend dat hij woord zou houden en haar niet zou dwingen. Ze voelde de kloppende warmte van zijn erectie vlak bij haar opening en een huivering van schroom vermengd met opwinding ging door haar heen. Ze draaide haar hoofd langzaam terug en ontmoette zijn blik. Ze probeerde niet in paniek te raken bij het zien van de wilde honger in die ogen.

'Ik wil dit niet,' fluisterde ze, en ze duwde

vruchteloos tegen zijn borst. Ze voelde de harde spieren onder haar vingers en de wetenschap dat ze zich nooit tegen hem zou kunnen verzetten zorgde voor een knoop in haar maag. 'Zaron, alsjeblieft… laat me gaan.'

HOOFDSTUK TWAALF

ZE WILDE DAT HIJ STOPTE.

Hij stond op het punt om zichzelf te begraven in haar strakke, natte warmte, en Emily wilde dat hij stopte.

Heel even wist Zaron niet zeker of hij aan dat verzoek kon voldoen. Ze lag met haar benen wijd onder hem, haar zachte, slanke lichaam was duidelijk opgewonden en haar verhitte geur maakte zijn zintuigen gek. Haar heerlijke ronde borsten waren voor hem ontbloot, de tepels staken omhoog als rijpe bessen, en haar hartslag pulseerde in de zijkant van haar nek, wat hem herinnerde aan de vloeibare extase die door haar aderen liep. Hij voelde haar slanke dijen trillen van opwinding tegen zijn heupen. Eén stoot en ze zou van hem zijn. Eén stoot en hij zou diep in haar zijn, wat het verlangen dat door hem heen gierde zou stillen. Zijn pik was pijnlijk hard, verlangend naar haar, en zijn lichaam vocht tegen zijn brein dat wilde dat hij zich beheerste.

Alleen de angst in haar ogen hielp hem om te luisteren naar zijn verstand. Ze mocht dan wel fysiek naar hem verlangen, maar als hij nu doorging, zou het een verkrachting zijn.

Met een strakgespannen kaak dwong Zaron zichzelf om van haar af te rollen. Hij stond op en draaide zich van haar weg, waarna hij zijn kleding herschikte om zijn harde pik te verhullen. Hij keek niet naar haar. Dat kon hij niet – dan zou hij alsnog zijn belofte verbreken.

Hij hoorde haar opstaan. Haar bewegingen waren onzeker, haar ademhaling ging sneller dan anders. Hij wist niet of dat kwam door opwinding of door angst, maar het deed er niet toe. Zaron zette een onaangedaan masker op en draaide zich naar haar terug; zijn erectie duwde hij weg.

Emily keek hem voorzichtig aan, met de jurk weer over haar borsten getrokken. Haar blonde haar zat in de war en hing in slordige golven over haar rug, haar lippen waren opgezwollen en rood van de druk van zijn mond. Haar huid had de gloed van een orgasme. Ze zag er heerlijk neukbaar uit.

Of liever gezegd om op te vreten.

Het kostte hem al zijn zelfbeheersing om kalm te zeggen: 'Het spijt me als ik je bang heb gemaakt, Emily. Dat was niet de bedoeling.'

'Wat was dan wel de bedoeling?' Haar stem was net

zo kalm als de zijne, hoewel haar grip op de jurk haar zenuwen verried. 'Wat wil je van me, Zaron? Is dit een soort kink van je, seks hebben met een vrouw die je gevangenhoudt in je huis? Een vrouw die niet eens van je eigen soort is? Is dat de reden waarom je me hebt gered?'

Terwijl ze praatte, veranderde Zarons lust langzaamaan in woede. Het feit dat er een kern van waarheid zat in haar woorden, droeg daar alleen maar aan bij. 'Ja, natuurlijk,' zei hij met een zoetgevooisde stem. 'Dat is precies de reden, engel. Ik heb je gered om je te kunnen neuken. Had je liever dood willen gaan op die rotsen?'

Ze hield zijn blik vastberaden vast, maar er ging een kleine, haast niet waarneembare rilling over haar huid, waardoor hij spijt kreeg van die harde woorden. 'Nee,' zei ze, al was het niet meer dan een fluistering. 'Ik ben natuurlijk dankbaar dat ik nog leef. Verwacht je daar iets voor terug? Seks?'

Hij walgde ineens van zichzelf en schudde zijn hoofd. 'Nee.' Gefrustreerd haalde hij zijn hand door zijn haar. Dit meisje had hem in het nauw gedreven. 'Dat bedoelde ik niet.' Hij wist dat wat hij ook nog zou zeggen de situatie alleen maar zou verergeren, dus liep hij naar de muur, en de doorgang naar Emily's kamer ontstond.

'Ga anders wat uitrusten,' stelde hij voor, met een gebaar naar de opening. 'Ik moet wat werk doen en dan kun jij even een dutje doen voor het eten.' Hij wist dat mensen een heleboel slaap nodig hadden, en de kans was groot dat ze toch al moe was.

Ze knikte, haast onwaarneembaar, en liep langs hem heen de kamer in, erop lettend dat ze hem niet aankeek. Ze hield nog steeds de gescheurde jurk beschermend voor haar borsten en haar heerlijke geur bereikte zijn neusgaten toen ze langs hem heen liep.

'Ik zal een nieuwe jurk voor je klaarleggen,' zei Zaron met een geknepen stem, en toen liep hij weg naar zijn studeerkamer voordat hij zich weer aan haar kon vergrijpen. Hij maakte meteen een paar nieuwe jurken voor haar en probeerde zich hemzelf voor te stellen in een bad vol ijskoud water – een beeld waarvan hij hoopte dat het zijn zelfbeheersing ten goede zou komen.

Toen hij zeker wist dat hij haar niet zou bespringen, ging hij naar haar kamer.

Emily zat op bed met haar benen over elkaar. Ze had het op de een of andere manier voor elkaar gekregen om de gescheurde bandjes van de jurk bijeen te binden en nu bleef hij zonder hulp zitten.

'Alsjeblieft,' zei Zaron, en hij opende een van de muren om een kast tevoorschijn te laten komen. 'Hier kun je gebruik van maken zolang je hier bent. Je kunt er gewoon heen lopen en dan gaat hij voor je open.' Hij deed de jurken in de kast en draaide zich om om haar aan te kijken.

'Dank je wel,' zei ze zachtjes, en ze keek hem aan met haar zeekleurige ogen. 'Heb je misschien ook iets voor me om te lezen? Een boek of een tijdschrift?'

Zaron dacht daar even over en gaf toen een commando in het Krinar, waarna het huis een dunne tablet naar hem toe liet zweven vanuit een andere kamer. Hij pakte het apparaat uit de lucht en gaf het wat instructies zodat Emily het in het Engels zou kunnen bedienen. Toen gaf hij het aan haar. 'Hiermee kun je ieder boek lezen dat je wilt,' zei hij. 'Zeg gewoon wat je wilt lezen en het verschijnt erop.'

'Echt?' Ze keek op terwijl ze de tablet van hem aannam. 'Is dit een soort e-reader?'

Hij glimlachte. 'Zoiets ja.' Die vergelijking kwam best in de buurt, hoewel het apparaat veel geavanceerder was. 'Je kunt er ook tv op kijken als je wilt. Zeg gewoon wat je wilt zien en het komt erop.'

'Ik geef gewoon spraakcommando's dus?'

'Ja.' Hij wist dat sommige menselijke technologie nu ook al gebruikmaakte van spraak, dus dat zou ze niet heel raar vinden. Voor de Krinar waren spraakcommando's ouderwets, maar Zaron gaf er om de een of andere reden nog altijd de voorkeur aan. Het alternatief was om een computer te laten implanteren zodat hij met zijn hersenen de technologie kon bestuderen. Op een gegeven moment wilde hij dat wel, maar hij was er nog niet aan toegekomen.

'Goed, dan wil ik wel *Avatar* zien,' zei ze, en ze keek naar het apparaat. Ze sprak langzaam en luid, alsof ze het tegen een dove had: 'Toon mij *Avatar*.'

'Het begreep je de eerste keer ook al wel,' zei Zaron, en hij keek geamuseerd toe hoe Emily's ogen groot werden omdat een 3D-video de kamer vulde. 'Je kunt nu kijken als je wilt.'

'Holy shit,' riep ze uit, en ze sprong op toen het beeld groter werd. 'Dit is geweldig!'

'Veel plezier,' zei Zaron glimlachend. 'Ik zie je over een paar uur wel weer.'

Hij wist vrij zeker dat ze het niet doorhad toen hij de kamer uit ging omdat ze zo opging in de film die voor haar werd geprojecteerd. Binnenkort moest hij haar maar eens een simulatie laten zien, bedacht hij, en hij had er nu al voorpret van. Eens zien hoe ze daarop zou reageren.

HOOFDSTUK DERTIEN

JE HAD FILM KIJKEN, EN JE HAD FILM KIJKEN MET KRINAR-technologie. Emily had de film *Avatar* twee keer in de bioscoop gezien, beide keren in IMAX 3D, maar dit voelde alsof ze hem voor het eerst ervoer. De beelden waren zo realistisch, zo levensecht, dat het leek alsof ze daar op Pandora zag en de gebeurtenissen om zich heen zag.

De uren vlogen om terwijl Emily opging in de film. Het was fijn om zich eens op iets anders te richten dan haar bizarre situatie – hoewel ze snel besefte dat een film over mensachtige aliens misschien niet de beste keuze was voor dat doel.

Toen de film was afgelopen, ging ze weer naar die rare badkamer, en ze vond het heerlijk dat die alles deed wat ze nodig had. De technologie werkte zo intuïtief dat het was alsof het huis haar gedachten las. Ze kreeg water uit de wastafelachtige uitsparing en waste daarmee haar gezicht, en toen zocht ze iets van gezichtscrème. Meteen voelde ze een warm, zacht briesje op haar gezicht. Toen dat stopte, merkte ze dat haar huid niet meer droog en strak aanvoelde, maar zo zacht alsof ze naar een schoonheidsspecialist was geweest. Ze wou dat ze hier een spiegel had, en toen ze ernaar op zoek ging, glinsterde een van de muren voor haar ogen en veranderde in een spiegelend oppervlak. Het was echt bizar.

Emily stapte dichter naar de spiegel toe en bestudeerde haar spiegelbeeld. Het was zowel vertrouwd als anders. Toen ze eerder naar zichzelf had gekeken was ze te overweldigd om echt goed te kijken, dus dat deed ze nu.

Het leek alsof Zarons geneeskundige procedure meer had verbeterd dan alleen haar tanden en haar littekens. Het had ook de subtiele tekenen van stress en slaaptekort weggenomen die de afgelopen twee jaar sporen hadden nagelaten op haar huid. De donkere kringen onder haar ogen en de stressrimpels rond haar mond waren verdwenen. Voor het eerst in maanden zag ze er gezond en uitgerust uit.

Ook was goed te zien dat ze gezoend had.

Emily slikte, draaide zich weg van de spiegel en liep terug naar haar kamer. Ze wilde daar niet aan denken, maar ze kon de beelden niet langer verdringen. Wat er was gebeurd, was rauw, seksueel en... ernstig verwarrend.

Haar buitenaardse gijzelnemer wilde haar. Daarover bestond geen twijfel meer. Als ze hem niet had tegengehouden, zou hij haar op dat moment genomen hebben, gewoon op de vloer. Haar ademhaling versnelde bij de herinnering van zijn krachtige lichaam boven haar, de kracht waarmee zijn benen de hare uit elkaar duwden, de warme vochtigheid van zijn mond op haar tepels...

Emily kreunde, liet zichzelf op bed vallen en begroef haar hoofd in het zachte dekbed.

Ze was nooit een type geweest voor casual seks – zelfs niet op de universiteit, waar het aan de orde van de dag was. Zij was daarvoor te voorzichtig. Ze stond te veel stil bij de mogelijke consequenties. Voor haar vereiste intimiteit vertrouwen, en ze vertrouwde niet snel iemand. Haar ex-vriend Jason had ze eerst een jaar op vriendschappelijke basis gezien voordat het meer werd, en zelfs toen nog duurde het ruim een maand voor ze met hem naar bed ging.

Toch had ze het bijna gedaan met een buitenaardse vreemdeling op de vloer van zijn futuristische huis, terwijl ze hem nog maar een dag kende. Hij had niet eens een condoom omgehad, herinnerde Emily zich huiverend. Had hij haar zwanger kunnen maken of een soa kunnen overdragen? Daar dacht ze even over en het leek haar onwaarschijnlijk dat zijn soort soa's kon krijgen, gezien de staat van hun medische technologie, maar een zwangerschap, dat zou misschien wel kunnen. Emily nam de pil niet meer sinds ze het vier maanden geleden had uitgemaakt met Jason, dus voor haar was dit wel degelijk iets om over na te denken.

Wat zou er de volgende keer gebeuren dat Zaron haar probeerde te verleiden? En dat zou hij doen, dat wist ze wel zeker. Zou ze hem kunnen tegenhouden? Zou ze hem wíllen tegenhouden? Ze had zich nog nooit zo tot een man aangetrokken gevoeld, had nog nooit zo'n intens verlangen gevoeld. Emily had altijd wel genoten van seks, maar wat ze nu had meegemaakt leek in niets op de timide vrijpartijtjes met Jason. Dit was meer een vlammenzee waarin ze bijna levend was verbrand.

En ze had in zijn ogen dezelfde onbedwingbare honger gezien. Hij zou haar neuken, linksom of rechtsom.

Emily wist niet of dat vooruitzicht haar nou opwond of doodsbang maakte.

HOOFDSTUK VEERTIEN

VOOR HET AVONDETEN REGELDE ZARON EEN GROTE DIVERSITEIT AAN GERECHTEN DIE PASTEN BIJ EMILY'S SMAAK. Het enige wat er ontbrak, was dierlijk voedsel. Hij had hier op aarde twee keer vlees gegeten, maar hij kon niet wennen aan de onaangename smaak en structuur. Het verbaasde hem ten zeerste hoe de mens in twee decennia tijd zoveel vlees was gaan eten. Dat hadden ze op Krina echt niet verwacht. Tot op de dag van vandaag vond hij het raar dat Emily's soort het normaal achtte om iedere dag vlees te eten – sommige mensen zelfs drie keer per dag.

Toen alles klaarstond, ging hij Emily halen.

Ze lag op haar buik iets te lezen op haar tablet. Ze had een witte jurk aangetrokken en haar kleine voeten waren ontbloot, haar teentjes tikten ritmisch tegen het dekbed terwijl ze in zichzelf mompelde.

'Emily.' Hij zei het zachtjes om haar niet te laten schrikken, maar ze schrok alsnog, draaide zich snel om en ging zitten om hem aan te kijken. 'Het eten is klaar.'

'Top.' Ze trok haar sandalen aan en stond op. 'Ik kijk ernaar uit.' Haar toon was opgewekt, maar Zaron merkte dat ze zijn blik vermeed. Ze was vastbesloten om een afstand tussen hen te bewaren, realiseerde hij zich.

Ze gingen aan de tafel zitten, die vol stond met gerechten. 'Wow, dit is een feestmaal,' zei ze verrast, en ze legde van alles iets op haar bord. 'Eet je altijd zo?'

'Nee,' gaf Zaron toe. Hij pakte een *Cucurbita pepo* gevuld met geroosterde *Pleurotus ostreatus* – of, zoals Emily het zou noemen, courgette met oesterzwammen. 'Ik heb dit voor jou gedaan. Ik wilde zeker weten dat je lekker zou eten.'

Ze keek verrast, maar toen verscheen er een stralende lach op haar gezicht. 'Dank je wel! Je had echt niet al die moeite hoeven doen. Ik lust bijna alles.'

'O?'

Ze knikte. 'Ja, echt. Je kunt me voorschotelen wat je maar wilt.'

'Hoe is dat zo gekomen? Heb je ooit hongergeleden?' vroeg Zaron. Volgens haar rijbewijs kwam ze uit de VS, een van de meest welvarende landen.

Ze haalde ongemakkelijk haar schouders op. 'Een beetje wel, ja. Een van de pleeggezinnen waarin ik geleefd heb, had niet echt genoeg eten. Er woonden daar twaalf kinderen en daar hadden ze eigenlijk niet genoeg geld voor.'

'Pleeggezinnen?' Zaron probeerde zich te herinneren of hij ooit van iets dergelijks had gehoord. Het leek te betekenen dat ze niet bij haar eigen familie woonde – iets wat hij niet had kunnen opmaken uit de informatie die hij in het begin over haar had opgezocht.

Ze knikte, maar lichtte het niet toe. In plaats daarvan vroeg ze: 'Hoe kun jij zo goed Engels spreken? Het lijkt me niet je moedertaal.'

'Klopt.' Haar poging het onderwerp te veranderen was meer dan doorzichtig, maar Zaron besloot erin mee te gaan en maakte een mental note dat hij later zou terugkomen op het onderwerp pleeggezinnen. 'Ik heb een implantaatje dat fungeert als vertaalcomputer.'

'Een implantaat? In je hersenen?'

Zaron glimlachte. 'Precies.'

'Dat is fantastisch.' Ze leek er echt enthousiast over. 'Spreek je ook nog andere talen?'

'Ja.'

'Welke?'

'Alle.'

Haar mond viel open. 'Echt elke taal die er bestaat?'

'Ja,' bevestigde Zaron. Hij genoot van haar reactie. 'Elke taal die nu nog wordt gesproken, en een paar dode talen.'

Ze liet haar adem ontsnappen. 'Holy shit...' Hoofdschuddend van verwondering begon ze te eten.

Er volgden een paar minuten aangename stilte terwijl ze aten. Zaron zag dat Emily een tweede portie nam van een salade met *Beta vulgaris* en gedroogde *Vitis vinifera.* Nee, verbeterde hij zichzelf, een bieten-rozijnensalade. Het kostte hem vaak moeite om zijn wetenschappelijke hoed af te zetten, maar het was beter om de gangbare namen te gebruiken voor eetbare planten.

'Dat was heerlijk,' zei Emily terwijl ze haar lege bord van zich af duwde. 'Het lijkt erop dat jouw soort graag lekker eet.'

'Klopt.' Zaron keek haar glimlachend aan. 'We leven graag ten volle, en genot voor de zintuigen hoort daarbij.'

Er verscheen een blos op haar bleke wangen. 'Aha.'

Zarons glimlach verflauwde toen zijn lichaam reageerde op wat hij zag. Hij merkte dat ze dacht aan wat er eerder was gebeurd; hij hoorde haar snelle hartslag en zag haar ader kloppen in haar hals. De huid in die erogene zone zag er zacht uit, heel uitnodigend, en de drang om haar met zijn tanden open te snijden en de rijke smaak van haar bloed te proeven was zo groot dat Zaron het bijna deed.

Alsof ze zijn honger voelde verschoof Emily wat op haar plek en nam ze afstand van de tafel. Haar hand klemde zich om het bestek en Zaron dwong zichzelf om te ontspannen. Hij wist niet waarom het zo lastig was om zich in haar nabijheid te beheersen, maar hij was niet van plan om zich te verliezen als een soort wildeman. Ze was nog niet eens vierentwintig uur wakker en het was logisch dat dit allemaal veel was voor haar. Hij moest haar meer tijd en ruimte geven.

'Zaron,' zei ze zachtjes, met haar blik op zijn gezicht

gericht, 'kun je me wat meer over jezelf vertellen? Wat doe je precies hier op aarde? Wat zijn de kenmerken van jouw soort?'

Zaron overdacht hoe hij hier het beste op kon reageren. De officiële verklaring voor na hun komst was nog niet helemaal af, maar hij wist wel dat de Raad niet van plan was veel prijs te geven aan de mensen, dus hij moest voorzichtig zijn.

'Ik heb je al gezegd dat we hier zijn om voor het eerst officieel met jullie soort kennis te maken,' zei hij. 'En wat onze kenmerken zijn? Dat is net zoiets als dat ik aan jou zou vragen wat mensen kenmerkt. Het is niet zo makkelijk om alles op te sommen.'

'Maar waarin verschil je van mij?' hield ze aan. 'Wat maakt een Krinar anders dan een mens?'

Zaron zuchtte. Dit kon weleens tricky worden. 'Nou, om te beginnen leven Krinar langer,' zei hij, want dat was het simpelste stukje informatie. 'Veel langer.'

'O? Hoeveel langer?'

'Ik ben 609 jaar oud,' zei Zaron, en hij zag haar mond openvallen. 'Dus veel langer.'

'Zeshonderd jaar oud,' fluisterde ze, en haar blik ging op en neer over zijn lijf. 'Hoe kun je er dan zo jong uitzien?'

'We verouderen niet,' zei Zaron, en hij leunde naar achteren in zijn stoel. 'Niet op dezelfde manier als mensen. Zodra we volwassen zijn, veranderen we eigenlijk niet meer.'

Haar ogen werden groot. 'Ben je onsterfelijk?'

'Nee, maar we sterven niet door ouderdom. Heb je ooit gehoord van verwaarloosbare veroudering?'

Ze fronste, leek daar even over na te denken. 'Die term klinkt bekend. Ik heb het gevoel dat ik daar iets over heb gelezen.'

'Dat zou kunnen,' zei Zaron. 'Er wordt onderzoek naar gedaan door jullie wetenschappers. Een wezen met verwaarloosbare veroudering vertoont geen tekenen van achteruitgang door de leeftijd. Er zijn meerdere soorten op aarde die dat hebben, dus het is niet alleen iets van de Krinar. De platworm bijvoorbeeld...'

'O ja,' zei ze, en haar ogen gingen weer over hem heen, 'ik herinner me nu dat ik dit heb gelezen. In het artikel stond dat schildpadden misschien ook zo zijn, dat ze niet verouderen.'

Zaron knikte. 'Ja, exact. Zo werkt het ook voor de Krinar.'

Ze ademde diep in en ontmoette zijn blik. 'Maar in dat geval zijn jullie genetisch wel heel anders dan wij, toch?'

'Ja,' zei Zaron glimlachend. Ze had het snel door. 'Wat DNA betreft hebben jullie meer overeenkomsten met dolfijnen dan met ons.'

Ze keek hem ongelovig aan. 'Als dat zo is, waarom wil je dan seks met mij? En hoe zou zoiets in zijn werk gaan?'

Zaron lachte zachtjes. 'Dat zou heel goed werken, geloof mij maar.' Hij leunde naar haar toe, reikte over de tafel heen en pakte haar slanke hand in de zijne. 'Ik kan je niet zwanger maken, engel, maar ik kan je meer genot geven dan je ooit eerder in je leven hebt ervaren.' Hij liet zijn duim langzaam over haar handpalm glijden en oefende wat lichte druk uit op de plekken waar hij spanning voelde. Vrouwen – of ze nu mens waren of Krinar – waren heel gevoelig voor het genot van simpele aanrakingen, dat wist hij al eeuwen. Een fysieke band begon altijd met huidcontact, en een slimme man zorgde dat hij daar veel van gaf.

Tot zijn grote plezier gloeide Emily's huid van opwinding en trilde haar hand onder de zijne. Zaron hoorde haar ademhaling versnellen en zijn eigen lichaam reageerde erop met een scherpe intensiteit; zijn pik werd onmiddellijk hard. Hij wilde zijn zelfbeheersing niet te veel onder druk zetten, dus hij liet haar hand los.

'Waarom noem je mij "engel"?' vroeg ze met onvaste stem. 'Hebben jullie ook zoiets op jullie planeet?'

'Nee.' Zaron ademde diep in om haar warme geur te inhaleren. 'Dat is iets wat mensen hebben uitgevonden. Maar je kleur doet me wel denken aan sommige tekeningen van engelen die ik heb gezien hier op aarde.'

Er verscheen een glimlach op haar lippen. 'Hou je van religieuze afbeeldingen? Dat had ik niet verwacht van een alien.'

'Ik hou van schoonheid in alle vormen,' zei Zaron, terwijl hij naar haar mooie lijnen keek. 'En ik moet zeggen dat mensen prachtige dingen hebben gemaakt in de korte tijd dat ze bestaan.'

'En de Krinar? Hebben jullie kunst, filosofie, muziek?'

'Ja, alle drie.' Hij glimlachte naar haar. 'Sommigen van ons wijden ons hele leven aan creativiteit, sommigen doen het er maar als hobby bij. Maar hoe dan ook wordt alle creativiteit hoog gewaardeerd. Een kunstenaar is net zo belangrijk als een ontwerper of wetenschapper.'

Haar ogen werden groot van nieuwsgierigheid. 'Hoe drukken jullie die waardering uit? Krijgen jullie er geld voor? Hoe werkt jullie economie? Wat is jullie valuta? Hebben jullie een aandelenmarkt?'

Zaron grinnikte om het vragenvuur. 'Ja, maar het is niet zo belangrijk,' zei hij, als antwoord op haar laatste vraag. 'De meeste bedrijven worden uit privémiddelen bekostigd en als het project groot en belangrijk genoeg is, wordt de overheid erbij betrokken. Welvaart is niet iets waar we echt naar streven. Het is wel een onderdeel van een succesvol bestaan, want experts worden goed betaald.'

'Er is dus geen kapitalisme?'

'Niet zoals bij jullie.' Hij dacht er even over na hoe hij haar dit het beste kon uitleggen. 'Omdat we zo lang leven, en omdat onze populatie beduidend kleiner in aantal is, met maar een paar miljoen in plaats van miljarden, werkt onze maatschappij heel anders dan die van jullie. In sommige opzichten is het simpeler, in andere opzichten juist weer complexer. Het hele moderne Krina is één socio-economisch geheel, met alles wat daarbij hoort.'

Dat leek haar te fascineren. 'Dus de hele planeet is als het ware één land?'

'Min of meer, ja. We hebben één regeringsapparaat – de Raad – en zij maken keuzes voor ons allemaal, dus dat is niet opgedeeld in regio's en ook niet in partijen.'

'Dat is inderdaad een groot verschil,' zei ze. 'Onze politiek werkt heel anders. Hoe worden de leden van de Raad gekozen? Zijn er verkiezingen?'

'Nee.' Zaron schudde zijn hoofd. 'Raadsleden hebben hun positie als het ware verdiend met hun belangrijke bijdrage aan de samenleving.'

Ze knikte, dit leek ze wel te begrijpen. 'Dus jullie planeet wordt bestuurd door de slimste individuen, die het meest hebben bereikt. Dat is inderdaad wel een stuk beter dan hoe het hier gaat.'

'Het werkt goed voor ons,' zei hij. Hij wilde net gaan uitleggen hoe de hiërarchie in elkaar zat toen zijn polscomputer trilde om hem te herinneren aan een virtuele vergadering. Hij moest met een defensie-expert en een paar ontwerpers overleggen over de vormgeving van de Centers. Geïrriteerd door de onderbreking overwoog Zaron de vergadering te cancelen, maar hij wilde geen vertraging riskeren.

Met tegenzin stond hij op. 'Het spijt me, maar ik moet gaan. Jij moet wat rust nemen, wat slapen. Ik heb vanavond werkverplichtingen.'

'Natuurlijk, dat begrijp ik.' Ze stond ook op en glimlachte naar hem. Zaron besefte dat ze opgelucht was dat het eten achter de rug was. Ze was waarschijnlijk bang geweest dat hij weer zou proberen haar te verleiden, dacht hij met plotse irritatie – en die kans was ook groot, als die vergadering er niet tussen was gekomen.

'Fijne avond,' zei ze, en ze wuifde nog even en ging naar haar eigen kamer. Hij hoorde haar zachte voetstappen en hoorde hoe ze haar schoenen uitschopte. Toen ging hij naar zijn eigen kantoor, waar hij zijn uiterste best moest doen om te denken aan iets anders dan het meisje dat hij kapot wilde neuken.

In haar kamer ging Emily liggen op het comfortabele bed en ze deed haar ogen dicht, waarna ze probeerde haar gedachten uit te zetten zodat ze kon slapen.

Ze had weer gebruikgemaakt van de futuristische badkamer, nu had ze er zelfs gedoucht – een belevenis op zich, want het water kwam van alle kanten met precies de juiste temperatuur en waterdruk. Er waren verschillende soorten douchegel, shampoo en een heerlijk geurende lotion op haar huid aangebracht zonder dat ze er ook maar iets voor hoefde te doen, en daarna hadden warme luchtstromen haar afgedroogd. Tegen de tijd dat ze klaar was, was ze ongelofelijk fris en schoon, en zelfs haar mond had fris aangevoeld alsof ze net haar tanden had gepoetst.

Nu weigerden haar hersenen echter te ontspannen, haar hoofd tolde van alles wat ze vandaag had gehoord. In slechts een paar uur tijd was haar wereld op z'n kop gezet, en ze kon niet ophouden met nadenken over de ongelofelijke implicaties van wat Zaron haar had verteld.

De aarde stond op het punt contact te maken met een buitenaardse soort – een soort met een technologie en geneeskunde die ver voorliep op alles wat ze hire kenden. Een soort die in essentie de mens had geschapen.

Als Zaron de waarheid sprak, zou over zeventien dagen niets meer hetzelfde zijn. Zouden de Krinar kanker genezen? Zouden ze een einde maken aan armoede en honger? Zou er geen oorlog meer zijn? Het leek alsof Zarons maatschappij met zulke dingen niet meer te kampen had. Zou de mensheid deze issues dan ook eindelijk achter zich kunnen laten? Wat waren zijn soortgenoten van plan te zeggen als ze hier aankwamen? Hoe zouden ze zich bekendmaken aan de mensen, en wat zou dat voor reactie teweegbrengen? Ze stelde zich de schreeuwden koppen voor, de hysterie van doemdenkers…

Toen ze eindelijk in slaap viel, waren haar dromen een vreemde mix van erotische beelden, scènes uit de film *Independence Day*, hongerige leeuwen met gitzwarte ogen, en driedimensionale Excel-spreadsheets vol kommen exotisch fruit.

HOOFDSTUK VIJFTIEN

De volgende ochtend werd Emily wakker met een veel helderder hoofd. Tot haar verbazing had ze lekker geslapen, veel lekkerder dan ze had verwacht onder deze omstandigheden. Kennelijk zat het haar onderbewuste niet zo dwars dat er aliens bestonden – en ook niet dat ze tijdelijk tegen haar zin werd vastgehouden.

Ze stond op en trok de kleren aan die Zaron voor haar had geregeld. Toen liep ze naar de muur toe, en ze bemerkte een wee gevoel in haar maag. Ze klopte op de muur, wachtte, friemelde met de stof van haar jurk.

De muur opende zich voor haar en er verscheen een doorgang naar de woonkamer. Zaron stond aan de andere kant.

'Goedemorgen,' zei hij zachtjes, en hij keek haar aan. 'Ik hoop dat je lekker hebt geslapen?'

'Ja, dank je wel.' Emily deed haar best om niet te

staren, maar het was onmogelijk. Ze was op de een of andere manier vergeten hoe knap haar gevangenbewaarder was... en hoe haar lichaam op hem reageerde. Nu al voelde ze haar hartslag versnellen, haar binnenste samenspannen van het verlangen. Ze had nog nooit een man zó erg gewild – zo abrupt, zo sterk. Er zat niets rationeels of logisch bij de hitte die door haar aderen raasde. Het was een dierlijke lust, niets meer en niets minder. Haar hoofd zei wel dat hij niet menselijk was en dat ze niets wist over hem of zijn soort, maar haar lichaam maalde daar niet om.

Hij had een wit T-shirt aan en een kakikleurige short, een simpele outfit die zijn donkere, mannelijke schoonheid eigenlijk alleen maar benadrukte. Zijn dikke haar zat een beetje in de war en zijn brede schouders trokken aan de dunne stof van zijn shirt, waar zijn spieren duidelijk onder te zien waren.

Emily slikte en stapte door de opening, waarbij ze haar versnelde hartslag probeerde te negeren.

'Zin om te ontbijten?' vroeg Zaron. Zijn zwarte ogen schitterden licht geamuseerd. Emily twijfelde er niet aan dat haar fysieke reactie op hem duidelijk was, en dat hij daar enorm van genoot.

'Eh, ja, lekker.' Ze ademde diep in. 'Maar kun je me eerst misschien vertellen waar mijn spullen zijn? Je hebt mijn portemonnee, toch?' Ze had zich vanmorgen gerealiseerd dat ze haar portemonnee en telefoon niet meer had gezien sinds ze hier wakker was geworden – een besef dat haar nog meer het gevoel gaf een gevangene te zijn.

Zaron knikte en zei iets in zijn eigen taal. Een seconde later ging een van de muren open en kwam er een pakketje uit met haar spullen. Zaron pakte het uit de lucht en gaf het aan haar. 'Alsjeblieft. Je kleding was kapotgescheurd, maar ik heb alles wel voor je bewaard. Het geld in je portemonnee is een beetje nat geworden, maar ik denk niet onherstelbaar beschadigd. Dit stukje technologie' – hij wees naar haar smartphone – 'heeft de val in de rivier niet overleefd.'

Emily hield haar kleren met één hand vast, pakte met haar andere hand haar telefoon en probeerde die aan te zetten. Het scherm bleef zwart, en ze voelde het achtergebleven vocht in het hoesje. Zaron had gelijk: haar telefoon was dood. Natuurlijk. Als hij het nog deed, had hij hem vast niet zomaar aan haar teruggegeven.

Toen keek ze in de portemonnee. Tot haar opluchting zaten haar rijbewijs, creditcards en contant geld er allemaal nog in, ook al was het vochtig.

'Ik heb niets van je gestolen, als je je daar zorgen over maakt,' zei Zaron wrang toen ze klaar was met controleren.

'Dat dacht ik niet.' Ze keek naar hem op. 'Ik wilde gewoon even kijken of ik niets was verloren toen ik viel. Dank je dat je me mijn spullen hebt teruggegeven.'

'Geen probleem. Zoals ik al zei ben je bij me te gast.'

'Maar ik kan niet zomaar weggaan,' zei Emily en ze hield zijn blik vast.

Hij vernauwde zijn ogen tot spleetjes, maar reageerde niet op wat ze zei. 'Wat vind je van een fruitsalade met macadamia-framboosdressing als ontbijt?' vroeg hij in plaats daarvan.

'Klinkt lekker.' Emily legde haar spullen op de zwevende bank en liep achter Zaron aan naar de keuken. Ze ging op een van de zwevende planken daar zitten en luisterde terwijl hij het huis hun bestelling gaf – althans, dat dacht ze, want hij zei iets in het Krinar.

Emily ging verzitten en ademde langzaam in, en toen nog eens, proberend kalm te blijven. Ze voelde dat claustrofobische gevoel opkomen dat ze altijd kreeg als ze te veel binnen zat – een gevoel dat nu nog eens werd versterkt door de wetenschap dat ze echt opgesloten zat, dat haar vrijheid in de handen van een ander lag. Ze begreep wel dat haar gevangenschap slechts iets tijdelijks was, maar logica had geen invloed op het verstikkende gevoel in haar borstkas.

Ze wist uit ervaring dat dit gevoel alleen maar erger zou worden. De vorige keer dat ze langer dan een dag binnen had moeten blijven was vier jaar geleden, toen er in Chicago een vreselijke sneeuwstorm woedde. Er was meer dan een meter sneeuw gevallen in tweeëndertig uur tijd en het was drie dagen lang zelfs onmogelijk om de voordeur open te krijgen. Emily, die destijds een klein huisje deelde met vier huisgenoten, had het zo benauwd gekregen dat ze uit het slaapkamerraam was geklommen en zich in de sneeuw had laten vallen – alles om maar een einde te maken aan het verstikkende gevoel dat ze te lang in een ommuurde ruimte zat.

Sinds ze gisteren wakker was geworden in Zarons huis, was ze helemaal niet buiten geweest.

Denk daar nu niet aan. Adem in, adem uit, en denk er niet aan.

'Wat is er?' Zaron fronste, hij merkte kennelijk dat haar iets dwarszat. 'Voel je je niet lekker?' Hij ging tegenover haar zitten en keek haar vragend aan.

Emily beet op haar lip. Ze haatte het om haar zwakte toe te geven, maar ze kon niet twee weken lang binnenblijven. Het was simpelweg onmogelijk.

'Er is iets met mij,' zei ze na een korte stilte. 'Ik heb er last van als ik te lang binnen ben. Het is een soort claustrofobie. Ik kan wel omgaan met kleine ruimtes, maar niet als ik er te lang ben.'

Zijn wenkbrauwen gingen omhoog. 'Gisteren ging het prima met je.'

Ze knikte. 'Meestal lukt het wel één dag zonder dat het al te erg wordt, maar ik heb frisse lucht nodig of ik draai door. Op mijn werk ben ik altijd degene die zich opwerpt als er iets gedaan moet worden – je weet wel, koffie halen, iets naar het postkantoor brengen, de lunch ophalen... Alles waarmee ik maar een paar minuten het gebouw uit kan. Het is normaal gesproken niet zo'n probleem, maar ik trek het gewoon niet als ik te lang binnen ben.'

Zaron leunde achterover en keek Emily aan van achter zijn halfopen oogleden. 'Ik snap het. Moet je nu ook even naar buiten, of kun je wel wachten tot na het ontbijt?'

Er kwam een golf van opluchting over haar heen en iets van het verstikkende gevoel in haar borstkas verdween meteen. 'Ik kan wel even wachten,' zei ze met een oprechte glimlach. 'Het is nu nog niet héél erg.' Ze voelde zich bijna licht in haar hoofd bij dit vooruitzicht. Hij ging haar niet opsluiten in huis.

Terwijl ze praatten, belandde hun ontbijt op de tafel.

'We kunnen gaan zwemmen,' zei Zaron, en hij pakte een kom met fruit en noten met een exotisch uitziende saus. 'Er is een mooi meertje in de buurt.'

'Zwemmen? Dat klinkt geweldig,' zei Emily, die aanviel op het fruit. De salade was heerlijk, maar alles werd overstemd door het nog heerlijkere vooruitzicht om naar buiten te gaan. Het was niet alleen de remedie tegen haar claustrofobie, maar ze zou ook de kans krijgen om te zoeken naar een ontsnappingsroute.

Als Zaron dacht dat ze zomaar zou instemmen met het missen van het sollicitatiegesprek van haar leven, dan had hij het mis. Emily had te hard gewerkt om haar carrière nu te laten mislukken.

Linksom of rechtsom, ze moest naar huis.

Na het ontbijt maakte Zaron een bikini voor Emily en een zwemshort voor hemzelf. Vanwege het mandaat moest alles er op z'n minst uitzien als menselijke kleding, dus hij baseerde het ontwerp voor

Emily's bikini op iets wat hij op het menselijke internet had gezien.

Hij ging Emily's kamer binnen en gaf haar de twee stukjes kleding, waarna hij weer wegging zodat zij zich rustig kon omkleden. Hij vond het geen probleem om eventjes de deur uit te gaan, maar hij begreep weinig van haar toestand. Meteen toen hij haar vanmorgen had gezien, had hij iets vreemds aan haar opgemerkt, een bepaalde spanning, en die leek alleen maar toe te nemen. Tegen de tijd dat ze aan tafel gingen voor het ontbijt, had Emily eruitgezien alsof ze het benauwd had in haar eigen lijf. Hij had niet de indruk gekregen dat ze dit speelde – tenzij ze geweldig goed kon acteren, was haar ongemak echt.

Een klop op de muur doorbrak zijn gedachten. Met een vlug commando ging de muur naar Emily's kamer open zodat ze erdoor kon.

Ze stond daar in dezelfde jurk als ze eerder ook al had gedragen, maar nu zag hij de blauwe bandjes van haar bikini eronder. Bij het zien van zijn halfnaakte lichaam verspreidde zich een blos over haar gezicht en hals, en haar bleke huid kreeg een delicate gloed.

'Ben je er klaar voor?' vroeg Zaron. Hij moest een glimlach onderdrukken omdat hij merkte hoeveel moeite het haar kostte om haar ogen op zijn gezicht gericht te houden. Hij had net zijn eigen zwemshort aangetrokken en hij had een shirt onnodig gevonden. Haar reactie op zijn lichaam vond hij fijn: hoe groter de aantrekkingskracht, hoe makkelijker het zou zijn om haar in bed te krijgen.

Emily knikte en volgde hem naar de andere muur. Toen ze daar vlakbij waren schoof het intelligente materiaal opzij en ontstond er een doorgang naar buiten.

Zaron stapte eruit en ademde diep in. Hij genoot van de warmte van de zon op zijn blote huid. Het was al halverwege de ochtend, de lucht was warm en vochtig, zwaar van de geur van bromelia's en vol met de geluiden van verschillende levende wezens. Dit deel van de aarde deed hem denken aan thuis, wat de belangrijkste reden was waarom hij hem had uitgekozen voor de grootste Krinar-nederzetting.

Hij draaide zich om en zag Emily een klein stukje verderop staan. Ze staarde naar het huis achter hen. 'Niet zoals je verwachtte, hè?' zei hij bij het zien van haar verbaasde blik.

Anders dan de meeste Krinar- of mensenhuizen was zijn tijdelijke huis geen gebouw. Het was een hightech grot die diep verstopt zat in een kleine berg. Als de ingang dicht was, was die onzichtbaar verborgen achter de begroeiing. Tenzij je wist dat het huis er zat, was het onmogelijk te vinden. Je zag het niet vanaf de grond en ook niet vanuit de lucht.

'Nee, inderdaad,' zei Emily en ze keek hem aan. 'Dit is helemaal niet wat ik verwachtte. Is dit omdat je je schuilhoudt?'

'Ja. Ik wil niet dat een vliegtuig of helikopter een vreemd bouwwerk ziet in jullie jungle en besluit het te onderzoeken.'

Emily keek hem bedachtzaam aan, maar stelde niet

meer vragen terwijl ze door het oerwoud naar het meer liepen. Nu ze buiten was merkte Zaron dat haar gespannen gevoel afnam. Ze keek niet meer zo moeilijk. Voor het eerst sinds hij haar kende leek dit mensenmeisje ontspannen en blij. Haar zachte lippen plooiden zich tot een glimlach terwijl ze keek naar een *Sceloporus malachiticus*, een kleine, groene hagedis, die van een rots af snelde.

'Je lijkt hier goed op je gemak voor iemand die in New York City woont,' merkte hij op toen hij zag hoe zelfverzekerd en toch oplettend ze door de jungle liep. Hij stond op het punt haar te waarschuwen voor de pijnlijke steek van de *Paraponera clava*, maar ze ging al uit de weg voor de kolonie steekmieren voordat hij de kans kreeg iets te zeggen.

'Ik voel me hier inderdaad prettig,' zei Emily met een glimlachje. 'Ik ben opgegroeid in een landelijke omgeving in Georgia en ben naar New York verhuisd voor mijn werk. Als kind was ik heel veel buiten. Ik klom graag in bomen en was altijd bezig om insecten te vangen. Als het aan mij lag, zou ik het liefst in een boomhut wonen.'

Zaron grinnikte toen hij zich de kleine Emily voorstelde die de hele dag door het bos rende. Ze zag er nu al engelachtig uit, maar dat moest als kind al helemaal zo geweest zijn, met die grote, heldere ogen en haar lichte haar.

'En jij?' vroeg ze toen ze aankwamen bij een kleine open plek. 'Hoe was het voor jou als kind? Speelde je veel buiten? Ik stel me jullie steden voor als heel hightech...'

'Dat zijn ze ook,' zei Zaron. 'Maar ze zijn anders dan jullie steden. Wij bouwen meer in de natuur in plaats van dat we de natuur vervangen door bebouwing. Onze nederzettingen lijken meer op wat je hier ziet dan op een menselijke stad.'

'Echt?' Ze keek hem verrast aan. 'Dus geen wolkenkrabbers, geen wegen, geen auto's?'

'Nee.' Hij schudde zijn hoofd. 'Niets van dat alles. We hebben wel wat grotere gebouwen voor evenementen, maar ook niet veel. We houden er niet van om zo dicht bij elkaar te leven, dus onze huizen zijn meer verspreid. En we hebben geen wegen nodig omdat we lopen of vliegen.'

Zaron zag dat Emily nog meer vragen wilde stellen, maar ze waren er al.

Met een doorsnee van ongeveer vijf kilometer was het een meer van flink formaat, en er mondden verschillende bergstroompjes in uit – stroompjes die in deze tijd van het jaar meer leken op rivieren. Het meer lag diep in het oerwoud en werd omringd door muren van dikke, groene vegetatie waarin allerlei soorten dieren leefden. Het was de perfecte plek voor een bioloog. Zaron kwam hier veel, zowel om van het water te genieten als om de lokale fauna te bestuderen.

'Kijk uit voor die boom,' zei hij tegen Emily, en hij pakte haar arm om haar erbij vandaan te trekken terwijl ze het water in liepen. 'De *Hippomane mancinella* is erg giftig en ik heb niks bij me om je te genezen.' Het melkwitte boomsap bevatte zeer gevaarlijke gifstoffen. Alleen al door onder de bladeren te staan, kon een mensenhuid blaren oplopen.

'Dank je,' mompelde ze, en ze keek naar hem omhoog voordat ze weer naar het water keek. 'Ik zal er vanaf nu goed op letten.' Haar stem klonk wat geknepen, merkte Zaron terwijl hij nog steeds haar bovenarm vasthield. Zijn hand zag er opvallend donker uit op haar ivoorkleurige huid, en zijn vingers omvatten vrijwel haar gehele slanke arm.

Heel even was de verleiding om haar dichter naar zich toe te trekken ondraaglijk groot. De lucht tussen hen in leek te trillen, de atmosfeer gevuld met seksuele spanning. Ze wilde hem, hij rook haar verlangen, hoorde haar versnelde hartslag. Waarom verzette ze zich tegen het onafwendbare? Emily wist toch wel dat ze zich gewonnen zou moeten geven, dat hij haar niet zou laten gaan voordat hij zich in haar warme, zachte vlees had begraven?

'Kun je hier veilig zwemmen?' Haar stem klonk hoger dan anders, ze praatte ook sneller. Ze merkte natuurlijk waar zijn gedachten heen gingen, besefte hij, en nu probeerde ze hem af te leiden van zijn toenemende verlangen. 'Zit er iets gevaarlijks in het water?'

'Nee,' zei Zaron, en hij liet met tegenzin haar arm los. 'Niks om je zorgen over te maken.' Hoe graag hij ook wilde, het was nog te vroeg. Het zou niet lang meer duren, beloofde hij zichzelf. Niet lang meer, maar nog niet nu.

Zaron draaide zich weg van Emily, deed zijn sandalen uit en liep over de rotsachtige oever naar het water.

Een duik in het koele meer werd met de seconde aantrekkelijker, en nódiger ook.

HOOFDSTUK ZESTIEN

MET INGEHOUDEN ADEM KEEK EMILY TOE TERWIJL ZARON HET WATER IN LIEP. De zon reflecteerde op zijn dikke, glanzende haar. Haar hart bonsde hevig in haar borstkas en ze had het té warm, haar huid tintelde als gevolg van zijn aanraking.

Ze wist wel dat hij een mooi lijf had, natuurlijk. Zijn kleren konden die krachtige spieren niet verbergen. Maar het weten en het zien waren twee verschillende dingen, had Emily gemerkt toen ze uit haar slaapkamer kwam en hem zag staan in alleen een lichtgrijze zwemshort.

Hij was ongelofelijk, onmenselijk mooi. Een gladde, gebronsde huid zonder ook maar één imperfectie. Brede schouders, een smalle taille, en smalle heupen waar een heerlijke V-vorm naar zijn geslacht liep. Geen grammetje vet op zijn lichaam. Van de donkere haartjes op zijn gespierde borstkas tot zijn afgetrainde eightpack was dit een krankzinnig mooie man.

Terwijl ze naast hem door het dichte oerwoud liep, had Emily haar ogen nauwelijks van zijn lichaam af kunnen houden, en op het moment dat hij haar weer had aangeraakt, had het gevoeld alsof er vuur door haar heen schoot. Zijn sterke vingers hadden haar arm in een ijzeren grip gehouden, zogenaamd om haar te beschermen voor een giftige boom, en haar lichaam had daar verlangend op gereageerd; ze voelde een vochtige warmte tussen haar benen.

Waarom verzette ze zich nog steeds? Zou het nou echt zo erg zijn om een keer onvoorzichtig te zijn en ergens van te genieten? Hoe vaak kreeg ze de kans om met zo'n mooie man naar bed te gaan? En wat deed het ertoe dat er geen toekomst was voor hen, dat hij van een andere soort was en dat ze hem nooit meer zou zien zodra ze terugging naar huis? Er waren duizenden vrouwen die het op reis met een vreemde deden. Emily had dan weliswaar een nóg exotischere man aan de haak, maar uiteindelijk maakte het weinig verschil: het was een avontuurtje met een man die ze nooit meer hoefde te zien.

Nee. Hoofdschuddend trok Emily vlug haar jurk uit en ze duwde de gevaarlijke gedachten weg. Ze moest zich richten op haar leven en carrière, niet op een affaire met een buitenaards wezen – een buitenaards wezen dat haar gevangenhield nog wel.

Ze schopte haar schoenen uit en liep naar het water, dankbaar dat Zaron van haar weg leek te zwemmen en geen aandacht meer aan haar besteedde. Ze had geen idee hoeveel moves van hem ze nog zou kunnen weerstaan voordat ze eraan toegaf, en ze had het idee dat samen naakt zijn niet de beste manier was om de benodigde afstand in acht te nemen.

Gewoon even zwemmen, zei ze tegen zichzelf. Ze genoot van het koele water dat haar omhulde. Gewoon even zwemmen om een opgeruimd hoofd te krijgen, en dan zou ze nadenken over een volgende stap.

De bodem van het meer was net zo rotsachtig als de oever, wat pijn deed aan haar blote voeten, maar ze hoefde niet ver te lopen voor het diep genoeg was om te zwemmen. Terwijl ze op haar gemak rondzwom, zag ze Zaron in de verte zwemmen.

Heel ver in de verte.

Haar hartslag versnelde van opwinding. Hij was zo ver weg dat ze zijn donkere hoofd in het water zelfs nauwelijks kon zien. Hij was zo'n beetje in het midden van het meer. Ze had daar blijkbaar veel langer gestaan dan ze dacht.

Dit was haar kans! Ze kon nu ontsnappen voordat de zeventien dagen om waren. Emily had een goede conditie en ze wist ongeveer waar ze waren, want ze had iets gezien wat op dit meer leek toen ze op een kaart haar wandelroute had uitgestippeld. Ze was hooguit twintig kilometer van een van de dorpen. Als ze nu ging, was de kans groot dat ze daar zou zijn voordat hij haar kon inhalen, en zou ze op tijd terug zijn voor haar sollicitatiegesprek.

Met één oog op het donkere hoofd in de verte ging ze het water uit en liep ze nonchalant naar haar sandalen toe, waarbij ze het probeerde te laten lijken alsof ze gewoon even warm ging worden op de kant. Ze trok haar sandalen en jurk aan, keek nog één keer in Zarons richting om te zien of hij nog altijd in het midden van het water was, en sprintte toen het oerwoud in.

～

Het voelde lekker om door het kalme water te zwemmen. Zaron genoot van de ontspannen en langzame beweging van zijn spieren terwijl hij rustige slagen door het water maakte. Omdat Emily vlakbij was deed hij zijn best om zich te beperken tot menselijke snelheid, maar hij wist niet zeker of dat lukte. Zelfs na zes maanden op de aarde vond hij het nog altijd lastig om zich aan te passen aan de snelheid van de *Homo sapiens* – wat alweer een reden was waarom hij liever niet in een mensenstad woonde, maar in meer afgelegen gebieden.

Hij keek naar de kant en zag dat Emily het water uit ging. Met zijn goede Krinar-zicht kon hij alles zien, tot de waterdruppels die glinsterden op haar bleke huid aan toe. Zijn adem stokte in zijn keel en zijn pik werd hard bij dit uitzicht. Eerder had hij bewust niet naar haar gekeken omdat hij niet wist of hij zich kon beheersen, en nu zag hij dat het goed was dat hij de verleiding niet had opgezocht. In die kleine, blauwe bikini zag hij alles: haar lange, mooie benen, haar rondingen, haar volle borsten, haar slanke taille, haar hartvormige heupen. Haar blonde haar zat in een simpele knot op haar hoofd. Ze zag eruit als een zonnestraal, en van deze afstand leek haar huid wel lichtgevend.

Hij kon zijn ogen niet van haar afhouden. Zaron bleef vol verlangen kijken terwijl ze zich boog en haar sandalen aantrok en vervolgens haar jurk. Haar bewegingen waren traag, bijna loom. Misleidend loom, realiseerde hij zich toen hij de spanning in haar schouders zag. Ze kwam weer overeind en keek snel in zijn richting, haar ogen toegeknepen tegen het felle licht… en toen schoot ze ervandoor.

Ze rende van hem weg.

Puur op instinct dook Zaron onder water, waarna hij op hoge snelheid begon te zwemmen. Een scherpe, irrationele woede stroomde door zijn aderen, en versterkte de instinctieve neiging om zijn ontsnapte prooi achterna te gaan. Hoe durfde ze weg te rennen? Hij had haar leven gered, ze was van hem – hij mocht haar zo lang houden als hij wilde, hij mocht haar neuken zo lang als hij wilde.

Het kostte hem nog geen twee minuten om bij de oever te komen. Hij schoot uit het water en rook de richting waarin ze was verdwenen. Ze was niet ver gekomen, maar zelfs dan nog had het niet uitgemaakt. Geen mens kon sneller zijn dan een Krinar.

Met een verbeten trek om zijn mond begon Zaron aan de achtervolging.

HOOFDSTUK ZEVENTIEN

EMILY RENDE DOOR HET BOS EN VOELDE HAAR ADEMHALING IN EEN GOED RITME KOMEN – ze wist dat ze dit tempo nu wel een paar kilometer kon volhouden. De sandalen die Zaron haar had gegeven zaten stevig om haar voeten, maar knelden nergens.

De afgelopen twee jaar waren zwaar geweest qua werk, maar ze had toch een paar keer per week tijd weten vrij te maken voor een stuk rennen. Het was niets in vergelijking met het regime dat ze tijdens haar studie had aangehouden, maar het was beter dan helemaal niets meer doen. En nu was ze zichzelf dankbaar dat ze trouw was blijven hardlopen. Ze voelde haar spieren warm worden, haar longen deden hun werk, en ze wist dat ze dit op z'n minst een uur zou volhouden. Tegen die tijd zou Zaron ver achterliggen, als hij al de moeite zou nemen om nog achter haar aan te komen zodra hij eenmaal uit het water was.

Als alles volgens plan ging, zou ze hem nooit meer zien.

Dat was op de een of andere manier een vervelende gedachte, dus ze duwde die weg. Ze kon nu niet meer terug. Ze was ontsnapt, en nu moest ze in de bewoonde wereld zien te komen.

Gewoon de ene voet voor de andere blijven zetten, Emily. De ene voet voor de andere.

Met dat hardlopersmantra in haar hoofd sprong ze over een omgevallen boom... en botste tegen een onmogelijk stevig lichaam op.

Haar adem werd uit haar longen geslagen. Ze stapte achteruit, struikelde over de boomstam en zou zijn gevallen als zijn sterke handen haar niet hadden opgevangen. Een flits later lag ze op haar rug op de grond, haar armen vastgepind boven haar hoofd, met een lange, grote, gespierde, druipende man boven zich.

Zaron.

Hij had haar op de een of andere manier ingehaald.

Zijn ademhaling ging snel en ze zag een spiertje trekken in zijn strakgespannen kaak. Zijn dikke, donkere haar zat tegen zijn schedel geplakt en zijn zwarte ogen glinsterden als kooltjes.

Hij zag er wild uit... en absoluut woest.

'Waar denk jij in godsnaam naartoe te gaan?' Zijn stem klonk grommend en zijn vingers omklemden haar polsen als stalen klemmen. 'Je kunt niet van me wegrennen.'

Haar longen begonnen het eindelijk weer te doen en Emily ademde wanhopig in, terwijl ze probeerde haar brein weer aan de praat te krijgen. Hoe was Zaron zo snel uit het meer gekomen? Zelfs de beste Olympische zwemmers konden zo'n afstand niet in zo korte tijd afleggen. 'Wat... Hoe...?' Ze kreeg niet meer dan een paar woorden uit haar mond. Haar hartslag bonkte in haar oren. Ze voelde elke centimeter van zijn sterke, halfnaakte lijf, voelde het vocht van zijn huid op haar jurk druppen, en haar lichaam reageerde er onmiddellijk op – haar tepels werden hard en duwden door de stof van haar jurk heen.

'Hoe heb ik wat?' Hij bracht zijn gezicht akelig dicht bij het hare en keek haar strak aan. Er droop water uit zijn haar op haar voorhoofd. De druppels voelden schrikwekkend koud op haar oververhitte huid. 'Hoe heb ik je ingehaald?'

Emily knikte.

'Ik kan je altijd inhalen.' Zijn stem was nu nog maar een schorre fluistering, en er kwam een warmere, donkerdere glans in zijn ogen. 'Je kunt nergens op deze planeet of erbuiten heen gaan waar ik je niet kan vinden, engel... als ik het zou willen.'

Haar hart sloeg een slag over en begon toen als een dolle te bonzen in haar borstkas. Ze voelde zijn hardheid tegen haar been drukken en er schoot een hitte door haar lichaam terwijl een versterkt bewustzijn van haar eigen kwetsbaarheid zorgde voor een knoop in haar maag. 'Laat me los,' fluisterde ze, zich verzettend tegen zijn grip. Het voelde alsof ze tegen de grond werd gewerkt door een rotsblok, en de hulpeloosheid maakte haar zowel angstig als boos. 'Zaron, laat me los.'

Hij staarde haar aan. Zijn kaakspier bewoog en het ongebreidelde verlangen op zijn gezicht wond haar ook weer op. Ze merkte dat hij probeerde zich in te houden... en ze zag precies het moment waarop hem dat niet meer lukte.

Met een getergde kreun duwde hij zijn lippen op de hare.

Er was niets liefs en teders aan zijn kus. Het was een rauwe, wilde, claimende kus. Zarons lippen en tong waren overal, hij at haar op, benam haar de adem, ontnam haar haar vrije wil. Zijn rechterhand hield moeiteloos haar beide polsen vast boven haar hoofd en zijn linkerhand gleed over haar lichaam, pakte haar jurk aan de onderkant vast en trok hem omhoog. Waar zijn vingers haar huid raakten, gloeide ze, verlangde ze naar méér. Overweldigd kromde Emily zich tegen hem aan. Ze wist niet of ze nou wilde dat hij doorging of stopte. Ze voelde dat hij met zijn knie haar benen uit elkaar duwde, en zijn hand pakte haar bikinibroekje en scheurde het kapot. Nu was alleen zijn natte zwemshort er nog als barrière tussen hen in. De zware druk van zijn erectie duwde tegen haar ontblote geslacht.

Ineens liet hij haar handen los. Emily hapte naar adem en greep Zarons schouders beet. Haar vingers duwden in zijn huid terwijl hij begon zijn heupen heen en weer te bewegen. Met elke beweging ging zijn harde, lange pik langs haar clitoris en gingen er golven van warmte door haar lijf. Hij kuste naar nog steeds, diepe, lange kussen die haar hoofd wazig maakten, en ergens in haar onderbuik voelde ze een spanning opbouwen die ze kende, terwijl hij ondertussen haar bikinitopje uittrok en haar borst omsloot met zijn hand, die kneedde onder de lichte stof van haar jurk.

Emily kreunde in zijn mond. Ze kon zich niet meer focussen op iets anders dan het duizelig makende genot dat door haar heen schoot. Al haar angsten en twijfels verdampten, vervlogen door hoe hij haar vasthad. Ze liet haar vingers in zijn dikke haar glijden en trok hem dichterbij, en haar heupen begonnen ritmisch te bewegen net als de zijne.

Zaron gromde weer en ze registreerde ergens in de verte weer een scheurend geluid. Hij had zijn short uitgetrokken, realiseerde ze zich vaag, en ze voelde zijn zachte eikel langs haar dijbeen glijden. De spanning in haar nam toe, ze zat vol vloeibaar verlangen, en ze tilde haar heupen naar hem op, onbewust smekend om meer.

Bij die beweging verstijfde Zaron ineens. Hij ging iets omhoog om haar aan te kijken, steunend op een elleboog. Zijn ademhaling was versneld, zijn lippen glansden van het zoenen. 'Wil je dit?' fluisterde hij hees. Hij duwde zijn heupen naar haar toe, het begin van de beweging waarnaar ze allebei zo verlangden. 'Wil je dit, Emily?'

Zijn ogen boorden zich in de hare en hij eiste een antwoord. Ze knikte hulpeloos – het was het enige wat ze kon doen op dit moment. Ze had nog nooit zo'n verlangen ervaren, zo heftig dat het bijna pijn deed. Ze zou het niet kunnen verdragen als hij nu ophield. Het stemmetje dat haar normaal gesproken influisterde dat ze voorzichtig moest doen bleef nu stil terwijl hij haar dijbeen met een sterke hand vastpakte en haar benen nog verder uit elkaar duwde, waarna hij zichzelf naar binnen bracht.

Ondanks haar opwinding was het niet meteen makkelijk. Hij was dikker en langer dan welke man dan ooit die ze ooit gevoeld had, en terwijl hij dieper in haar verlangende lichaam ging, kwam er een kreet uit haar keel vanwege het gevoel van hoe erg ze opgerekt werd. Emily pakte zijn armen beet en voelde een rilling door zijn lichaam gaan terwijl haar spieren zich om hem heen spanden in een zinloze poging om de invasie af te wenden.

Vanwege haar gepijnigde kreet stopte Zaron. Zijn grote lichaam trilde van de inspanning om zich stil te houden en Emily zag dat zijn zwarte ogen glinsterden van het verlangen. Toch was het zo dat toen hij zijn gezicht bij het hare bracht en zijn lippen langs haar wang liet glijden, hij dat opvallend teder deed. 'Gaat het?' mompelde hij. Zijn warme adem streelde haar linkeroor en zorgde voor een aangename rilling die door haar lijf schoot.

Emily deed haar ogen dicht, sloeg haar armen om zijn nek en haar benen om zijn heupen. Het ongemak nam al wat af en de opwinding kwam terug. 'Ja,' fluisterde ze, en ze duwde zichzelf omhoog zodat hij nog dieper kon. Ze trilde van genot toen hij de beweging intensiveerde.

Zaron trilde ook. Zijn laatste beetje zelfbeheersing ging eraan en hij begon stevig te stoten, met een kracht die haast leek op een afstraffing. Emily hapte naar adem en klampte zich aan hem vast. Ze voelde zich als een plastic zakje in een tornado. Haar wereld vernauwde zich tot dit hier en nu, al haar zintuigen waren op hem gericht. Zijn huid was glad van het water en zweet, zijn spieren bolden op en strekten zich onder haar vingertoppen. Ze voelde zijn dikke schacht diep in haar, rook zijn warme, muskusachtige geur, en de spanning bouwde zich verder in haar op, zich concentrerend rondom de zenuwuiteinden bij haar vagina. Haar huid zat vol kippenvel, haar hartslag ging door het dak... en toen was ze er ineens. Er kwam een ingehouden kreet uit haar keel terwijl haar lichaam werd overvallen door het krachtigste orgasme ooit.

Hij bleef stoten, hard en meedogenloos – ze kreeg geen tijd om te herstellen en tot haar schrik voelde ze nóg een orgasme komen, waarvoor ze dit keer maar een heel klein beetje stimulatie nodig had omdat ze nog zo gevoelig was. Hij merkte het en versnelde zijn tempo. Zijn onderlijf duwde met iedere stoot tegen haar clitoris en Emily schreeuwde het uit toen er nog een waanzinnig orgasme door haar heen ging, waarna ze ademloos achterbleef.

Het samentrekken van haar spieren om hem heen leek Zarons eigen ontlading uit te lokken, en ze voelde hem aanspannen, hoorde een grommend geluid uit zijn borstkas komen en voelde dat hij zich harder tegen haar aan duwde. Emily voelde ook dat zijn pik diep in haar pulseerde en zijn zaad kwam er in warme stralen uit. Ze pakte hem met twee handen vast om zijn zij, overweldigd door de intensiteit van deze ervaring.

Een paar momenten lang lagen ze daar bewegingloos, hun lichamen tegen elkaar aan geplakt van het zweet, terwijl hun ademhaling langzaam weer normaliseerde. Zaron voelde zwaar boven op haar en voor het eerst merkte Emily echt dat ze op de harde grond lag, waar steentjes en takjes in haar blote rug prikten. Ze ging iets verliggen in een poging het wat minder ongemakkelijk te maken en Zaron duwde zich weer omhoog op zijn ellebogen, zodat ze niet meer gebukt ging onder zijn gewicht. Zijn slapper wordende pik zat nog altijd in haar en de intieme houding bracht een blos naar Emily's wangen toen ze zijn blik ontmoette.

'Je gaat nergens heen, engel,' zei hij zachtjes. Er was iets veranderd in de manier waarop hij naar haar keek. Hij had iets donkers en bezitterigs wat er eerder niet was geweest. 'Je gaat pas weg als ik je laat gaan. Heb je dat goed begrepen?'

Emily's mond werd een strakke streep en ze knikte kort. Dit was niet het moment om in discussie te gaan, nu hij nog diep in haar zat en zij nog aan het bijkomen was van het ongelofelijke genot. Op een later moment zou ze er wel weer over nadenken hoe ze kon ontsnappen, maar nu moest ze hem tevredenstellen en doen alsof ze meegaand was. Ze zou het niet kunnen verdragen als hij na vandaag zou besluiten haar als zijn gevangene te houden.

'Mooi.' Hij bracht zijn hoofd naar haar toe en gaf haar een korte kus, meer een streling van zijn lippen langs de hare. Toen liet hij zich langzaam uit haar glijden, stond hij op en trok hij haar omhoog.

Emily was haar bikini nu kwijt, maar haar jurk had het op de een of andere manier overleefd en die viel weer om haar lichaam, zodat haar naakte onderlijf bedekt was. Zarons zwemshort lag gescheurd op de grond. Het leek hem niet uit te maken. Hij voelde zich naakt net zo prettig als gekleed. Ze zag zijn zware ballen tussen zijn benen bungelen en zijn pik glinsterde van hun beider vocht. Ze kreeg een droge mond bij het idee dat hij in haar was geweest – dat ze daadwerkelijk seks had gehad met deze man.

Met deze alien, zei een stemmetje vanbinnen, en Emily slikte. Ze wilde daar niet te veel over nadenken. Haar benen voelden onvast, maar ze deed toch een stap achteruit, want ze wilde wat afstand tussen hen. Zaron liet dat echter niet toe. Hij legde een hand om haar arm. Voor ze kon tegensputteren, tilde hij haar op en lag ze comfortabel in zijn armen.

'We gaan naar huis,' zei hij, en hij droeg haar met zoveel gemak mee het oerwoud in dat het leek alsof ze niets woog. 'Dat was wel weer genoeg frisse lucht voor vandaag.'

～

DE TERUGTOCHT DUURDE VEEL KORTER OMDAT ZARON ER FLINK DE PAS IN HIELD. Hij liep met het grootste gemak door dit oerwoud dat hij zo goed kende. Emily protesteerde tegen het feit dat hij haar tilde en zij dat ze prima zelf kon lopen, maar hij weigerde haar neer te zetten. Hij had het nodig om haar tegen zich aan gedrukt te voelen. Het was haar niet gelukt om te ontsnappen en het zou haar ook nooit lukken, maar hij wilde haar toch niet loslaten. Elke keer als hij dacht aan haar ontsnappingspoging, kreeg hij een heel raar gevoel vanbinnen.

Hoewel hij eerst boos was geweest, begreep Zaron wel waarom ze het gedaan had. Dit meisje was zo gewend aan haar onafhankelijkheid, aan het zelf de baas zijn over haar leven. Het was logisch dat ze het niet prettig vond om gedwongen bij hem te blijven. Hij begreep haar probleem en had er zelfs begrip voor. Maar dat veranderde niets aan zijn irrationele, primitieve overtuiging dat Emily hem toebehoorde, dat ze op de een of andere manier van hém was.

De seks met haar had dat gevoel alleen maar versterkt. Zijn lichaam was nu tijdelijk kalm, maar hij verlangde toch alweer naar meer van dat verslavende genot, verlangde ernaar om haar keer op keer te neuken. Het feit dat hij zich had weten in te houden en haar bloed niet had gedronken, was niet echt handig. Hij wilde zich daar in het open bos niet laten meeslepen, maar nu kon hij aan niets anders denken dan het vloeibare afrodisiacum dat door haar aderen stroomde – en aan hoe het zou zijn om diep in haar te zijn terwijl hij zijn tanden langs haar hals liet glijden en voor het eerst haar bloed proefde.

'Je bent sterker dan een mens, hè?' Emily's vraag doorbrak zijn gedachten en hij keek naar haar. Haar armen lagen om zijn nek, ze hield zich aan hem vast alsof ze bang was dat hij haar zou laten vallen. 'Je tilt me nu al een kilometer en het lijkt alsof het niets voor je is,' lichtte ze toe.

Zaron aarzelde even, maar besloot toen dat hij dit wel kon vertellen. De mensen zouden al snel ontdekken hoe sterk de Krinar waren. 'Ja,' bevestigde hij, en hij stapte over een kleine *Lippia alba*. 'We zijn sterker dan jullie. En sneller, daarom kon ik je ook zo makkelijk inhalen.'

Ze slikte. 'Hoeveel sterker en sneller?'

'Zoveel dat we al jullie atleten makkelijk kunnen verslaan,' zei hij. Meer details wilde hij niet geven. Hij zou met gemak ieder botje in een mensenlijf kunnen breken, maar dat hoefde Emily niet te weten. Het laatste wat hij wilde, was dat ze bang voor hem zou worden. Hij zou haar nooit fysiek iets aandoen, maar dat zou ze misschien niet geloven, vooral niet als ze wist van de vroegere Krinar-jagers en de gewelddadige genen van hun soort.

Ze fronste, maar voordat ze hem met nog meer vragen kon bestoken, waren ze al thuis.

Zaron liep naar de doorgang en stapte naar binnen, Emily meedragend als een oorlogsschat. Pas toen de muur weer dicht was zette hij haar eindelijk neer. Hij wist dat hij zich barbaars gedroeg, maar het kon hem niet schelen. Als ze zijn gast niet wilde zijn dan was ze zijn gevangene, met alles wat daarbij kwam kijken. Hij zat daar niet mee. Zeker niet meer nu ze had geprobeerd te ontsnappen.

Zodra hij haar losliet, deed ze een paar stappen bij hem vandaan, met haar kin in de lucht. 'Ik wil douchen,' zei ze en ze keek hem strak aan. Zaron zag wel dat haar handen een beetje trilden. Emily was er meer van ondersteboven dan ze liet merken. Had ze spijt van wat er tussen hen was gebeurd? Of probeerde ze hem nog steeds op afstand te houden om te doen alsof er niets gebeurd was?

Hoe het ook zat, Zaron wilde het niet hebben. Ze had hem toegang verschaft tot haar lichaam en ze was nu van hem. Er was geen weg terug.

'Natuurlijk,' zei hij. 'Je moet douchen, en ik ook.'

Zonder op antwoord te wachten stapte hij naar haar toe. Hij pakte haar jurk aan de onderkant beet en trok hem in één beweging over haar hoofd om haar volledig te ontbloten.

Toen tilde hij haar weer op en nam haar mee naar de badkamer.

HOOFDSTUK ACHTTIEN

Met Emily in zijn armen stapte Zaron het douchegedeelte in en hij gaf een spraakcommando om het water te laten komen.

'Je kunt me nu wel weer neerzetten hoor,' zei ze droog terwijl het water over hen heen begon te stromen. 'Ik kan zelf staan, en het mag duidelijk zijn dat ik nergens heen kan nu.'

Er trok een glimlach aan Zarons mondhoek. Hij gedroeg zich barbaars, dat was wel duidelijk. 'Goed, als jij dat wilt.' Hij zette haar voorzichtig op de gladde vloer en liet de intelligente douche haar haar en huid wassen, terwijl hij bij zichzelf hetzelfde liet doen.

Hij had geen idee waarom het zo moeilijk was om van Emily af te blijven, maar hij kon het bijna niet verdragen om haar niet aan te raken. Het was niet alleen een puur fysieke behoefte, hoewel zijn lichaam alweer begon op te leven door hoe dichtbij ze was. Dit verlangen zat dieper, realiseerde hij zich tot zijn schrik.

Hij wilde haar dicht bij zich, haar altijd in zijn buurt hebben… hij wilde haar vasthouden en bezitten.

Zoals hij Larita had gewild.

Dit keer was de snijdende pijn in zijn borstkas té scherp om te negeren. Zaron draaide zich van Emily af, want hij wilde niet dat ze zag hoe moeilijk hij het had. Het was onmogelijk dat hij net zo sterk verlangde naar een mens als destijds naar zijn partner. Larita was meer dan veertig jaar lang alles voor hem geweest. Het feit dat hij alleen al aan haar kon dénken in een moeite door met een gedachte aan Emily, voelde als verraad.

En toch… kon hij zich niet herinneren wanneer hij zich voor het laatst zo lévend had gevoeld. Voor het eerst sinds Larita's overlijden was het niet meer zo dat hij constant geplaagd werd door vreselijke gedachten. Emily maakte zijn woede en rouw draaglijker. Hij had de afgelopen dagen meer geglimlacht en gelachen dan in een heel jaar. De seks met Emily was net zo intens als hij ooit had meegemaakt met zijn partner.

Het voelde onlogisch en onjuist, maar hij kon niet ontkennen dat het zo was.

Voor het eerst sinds jaren voelde Zaron zich weer zichzelf en dat had hij te danken aan Emily.Hij draaide naar zich naar haar terug en keek genietend hoe ze onder het water ging staan met haar ogen dicht. Haar natte haar lag op haar slanke rug en ze stond met haar zij naar hem toe gedraaid, waardoor hij haar kleine, rechte neus zag en de mooie lijnen van haar kin en kaak. Haar lippen waren zacht en vol, nog gezwollen van het zoenen in het bos, en toen hij zijn blik over haar lichaam liet glijden, werd zijn pik dik en hard omdat hij zo genoot van de sensuele aanblik.

Hij wist niet waarom dit specifieke mensenmeisje zo'n effect op hem had, maar hij ging zijn tijd niet verspillen aan piekeren over die vraag, besloot hij met toenemend verlangen. Ze zou hier nog maar zestien dagen zijn en hij was van plan daar ten volle van te genieten.

Zaron zette een stap naar Emily toe, trok haar tegen zich aan en ving haar verbaasde kreetje op met zijn mond.

Ze smaakte zoet en nog een beetje muntachtig omdat haar tanden net gepoetst waren. Haar lippen reageerden op de kus en haar vingers pakten zijn gespierde armen beet; ze duwde haar nagels in zijn huid. Hij voelde haar naakte borsten tegen zijn borstkas, haar tepels waren zo hard als kiezelsteentjes, en zijn ballen trokken strak omdat er meer bloed naar zijn kruis stroomde. Grommend duwde hij haar tegen de muur van de douche en zijn hand gleed over haar lichaam naar de zachte, verleidelijke plek tussen haar benen.

Ze was al nat, klaar voor hem, en Zaron voelde zijn verlangen toenemen terwijl ze over zijn vingers gleed. Er kwam een kreungeluid uit haar keel. Hij drukte zijn duim tegen haar clit en duwde zijn middelvinger in haar nauwe, vochtige opening, op zoek naar het gevoelige plekje in de binnenkant. 'Ja, goed zo,' mompelde hij, en hij keek naar haar blozende gezicht. 'Kom maar lekker klaar, engeltje…' Hij voelde het zachte, sponzige stukje onder zijn vinger en toen hij daar licht op drukte, spande ze om hem heen aan, zo strak dat zijn pik er gelijk op reageerde.

Emily hijgde inmiddels. Met verwijde pupillen keek ze naar hem op en hij verhoogde de druk op dat zachte plekje vanbinnen, terwijl hij tegelijkertijd met zijn duim cirkelbewegingen maakte over haar clit. Ze kreunde het uit en duwde haar lichaam tegen haar aan, en hij voelde haar orgasme komen. Vanbinnen begon ze zich nog strakker om hem heen te spannen en er schoot een rilling door haar heen.

Zaron kon niet langer wachten. Hij haalde zijn vinger uit haar en pakte haar benen vast, tilde haar op en spreidde haar uit elkaar. Zonder omhaal duwde hij zijn pik naar binnen.

Net als eerder was het een bedwelmende ervaring. Ze was zo strak om zijn pik, haar zachte vlees kneep zich samen om hem heen en omhulde hem terwijl hij dieper in haar ging. Hij rook de zoete geur van haar opwinding, hoorde haar snelle hartslag, en zijn ogen gingen naar haar hals, waar haar hartslag gonsde onder haar bleke, haast doorschijnende huid. Een oeroude, dierlijke honger kwam in hem opzetten, een jagerslust die door geen enkele genetische manipulatie nog was ingetoomd, en hij bracht zijn lippen langzaam dichter naar haar hals, waar hij ze zachtjes langs liet strijken. Ze kreunde en kromde haar nek, en toen werd het verlangen onhoudbaar. Met zijn linkerhand hield hij haar omhoog en met zijn rechterhand pakte hij haar haar zodat ze niet kon bewegen. Toen liet hij de scherpe randjes van zijn boventanden langs haar huid glijden en duwde hij zijn mond op de ontstane snee.

Warm, koperachtig bloed stroomde over zijn tong. Het smaakte rijk en ongelofelijk lekker. Emily slaakte een kreet van de plotselinge pijn en verstrakte in zijn arme, maar toen voelde hij dat de verdovende werking van zijn speeksel begon. Haar lichaam viel tegen hem aan, haar vagina pulseerde en klemde zich om zijn pik, en hij wist dat ze meeging in dezelfde golf van genot die ook hem overspoelde. De extase gierde door Zarons zenuwuiteinden en al zijn zintuigen stonden op scherp, tot het uiteindelijk voelde alsof hij uit elkaar zou spatten van genot. Alles was helderder, heter, intenser, en hij merkte dat alle rationele gedachten wegglipten terwijl zijn lichaam de regie overnam. De smaak van haar bloed versterkte zijn lust enorm.

Hij wist niet precies hoelang hij haar nam tegen die douchemuur, en wist ook niet meer precies wanneer hij haar meenam naar bed. Het enige wat hij wist was dat ze allebei orgasme na orgasme kregen, een eindeloze reeks van exploderend genot.

Pas toen Emily in slaap viel in zijn armen lukte het Zaron om te stoppen. Zijn lichaam was bevredigd, maar hij wilde alsnog méér.

HOOFDSTUK NEGENTIEN

Terwijl ze langzaam weer bij haar positieven kwam, bemerkte Emily allerlei pijntjes. Haar spieren voelden verkrampt, alsof ze keihard had gesport. Toen ze haar ogen opendeed en iets anders ging liggen, besefte ze dat de pijn dieper zat. Haar vagina was gezwollen en gevoelig van overmatig gebruik.

Ze lag bovendien naakt onder het dekbed.

Haar hartslag versnelde en Emily ging snel door haar herinneringen om te proberen de puzzel compleet te krijgen in haar hoofd. Ze herinnerde zich het uitstapje naar het meer, gevolgd door haar mislukte ontsnappingspoging – een poging die was uitgemond in de beste seks van haar leven. Ze herinnerde zich ook heel levendig dat ze met Zaron onder de douche stond en dat hij zijn vinger in haar had geduwd en daarna zijn pik. Hij had haar volledig overrompeld en ze had niets meer tegen hem in kunnen brengen; ze was nog niet eens goed en wel bekomen van hun eerste ronde in het oerwoud.

Maar vanaf dat punt leken haar herinneringen niet meer zo helder. Het enige wat ze nog wist was dat ze allerlei dingen had gevoeld die ze nog nooit eerder had gevoeld, en een genot zo intens dat het haast pijn deed.

Holy shit. Ze had seks gehad met een alien. Een alien die haar gevangenhield in zijn huis. Emily kon de implicaties hiervan totaal niet overzien, dus ze schoof die gedachte aan de kant om later nog eens naar terug te gaan.

Fronsend ging ze overeind zitten en ze staarde de kamer rond. Ze was weer alleen, Zaron was nergens te bekennen. Wat was er gisteren gebeurd? Waarom voelde ze zich zo?

Emily kwam voorzichtig uit bed en liep naar de badkamer. Alles deed pijn vanbinnen en ze moest een kreun onderdrukken. Ze had zich nog nooit zo... uitgewoond gevoeld, zelfs niet na haar eerste keer. Ze keek naar beneden en zag vage striemen en blauwe plekken. Was het dan echt zo anders om seks te hebben met een man van Zarons soort? Er ging een rilling door haar heen bij die gedachte, ook al voelde ze weer een verlangen opspelen bij de herinnering aan de extase.

Nee, nu niet aan denken. Ze dwong zichzelf om zich te richten op haar basale behoeften, en dat was onder meer een douche nemen. Maar net toen ze dat wilde doen, hoorde ze iemand binnenkomen.

Ze draaide zich om en keek naar de man die nu

haar minnaar was. Ze voelde zich vreemd zelfbewust nu ze zo naakt tegenover hem stond. Ze was nooit echt preuts geweest, maar op de een of andere manier was dit anders. Jason en Tom hadden niet naar haar gekeken zoals Zaron nu deed: met een bezitterige blik die haar liet gonzen van verlangen. Het was een blik die haar heel duidelijk bewust maakte van haar lichaam, van haar vrouwelijkheid.

'Je bent al wakker,' mompelde hij. Hij kwam met glanzende ogen op haar af. Gekleed in een lichtblauw T-shirt en met een strakke jeans om zijn sterke benen was hij knap als altijd, en zoals altijd reageerde haar lichaam daar heel goedkeurend op.

Ze had serieus seks gehad met deze prachtige verschijning.

'Ja, ik ben er net uit,' zei Emily met schorre stem. Ze schraapte haar keel en probeerde zich te richten op iets alledaags. 'Hoe laat is het?'

'Even over negen uur 's morgens,' zei Zaron. Met een lichte frons liet hij zijn blik over haar lichaam gaan en hij bleef hangen bij de striemen op haar benen. Binnen een seconde stond hij vlak voor haar, pakte hij haar bovenarmen vast en draaide hij haar naar links en naar rechts om elke centimeter van haar huid aan zijn onderzoekende blik te onderwerpen.

'Hé!' Emily probeerde zich van hem weg te draaien. 'Wat doe je?' Ze had geprobeerd te doen alsof dit een gewone ochtend was na een nachtelijke vrijpartij, want ze had geen zin in ongemakkelijke confrontaties. Maar Zaron leek erop gebrand om dat onmogelijk te maken.

Hij negeerde haar verzet, liet haar armen los en knielde voor haar neer. Zijn handen streken zachtjes over haar dijbenen. Toen hij weer opstond, keek hij zo boos dat ze bijna achteruitdeinsde.

'Ik heb je pijn gedaan,' zei hij. Zijn stem klonk vol zelfhaat en ze realiseerde zich dat hij boos was op zichzelf, nite op haar. 'Shit, Emily, ik had geen idee dat ik je dit had aangedaan. Ik wist wel dat mensen teer waren, maar ik dacht niet…' Hij stopte met praten en ademde diep in. Toen hij verderging, praatte hij zachter. 'Heb je pijn, engel?' vroeg hij met zijn blik op haar gericht.

Emily voelde het bloed naar haar wangen stijgen. 'Ik ben een beetje beurs,' gaf ze met tegenzin toe. Ze wilde niet dat hij haar zag als een teer mensje. Ze was juist trots dat ze zo sterk en in goede conditie was. Als kind al hield ze van fysieke uitdaging en speelde ze liever tikkertje dan poppenmoeder. Ze was geen fragiel meisje dat met fluwelen handschoenen moest worden aangepakt. 'Het is niet zo erg,' zei ze bij het zien van de blik op Zarons gezicht. 'Met een warme douche gaat het wel weer over.'

Zijn mond verstrakte, maar hij zei niets. Met een vloeiende, snelle beweging verliet hij de badkamer.

Emily haalde haar schouders op en stapte onder de douche.

Voordat het water begon te stromen stond Zaron alweer in de badkamer. Hij had een klein, langwerpig zilveren ding bij zich. 'Blijf stilstaan alsjeblieft,' zei hij, en hij knielde voor haar neer.

Verrast keek Emily terwijl hij het ding over haar lichaam liet gaan, waarbij hij zich richtte op de stukken waar ze zichtbare blauwe plekken en striemen had. Het apparaat straalde een rood licht uit dat aangenaam warm aanvoelde. Tot haar verbazing verdwenen de plekken vrijwel meteen zonder een spoortje na te laten.

'Wow,' zei ze. Ze boog haar rechterknie en wiebelde met haar voet. De spierpijn was ook weg. 'Zaron, werkt al jullie medische technologie zo?'

Hij knikte en keek naar haar op. 'Ja. Het werkt met nanocyten, als je weet wat dat betekent.'

'Nanocyten? Als in: doorontwikkelde nanotechnologie?' Emily had hierover gelezen toen ze onderzoek deed naar een startup en zover zij begreep waren de mogelijkheden van dergelijke technologie vrijwel eindeloos. Nanotechnologie maakte gebruik van piepkleine robots die geprogrammeerd konden worden om te doen wat je maar wilde – iets waar de moderne wetenschap alleen nog maar in theorie over kon denken. 'Wacht even… stopt jij nanocyten in mijn lichaam?'

'Ja, exact.' Hij leek het fijn te vinden dat ze het zo snel begreep. 'Die genezen je wonden,' zei hij, en hij bewoog het apparaatje naar haar bekken. Voordat ze doorhad wat hij van plan was, legde hij een hand tussen haar benen en scheen het licht direct op haar vagina. Heel even voelde ze iets tintelen en toen was het beurse gevoel vanbinnen weg.

'Nu kun je douchen,' zei Zaron tevreden. Hij stond op, gaf haar een vlugge kus en liep toen weg. 'Je kunt het beter meteen doen voor ik me weer laat meeslepen,' zei hij met een hese stem voordat de muur zich achter hem sloot.

Emily douchte op de automatische piloot. Haar gedachten schoten in allerlei richtingen. Het idee dat er alientechnologie in haar lichaam zat vond ze zowel fascinerend als schrikwekkend. Had hij haar eerder ook zo genezen? Dat leek wel logisch. Zoals een chirurg een wond kon opereren, kon een nanomachine in theorie celschade repareren. Nee, niet alleen in theorie, corrigeerde ze zichzelf. Het kon daadwerkelijk. Het feit dat ze zich kiplekker voelde, bewees dat wel.

Ze stapte onder de douche vandaan, liet zichzelf afdrogen en ging toen terug naar de slaapkamer om zich aan te kleden. Pas toen ze haar sandalen aantrok, realiseerde ze zich iets.

Ze wist nog steeds niet hoe ze zo beschadigd was geraakt. Haar herinneringen aan de nacht waren zo wazig dat het bijna leek alsof ze onder invloed was geweest.

HOOFDSTUK TWINTIG

'Zaron... Wat is er vannacht precies gebeurd?'

Terwijl ze aan de keukentafel een fruitsalade aten, keek Emily hem vragend aan. De lichtgele jurk die ze vandaag droeg maakte haar ogen meer groen dan blauw en deden Zaron denken aan *burit*, een mosachtige plantensoort van zijn thuisplaneet.

Hij nam de laatste hap van zijn eten en dacht na over haar vraag. Hoewel hij niet precies wist wat het officiële protocol zou zijn na hun aankomst, vermoedde hij dat de Raad niet meteen wilde bekendmaken dat hun soort vampierachtige neigingen had.

'Wat bedoel je?' vroeg hij. Het leek hem het beste om nu dommetje te spelen. Met een lome glimlach pakte hij over de tafel heen Emily's hand vast en hij wreef er met zijn duim overheen. 'Je weet toch wel wat er gebeurd is, engel. Of wil je het er gewoon even over hebben?'

Ze likte een druppel fruitsap van haar lippen en staarde hem aan. Zijn lichaam verstrakte bij de herinnering aan het gevoel en de smaak van haar lippen. 'Ik herinner me natuurlijk dat we seks hebben gehad,' zei ze, en ze trok haar hand los uit de zijne. 'Wat ik me niet herinner is de rest van die dag. Alles na de douche is een waas voor me. Ik weet niet waarom ik zoveel pijn had. Heb je me iets gegeven, een soort drug misschien?'

'Nee, natuurlijk niet,' zei Zaron, geamuseerd door het idee. Het was geen drug waardoor haar herinnering aan hun seks wazig was, het was een natuurlijk bestanddeel van zijn speeksel. Een erfenis van de tijd dat zijn soort joeg op de *lonar*, een primatensoort die ze hadden gebruikt om voedingsstoffen uit bloed te krijgen. Hij keek haar strak aan en vroeg: 'Herinner je je de orgasmes niet die ik je heb gegeven?'

Emily's wangen werden roze, maar ze hield haar blik op hem gericht. 'Nee. Wil je zeggen dat we de hele dag en nacht seks hebben gehad?'

Zaron knikte en moest een glimlach onderdrukken bij het horen van haar ongelovige toon. 'Ja, zo'n beetje wel,' zei hij. 'Je viel rond drie uur vanmorgen uiteindelijk in slaap.'

'Drie uur vanmorgen?' Ze gaapte hem aan. 'Maar het was nog niet eens twaalf uur 's middags toen we naar het meer gingen!'

'Ik denk dat we ook iets meer uithoudingsvermogen hebben als het om seks gaat,' zei

Zaron, en hij peilde haar reactie. 'We worden niet zo snel moe als mensen.'

Emily kreeg een nog roder gezicht. 'Als dat waar is, denk ik niet dat we bij elkaar passen,' zei ze met een geknepen stem. 'Je zou beter met een andere Krinar kunnen gaan.'

'Maar ik wíl geen andere Krinar.' Zaron pakte weer haar hand en leunde naar haar toe. 'Ik wil jóú.'

Het was echt zo. Hij wilde niet gewoon seks, hij wilde Emily. De afgelopen nacht was een van de mooiste ervaringen van zijn leven en hij kon niet wachten om haar weer te nemen. Hij zag dat ze nog altijd scrupules had als het om hem ging, maar hij zou haar niet meer toestaan afstand te nemen van hem.

Hij had haar nog vijftien dagen en hij was van plan een substantieel deel van die tijd diep in haar mooie lijfje door te brengen.

Emily fronste en probeerde haar hand weg te trekken. 'Luister, Zaron, dat we één keer seks hebben gehad... Oké, meerdere keren,' gaf ze toe bij de ironische blik die hij haar gaf, 'betekent nog niet dat dit een blijvend iets wordt. Je houdt me hier tegen mijn wil vast. En zelfs als dat niet zo was, was dit geen goed idee. We zijn te verschillend. Voor hetzelfde geld heb je thuis een hele harem. Dat zou me niet verbazen met jouw libido.'

'Nee,' zei Zaron. Zijn borst trok pijnlijk samen. Hij liet haar hand los en leunde naar achteren met een ijzig gevoel in zijn lichaam. 'Je hoeft je in dat opzicht geen zorgen te maken, dat kan ik je verzekeren.' Het kwam er onbedoeld bitter uit en hij zag Emily's ogen groot worden.

'Wacht er op jouw planeet niemand op je?'

'Niet zoals jij bedoelt,' zei Zaron, kalmer nu. 'Mijn ouders en grootouders wonen daar, maar ik heb geen vriendin, zoals jullie het noemen.'

'Waarom niet?' vroeg Emily en ze hield haar hoofd schuin. Haar blik ging onderzoekend over hem heen. 'Je bent vast wel aantrekkelijk voor vrouwen. Tenzij ze op jouw planeet andere voorkeuren hebben?'

Zaron staarde haar aan, vervuld van een vreemde verleiding. 'Nee,' zei hij langzaam. 'Nee, dat is het punt niet.' Zelfs voor Krinar-begrippen was hij een mooie man, dat wist hij van zichzelf en daar hoefde hij niet vals bescheiden over te doen. Larita had altijd gegrapt dat zijn ouders hem té mooi hadden gemaakt en plaagde hem ermee dat hij er beter uitzag dan zijzelf.

'Wat is het dan?' hield Emily aan. Haar ogen glinsterden van nieuwsgierigheid. 'Je zei dat je zeshonderd jaar oud bent. Zou je onderhand niet een vrouw en kinderen moeten hebben?'

'Ik had een vrouw,' zei Zaron plotseling, toegevend aan de verleiding. 'Ze is acht jaar geleden overleden.' Zodra de woorden uit zijn mond waren wilde hij ze al terugnemen, maar het was te laat. De nieuwsgierigheid op Emily's gezicht was weg en nu keek ze hem aan met een geschokte en, dat was het ergst van alles, meelijdende blik in haar ogen.

Tot zijn opluchting kwam ze niet met allerlei

uitgeholde goedbedoelde woorden. In plaats daarvan vroeg ze zachtjes: 'Waren jullie lang samen?'

'Vierenveertig jaar.' Nog maar drie jaar en ze zouden de Viering van de Zevenenveertig hebben bereikt, waarmee hun liefde zou zijn bezegeld en in de ogen van de Krinar-maatschappij voorgoed zou zijn.

'Hmm,' mompelde Emily en ze keek hem aan. 'Mag ik vragen wat er is gebeurd?'

'Het was een ongeluk.' Zarons mond vertrok. 'Een stom ongeluk. Larita was een soort astronaut, een ruimteonderzoeker. Toen ze overleed, was ze op een simpele missie in een nabijgelegen zonnestelsel om daar wat methaangas te halen van een planeet die lijkt op Titan, een van de manen van jullie planeet Saturnus – tot het gebrek aan zuurstof in de atmosfeer aan toe.' Hij pauzeerde even omdat er een brok in zijn keel was gekomen. 'Een vulkaanexplosie die niemand had zien aankomen daar in de buurt zorgde voor rondzwevende brokstukken waarvan er een Larita's zuurstoftank raakte. Die raakte beschadigd en er lekte wat zuurstof uit, die reageerde met het methaan in de atmosfeer.'

Hij zag het bloed uit Emily's wangen trekken toen ze begreep waar hij naartoe ging. 'Ja,' zei hij op vlakke toon. 'Je kunt het al wel raden. Methaan is zeer licht ontvlambaar als er zuurstof bij komt, en het hete magma van de vulkaan erbij zorgde ervoor dat het meer veranderde in een vlammenzee. Zij en haar twee collega's zijn omgekomen.'

Hij stopte met praten, want hij kon niets meer uitbrengen. Het was zo vreselijk dat de vrouw van wie hij meer had gehouden dan van het leven zelf nu weg was, omgekomen in een inferno ver weg. Hij had het eerst niet geloofd, had lange tijd geprobeerd het te negeren. Pas toen de resten van Larita's pak waren gevonden, had hij de waarheid toegelaten: zijn vrouw zou nooit terugkeren van haar routine-expeditie.

Een warme, lichte druk op zijn hand trok hem uit zijn duistere herinneringen. Zaron keek naar beneden en zag tot zijn verbazing Emily's slanke vingers om zijn hand. Ze had uit zichzelf haar hand naar hem uitgestoken om hem te steunen. Hij keek weer naar haar gezicht en zag dat haar ogen vol tranen stonden.

'Dat spijt me,' fluisterde ze gepijnigd. Iets in de oprechte sympathie op haar gezicht trok aan hem en verdrong iets van de koude zwaarte in zijn buik. 'Dat spijt me echt, Zaron. Ik kan me niet voorstellen hoe het moet voelen om iemand te verliezen van wie je al zo lang houdt.'

Hij ademde diep in en liet zich kalmeren door haar zachte stem en het gevoel van haar lieve hand op de zijne. Hij wist niet waarom hij zijn verhaal aan deze mens had toevertrouwd. Zo was hij helemaal niet. Zaron praatte nooit uit zichzelf over Larita's dood. Zelfs na acht jaar nog waren de herinneringen te vers en te pijnlijk, en hij was niet het type om anderen lastig te vallen met zijn problemen. Toch wilde hij het om de een of andere reden aan Emily vertellen. Hij wilde weten of ze het zou begrijpen.

Ze keek nog steeds naar hem en leek iets te overpeinzen. Toen begon ze te vertellen.

'Mijn ouders zijn overleden toen ik vier jaar oud was,' zei ze zachtjes, en Zaron bevroor. Er ging een rilling over zijn ruggengraat. 'Een auto-ongeluk. Ze haalden een langzame vrachtwagen in op de snelweg en reden ongeveer honderddertig kilometer per uur toen een van hun banden klapte. De auto is een paar keer over de kop geslagen en toen tot stilstand gekomen langs de weg. Mijn vader was in één klap dood, mijn moeder overleed een paar uur later in het ziekenhuis.' De grip van haar vingers om zijn hand verstevigde en ze vervolgde: 'Ik was thuis met een oppas, mijn ouders waren snel op weg naar huis omdat de film waar ze heen waren langer duurde dan verwacht.'

'Emily...' Zaron wist niet wat hij moest zeggen. In veel opzichten was haar verlies erger. Hij was al volwassen en hoewel hij ontzettend veel van Larita hield, was hij niet van haar afhankelijk, zoals een kind dat wel was van haar ouders. 'Het spijt me heel erg,' zei hij uiteindelijk. Zijn hart brak voor dit mensenmeisje. 'Bij wie ben je opgegroeid? De pleeggezinnen waar je het eerder over had?'

Ze knikte. 'Ja. Nou ja, en mijn tante Wendy – de zus van mijn vader. Bij haar kon ik gelijk na hun dood terecht. Mijn ouders kwamen niet uit grote gezinnen, dus zij was mijn enige directe familie. Ik heb achttien maanden bij haar gewoond, totdat zij inzag dat ze niet goed kon omgaan met een getraumatiseerd kind. Toen gaf ze me op voor pleegzorg.'

'Ze heeft je dus aan vreemden afgestaan?' Er kwam

woede op in Zarons onderbuik toen hij zich herinnerde dat Emily had verteld dat er soms niet eens genoeg te eten was in pleeggezinnen. Hoe kon haar tante dit doen? Wat moest je voor monster zijn om je eigen vlees en bloed in de handen van vreemden te leggen? Krinar-wezen kwamen tegenwoordig niet meer zo vaak voor, maar als het al gebeurde, zou een familielid geen seconde twijfelen om de verantwoordelijkheid op zich te nemen voor het kind te zorgen.

Emily glimlachte voorzichtig. 'Ja. Het was niet zo erg. Ik vond het fijner dan bij tante Wendy. Zij was niet zo goed met kinderen. Het was een opluchting om daar niet meer te wonen.'

Zaron voelde koud bloed door zijn aderen stromen. 'Heeft ze je mishandeld?' Hij leunde naar voren en legde zijn hand op haar pols. Hij had zoiets weleens gezien op mensennieuws en het idee dat Emily verkracht kon zijn... 'Heeft ze je iets aangedaan?'

'Nee.' Emily schudde haar hoofd. 'Niet zoals jij het je nu voorstelt. Soms strafte ze me wel door me op te sluiten in mijn kamer, maar meer niet. En ook in de pleeggezinnen is er nooit iets ernstigs gebeurd. Ik heb veel geluk gehad. Sommige pleegouders waren wel gemakzuchtig, maar het waren meestal lieve mensen die echt wilden helpen – en die het extra geld dat ze van de overheid kregen goed konden gebruiken.'

'Wacht even,' zei Zaron langzaam, want hij was blijven hangen op wat ze had gezegd. 'Sloot je tante je op in je kamer? Is dat de reden waarom je niet graag binnen bent?'

Emily beet op haar lip. Ze leek zich ongemakkelijk te voelen. 'Ik denk het wel.' Ze trok haar hand los en hij voelde zich ineens heel leeg nu ze het fysieke contact had verbroken. 'Het is niet zo erg. Zoals ik al zei, is het enige gevolg dat ik vaak naar buiten moet.' Ze hield zijn blik vast en voegde er zachtjes aan toe: 'Ik kan niet zo goed omgaan met opgesloten zijn. Maar goed, ik ken niet veel mensen die dat wél fijn vinden.'

Er ging een onwelkome steek van schuldgevoel door Zaron heen, gevolgd door een totaal irrationele woede. Hij stond langzaam op en pakte de rand van de tafel vast. 'Ik heb al uitgelegd waarom ik je nog wat langer moet vasthouden,' zei hij, met zorgvuldige nadruk op ieder woord. 'Jij bent degene die erop gebrand lijkt om dit zo onaangenaam mogelijk te maken. Het enige wat je hoeft te doen, is nog vijftien dagen bij me blijven. Waarom vind je dat zo moeilijk?'

Zij stond ook op en ze kneep haar ogen tot spleetjes. 'Omdat ik een leven heb buiten dit hier.' Haar toon was net zo scherp als de zijne. 'Omdat ik hier niet kan blijven en de hele dag en nacht seks kan hebben, terwijl de carrière waar ik zo hard voor gewerkt heb ontspoort. Ik ben geen dier dat je kunt redden en als huisdier kunt houden, Zaron. Ik ben een mens, en jouw zogenaamde angst om te vroeg bekend te worden is niet meer dan een dom excuus om mij mijn vrijheid te ontzeggen. Je weet net zo goed als ik dat ik over

Times Square zou kunnen rennen en schreeuwen dat aliens bestaan, en dat niemand me zou geloven.'

'Of ze je geloven of niet doet er niet toe,' onderbrak Zaron haar en hij liep om de tafel heen. Haar ogen schitterden van woede en het zag er zo om op te vreten uit dat zijn eigen boosheid naar de achtergrond verdween, om plaats te maken voor lust. Ze had ergens wel gelijk, maar hij had geen zin om daar nu bij stil te staan. Hij bleef voor haar staan, omvatte met zijn grote handen haar gezicht en keek in haar stormachtige ogen. 'Ik ga nu niet riskeren dat ik het mandaat schend. Zelfs niet voor jou, engel.'

Ze bracht haar slanke handen omhoog en sloeg haar vingers om zijn polsen. 'Zaron, alsjeblieft,' fluisterde ze, en hij hoorde haar ademhaling stokken terwijl hij zijn groeiende erectie tegen haar buik duwde. 'Dit is geen goed idee...'

'Integendeel.' Hij boog zijn hoofd en liet zijn lippen vlak bij de hare komen. 'Ik vind het een uitstekend idee.' Met haar gezicht in zijn handen kuste hij haar, en hij genoot van het gevoel van haar zachte lippen tegen de zijne. Het was alsof ze ook geen genoeg van hem kon krijgen. Het gesprek over Larita en over Emily's verleden had Zaron een ongemakkelijk gevoel gegeven; vreemd kwetsbaar en verlangend naar iets wat hij niet kon benoemen, zelfs niet voor zichzelf. Heel even kwam hij in de verleiding om haar weer te nemen, maar hij wist zich te bedwingen. Hoe graag hij ook de hele dag met Emily in bed wilde doorbrengen, hij had werk te doen – en hij moest ook in acht nemen dat zijn gast een mens was. Ze kon niet zoveel aan als hij.

Met tegenzin nam Zaron afstand van haar. Hij negeerde het verlangen in zijn kloppende pik. 'Ik moet iets doen,' zei hij hees, kijkend naar haar verhitte gezicht. 'Ik ben over een paar uur terug en dan kunnen we een stukje gaan wandelen, dat beloof ik. Red jij je tot die tijd?'

'Eh, ja, tuurlijk.' Emily knipperde met haar ogen. Het verlangen verdween langzaam van haar wangen.

'Fijn,' mompelde Zaron. 'Tot snel dan.'

Voordat hij weer in de verleiding kon komen liep hij de kamer uit, op weg naar de zoveelste virtuele vergadering in zijn studeerkamer. Hij moest de komende dagen heel veel regelen.

De grote schepen zouden binnenkort komen en Zaron moest ervoor zorgen dat alles daar klaar voor was.

HOOFDSTUK EENENTWINTIG

Nadat Zaron was weggegaan, ging Emily terug naar haar kamer. Tot haar opluchting werkten de openingen tussen de kamers nu ook voor haar. Zaron had het mechanisme waarschijnlijk anders ingesteld en daardoor kon ze zich vrijer door het huis bewegen. De doorgang naar buiten ging natuurlijk niet open, maar dat had ze ook niet verwacht. Of ze het nou leuk vond of niet, ze zat hier de komende twee weken vast – met een razend knappe, onverzadigbare alien die van haar verwachtte dat ze zolang zijn bed warm zou houden.

Met een zucht ging Emily op bed zitten. Ze kon niet doen alsof ze het onvrijwillig met hem deed. Ze had nog nooit zoiets ervaren, ze had zelfs niet kunnen dromen dat zo'n extase bestond. Met Jason had ze het wel leuk gehad in bed, maar het was nooit meer geweest dan simpelweg aangenaam. Maar goed, hij wist tenminste hoe hij haar een orgasme kon geven. Tom, haar vriendje op highschool, had haar nooit laten klaarkomen. Hun seks was soms pijnlijk ongemakkelijk en soms slechts matig fijn. Maar dit met Zaron was totaal anders – tenminste, voor zover ze zich het kon herinneren.

Waarom was de afgelopen nacht zo wazig in haar herinnering? Het zat Emily een beetje dwars. Zaron had haar vraag vanmorgen weggewuifd en ze besefte dat ze nu nog steeds in het duister tastte. Was het mogelijk dat hij haar geheugen op de een of andere manier manipuleerde, misschien met behulp van de nanocyten die hij had gebruikt om haar wonden te herstellen?

Het idee was zo angstaanjagend dat het koude zweet haar uitbrak. Kon Zaron zoiets doen? En nog belangrijker: zou hij ertoe in staat zijn? Hij had er duidelijk geen moeite mee om haar meer dan twee weken vast te houden, maar haar brein beïnvloeden was nog wel even iets anders. Dat zou getuigen van een volstrekt gebrek aan respect voor wie zij was als persoon, en dat wilde Emily niet geloven. Oké, hij kon ontzettend dominant zijn en hij stapte zonder aarzelen over haar bezwaren tegen hun affaire heen, maar hij behandelde haar wel als een mens. Ze kreeg zelfs de indruk dat hij niet vaak praatte over zijn overleden vrouw, maar haar had hij dat wel toevertrouwd.

Vierenveertig jaar. Dat was een lange tijd. Het verbaasde haar nog steeds hoe oud de Krinar konden worden. De enige mensen die ze kende die zo lang met hun partner waren geweest, waren minstens in de zestig – en Zaron was duidelijk een man in de bloei van zijn leven. Als ze hem op straat had gezien, zou ze gedacht hebben dat hij eind twintig was. Maar hij had de renaissance meegemaakt.

Ze zou ook niet hebben gedacht dat hij zo'n tragedie had meegemaakt. Er ging een steek door Emily's borstkas bij de gedachte aan wat hij had moeten doorstaan toen hij zijn geliefde na vierenveertig jaar verloor. Was dat misschien de reden waarom ze zich zo tot hem aangetrokken voelde? Omdat ze had aangevoeld dat hij op een bepaalde manier op haar leek: een overlever, iemand die ook pijn en rouw had doorstaan? Het feit dat ze zo makkelijk aan hem vertelde over haar ouders, zei wel iets. Ze sneed dat onderwerp haast nooit aan tenzij ze iemand echt als een goede vriend beschouwde, maar het voelde volkomen natuurlijk om Zaron erover te vertellen. Op een vreemde manier voelde ze zich na drie dagen meer op haar gemak bij hem dan ze zich bij Jason had gevoeld na drie jaar.

Als hij een mens was, zou het niet moeilijk zijn om op hem te vallen.

De gedachte kwam zomaar ineens opzetten en Emily schrok ervan. Ze stond op en begon te ijsberen, met een toenemende wanhoop in haar borstkas. Hoe graag ze het ook wilde negeren, ze besefte dat ze de kern van de zaak te pakken had. Dit was de reden waarom ze de aantrekking probeerde te negeren en waarom ze zoveel last had van wat Zaron met haar deed. Dat was niet omdat ze slim en voorzichtig was.

Het was omdat ze bang was.

Ze was bang om te vallen voor een man met wie ze wist dat er geen toekomst mogelijk was. Een man die haar hart kon vermorzelen als ze het hem toestond.

De aantrekkingskracht die ze voelde voor Zaron was meer dan seksueel. Ze wist dat nu. Alles aan hem intrigeerde Emily, niet alleen het feit dat hij uit een andere wereld kwam en haar dingen kon vertellen die geen mens wist. Nee, hoe fascinerend ze het ook vond dat hij buitenaards was, ze verlangde naar iets wat tegelijkertijd simpeler was als complexer. Ze wilde zijn diepste gedachten en gevoelens kennen en in zijn herinneringen graven. Ze wilde hem zien lachen en wilde zijn donkerte verdrijven. Hoewel ze zich ertegen verzette dat ze gevangen werd gehouden, kon ze hem er niet om haten. Hij had haar leven gered.

Ze was al bezig voor hem te vallen en ze had nog vijftien dagen te gaan.

Nee. Emily ging weer op bed zitten. Dit sloeg nergens op. Ze moest en zou zich niet binden aan Zaron. Dat was een pad naar hartenpijn. Ze moest een ontsnappingsplan opstellen, en wel nu.

Als ze het goed had uitgerekend, was het nu zaterdag. Haar terugvlucht was al weg. Ergens vanavond zou Amber langskomen om haar kat terug te brengen en bij te kletsen, en ze zou zich zorgen maken als Emily er niet was en niet bereikbaar was. Haar sollicitatiegesprek met Evers Capital – het gesprek dat haar hele carrière zou bepalen – was aanstaande donderdag.

Gefrustreerd pakte Emily haar kapotte telefoon van

de zwevende plank naast haar bed. Ze had hem daar neergelegd nadat Zaron hem aan haar had teruggegeven, hoewel ze niet begreep waarom ze hem nog niet had weggegooid. Het ding was dood na de val in de rivier. Emily haalde het nog altijd vochtige hoesje eraf en schudde haar telefoon wat heen en weer, waarna ze hem nog een keer probeerde aan te zetten. Logischerwijs bleef het scherm zwart.

Ze legde de telefoon neer en begon weer door de kamer te ijsberen. Ze was te opgewonden om te blijven zitten. Op de een of andere manier moest ze hier zien weg te komen voor het einde van deze vijftien dagen.

Haar carrière en gemoedsrust hingen ervan af.

HOOFDSTUK TWEEËNTWINTIG

TOEN HET MERENDEEL VAN DE KEUZES VOOR HUN KOMST GEMAAKT WAS, gaf Zaron zijn team vrij. Slechts één teamlid, Ellet, bleef toen nog hangen in de virtuele vergaderruimte. Zij was net als zij een bioloog, maar zij had zich de afgelopen decennia gespecialiseerd in de *Homo sapiens* en werd onder de Krinar-wetenschappers gezien als een rijzende ster. Zaron zag haar als een goede vriendin, ook al kende hij haar pas twaalf jaar.

Ellet kwam naar hem toe lopen en ging naast hem zitten. Ze sloeg haar benen over elkaar, een onbedoeld sensuele handeling. Deze ongewoon mooie vrouw scheen de afgelopen maanden veel gezien te zijn met Korum. Er werd zelfs beweerd dat Korum de reden was waarom zij een plek had veroverd in het voorbereidingsteam voor de komst naar de aarde – een zeer begeerde plek waarin ze samenwerkte met de best aangeschreven experts op het gebied van menselijke biologie. Zaron wist niet of dit waar was en voor hem deed het er ook niet toe. Ellet had veel ambitie, maar ze was ook een van de aardigste individuen die hij kende. Hij had oprechte bewondering voor haar en hij mocht haar echt.

'Hoe gaat het ermee?' vroeg ze, en ze keek naar hem met haar grote, hazelnootkleurige ogen. 'Bevalt de jungle je beter dan de steden?'

'Ja, inderdaad,' zei Zaron glimlachend. Ellet had hem geadviseerd om zijn huis te bouwen in de buurt van de toekomstige nederzetting en hij was dankbaar voor die tip. Voordat Emily hier kwam had hij al een bepaalde rust gevonden in het oerwoud, weg van de overweldigende geluiden en drukte van de menselijke steden. 'En jij? Vind je het nog steeds fijn in Rio de Janeiro?'

'Absoluut.' Ze lachte haar tanden bloot. 'Het is lekker warm en ik pas goed in deze cultuur. Als ik naar een openbare plek ga, vragen mensen me of ik familie ben van ene Gisele. Blijkbaar is zij hier een supermodel.'

Zaron lachte. 'Klinkt goed. Blijkbaar heb je inderdaad je plek gevonden.'

'Ja, voorlopig. Ik kan niet wachten tot de Centers klaar zijn. Ik denk niet dat ik ooit zal wennen aan menselijke technologie. Kun je je voorstellen dat je met de hand je kleding in een wasmachine moet stoppen?' Ze huiverde dramatisch. 'Mijn appartement is zo primitief, het had net zo goed een grot kunnen zijn. Ik zou willen dat ik hier een normaal huis kon bouwen zoals jij hebt gedaan, maar dat is te riskant in een grote stand. Te veel mensen, te veel kans om ontmaskerd te worden...'

'Snap ik,' zei Zaron langzaam. Hij vroeg zich af hoe hij het onderwerp dat hij wilde bespreken het best kon aansnijden. 'Over ontmaskering gesproken... Ik heb iets eh, onhandigs gedaan.'

Ellet trok haar wenkbrauwen op. 'Zoals?'

'Ik heb een mens mijn huis binnengebracht.'

Ze knipperde met haar ogen. 'Een mens? Waarom? Je bestudeert hen normaal gesproken niet, toch?'

'Nee hoor.' Zaron hield zich bezig met andere diersoorten en met planten. 'Ik heb haar niet als onderzoeksobject. Ik heb haar in huis genomen omdat ze bijna doodging en ik wilde haar redden.'

'Zij?' vroeg Ellet voorzichtig. 'Hebben we het hier over een jonge vrouw? Een... mooie jonge vrouw?'

'Zou kunnen,' zei Zaron toegeeflijk. Er trok een lachje aan zijn mondhoeken. Emily was meer dan mooi, maar zijn collega hoefde dat niet te weten.

'Oké, ik denk dat ik het plaatje begin te zien,' zei Ellet. Haar ogen schitterden geamuseerd. Als ze geschrokken was door zijn verhaal, dan wist ze het goed te verbergen. 'Ik ga ervan uit dat je haar hebt weten te redden. Wat ben je met haar van plan? Weet ze wat je bent?'

Zaron knikte. 'Ja. Ik hou haar de komende twee weken bij me, tot we ons bekendmaken.'

'Aha.' Ellet keek hem onderzoekend aan. 'Heb je haar bloed al gedronken?'

'Ja, één keer.' Er ging een warme siddering door

hem heen bij de herinnering. 'En ik wil het graag nog een keer. Ellet, daarover wilde ik je graag iets vragen...'

'Je wilt informatie over bloedverslaving,' zei ze, en ze keek hem serieuzer aan. 'Daarom vertel je me dit, hè? Je hebt zelf denk ik al wat onderzoek gedaan?'

'Klopt, maar ik heb niet veel informatie kunnen vinden.' Zaron ging met zijn vingers door zijn haar. Hij was een wetenschapper, hij vond het vervelend om geen feiten te hebben. 'Ik weet dat het niet aan te raden is om regelmatig bloed te drinken van dezelfde mens, maar het merendeel van de info die ik kan vinden is hooguit anekdotisch. Heb jij hier onderzoek naar gedaan? Wat is de limiet?'

'Nou,' zei Ellet langzaam, 'ik heb er wel wat informatie over. Zoals je al zei is het merendeel van het onderzoek anekdotisch, we hebben geen grote data. Een definitief antwoord kan ik je dus niet geven. Wat we wel weten, is dat mensen verslaafd kunnen raken aan de ervaring, en dat wij juist weer verslaafd kunnen raken aan het bloed van één specifieke mens. Als ik jou was, zou ik voorzichtig zijn. Laat op z'n minst een paar dagen tussen elke sessie zitten. Er zijn zoveel variabelen als het gaat om mensen. Je wilt niet verslaafd raken, vertrouw me. En je wilt ook niet dat zij verslaafd raakt aan jou.'

'Ja, natuurlijk.' Zaron wist al wel wat over dit fenomeen en hij had altijd opgelet dat hij niet meerdere keren van dezelfde persoon dronk. Het was niet ingewikkeld, er was geen tekort aan sekspartners in de grote stad. Toen hij in Los Angeles en Miami woonde, had hij elke avond een andere vrouw opgepikt in een bar of club. Om de een of andere reden vond hij het nu echter een vreselijke gedachte om met een andere vrouw dan Emily te zijn. 'Ik zal voorzichtig zijn.'

'Mooi zo,' zei Ellet en ze stond op. 'Als je nog iets van me nodig hebt, aarzel dan niet om het me te vragen. Ik kom ergens in de komende weken naar Costa Rica, dus misschien kunnen we elkaar dan zien.'

'Dat zou heel fijn zijn.' Zaron stond op. 'Je bent meer dan welkom om langs te komen en in mijn comfortabele huis te verblijven.'

'Dank je wel.' Ellet glimlachte naar hem. 'Misschien neem ik die uitnodiging wel van je aan. Je zou me zelfs kunnen voorstellen aan dat mensenmeisje van je. Ze klinkt heel bijzonder.'

'Dat is ze echt,' zei Zaron glimlachend. 'Zij zou het vast ook leuk vinden om jou te ontmoeten.' Met die woorden verliet hij de virtuele omgeving. De kamer draaide om hem heen en toen hij weer scherp zag, was hij terug in zijn studeerkamer. Hij had het merendeel van het werk voor vandaag weer gedaan.

HOOFDSTUK DRIEËNTWINTIG

TEGEN DE TIJD DAT ZARON TERUG WAS, VLOOG EMILY zowat tegen de muren op. Haar claustrofobie was op volle kracht terug en haar keel voelde dichtgeknepen terwijl ze door de kamer ijsbeerden. Naast haar zorgen omtrent het missen van het sollicitatiegesprek zat ze er echt mee dat een deel van haar geheugen zo wazig was. De ontbrekende uren waren niet helemáál blanco, ze had wel vage herinneringen aan intens genot – en dat vond ze nóg lastiger.

Het was echt alsof ze in een roes was geweest van drank of drugs.

'Wat is er gisteren gebeurd?' vroeg ze eisend toen Zaron de kamer binnenstapte. Haar stem klonk erg scherp, maar dat kon haar niet schelen. Ze moest antwoorden hebben, anders werd ze gek. 'Wat heb je gedaan waardoor ik het me niet herinner?'

'Emily...' Hij kwam naast haar staan en keek haar aan met een ondoordringbare, duistere blik. 'Niet doen, engel. Ik kan je niet vertellen wat je wilt weten zonder het mandaat te schenden.'

Haar hart maakte een vrije val. 'Dus je hebt écht iets gedaan?'

'Het is niet wat je denkt.' Hij pakte haar schouders beet zodat ze niet kon weglopen. 'Wat er is gebeurd, is een natuurlijk onderdeel van ons liefdesspel en je hoeft je er geen zorgen over te maken. Ik heb je niets aangedaan.'

Emily's hartslag gonsde in haar slapen. Ze droeg een mouwloze jurk en zijn handpalmen voelden stevig en warm op haar blote huid – net zo warm als de vage sensaties die het enige waren wat er over was van haar herinneringen. 'Niets aangedaan?' vroeg ze schichtig. Haar lichamelijke reactie op zijn aanraking versterkte haar benauwde gevoel. 'Me hersenspoelen zodat ik anderhalve dag kwijt ben in mijn geheugen vind je niet schadelijk?'

Zaron spreidde zijn neusvleugels. 'Jij hebt het ook heel fijn gehad.'

'O ja? En hoe kan ik dat weten als ik me er niets van herinner?'

'Je kunt me vertrouwen,' zei hij, met zijn ogen tot spleetjes geknepen. 'Of ik kan het je laten zien. Dit keer zul je je alles herinneren.'

'Nee, niet doen.' Emily wurmde zich uit zijn greep en deed een stap naar achteren. Haar ademhaling ging snel en onzorgvuldig, haar claustrofobie werd met de seconde erger. Ze moest uit deze muren voordat ze haar verstand verloor.

'Alsjeblieft. Je zei dat je me mee naar buiten zou nemen.'

Hij keek haar begripvol aan. 'Ja, natuurlijk. Kom maar. Dan gaan we wandelen.'

Met zijn vingers om haar pols leidde hij haar naar buiten door de opening die ontstond in de muur – een technologisch hoogstandje waar Emily niet langer van versteld stond. Er zou nu een ruimteschip voor haar ogen kunnen verschijnen en het zou haar niet eens meer verbazen.

Het enige wat ertoe deed, was dat ze buiten was.

Op het moment dat Emily de warme wind op haar huid voelde, begon de band om haar keel losser te worden. Ze zoog haar longen vol lucht, deed haar ogen dicht en legde haar hoofd in haar nek om de zon op haar gezicht te voelen. Zaron hield haar arm vast, dus ze was hier niet vrijer dan binnen, maar het voelde toch anders.

Zíj voelde zich anders.

'Gaat het nu beter?' vroeg Zaron toen ze haar ogen opendeed, en Emily knikte. Het verstikkende gevoel was weg en daarmee verdween ook wat van haar woede en angst. Ze kon nu ook helderder denken. Als Zaron niet had gelogen en haar geheugenverlies een 'natuurlijk' onderdeel was van hun vrijpartij, dan zag ze maar één oplossing.

Ze moesten geen seks meer hebben.

Dat zou Zaron niet zo leuk vinden, maar hij moest het maar accepteren – tenminste tot ze een manier had gevonden om hier weg te komen.

~

T OEN ZE EEN PAAR MINUTEN AAN HET WANDELEN WAREN kreeg ze weer wat meer kleur op haar wangen en keek ze niet meer zo moeilijk. Als Zaron nog bevestiging nodig had dat ze haar claustrofobie niet veinsde, had hij die bij dezen.

Zijn gevangene/gast kon écht niet te lang binnen zijn.

'Heb je hier ooit een dokter over geraadpleegd?' vroeg hij toen ze bij een zonovergoten grasveld kwamen. Omdat zij het veld op liepen maakte een tweetal *Ateles geoffrovi* – Costa Ricaanse slingerapen – zich uit de voeten, om een boomstam in te klimmen. Emily schrok op, maar toen brak er een grote lach door op haar gezicht en rende ze naar de bomen om de apen over de takken sprongen. Zaron liep achter haar aan, glimlachend omdat zij zo genoot.

'Costa Rica is geweldig,' zei ze toen ze zich naar hem terugdraaide omdat de apen weg waren. 'De natuur hier is echt fascinerend.'

'Ja hè?' Zaron vond het heerlijk dat ze een interesse deelden. 'Er zijn echt heel bijzondere wezens op aarde.'

'Ben je daarom hier?' vroeg Emily. 'Omdat je interesse hebt in de fauna van de aarde?'

Zijn glimlach vervaagde. 'Ook, ja.' Hij wilde niet denken aan zijn voornaamste reden om hier te zijn, maar het was al te laat. Beelden van Larita zoals hij haar voor het laatst had gezien schoten door zijn geheugen en brachten de scherpe pijn met zich mee. Ze hadden de dag ervoor een ruzietje gehad over iets stoms, zoiets als hun volgende vakantiebestemming, maar ze hadden het wel goedgemaakt op de ochtend toen Larita vertrok op haar expeditie. Omdat ze haast had, hadden ze er een vluggertje van gemaakt. Dat was een van de dingen waar Zaron het meest spijt van had: dat hij niet eerder wakker was geworden en haar langer had vastgehouden. Dat hij niet had geprobeerd ieder klein detail van haar lichaam in zijn hoofd te prenten. Het was pas acht jaar geleden dat Larita was gestorven, en toch merkte hij soms al dat het hem niet lukte om de exacte tint van haar hazelnootkleurige ogen terug te halen, of hoe haar lippen precies smaakten. Met elke dag die voorbijging raakte ze verder van hem verwijderd en het deed pijn om die afstand te voelen van de vrouw van wie hij zoveel had gehouden. Ook al probeerde hij de herinneringen weg te drukken, hij wilde wel dat hij haar levendig kon oproepen.

'Ik snap het,' zei Emily zachtjes, en hij besefte dat ze het écht snapte. Haar turquoise blik was vol sympathie en een vriendelijke warmte. Van haar kon hij dit hebben, misschien omdat zij ook een groot verlies had meegemaakt. Hij kende maar weinig Krinar die echt een tragedie hadden doorstaan. Hun samenleving kende geen ziekte en ouderdom. Ze stierven alleen tijdens de gevechten in de Arena en aan bizarre ongelukken zoals wat Larita was overkomen. Voor zijn vrienden, familie en collega's was Zarons verdriet niet goed te begrijpen. Ze wisten niet hoe ze ermee om moesten gaan, hoe ze hem konden benaderen na Larita's dood.

Maar dit mensenmeisje wist het wel. Zaron voelde zich dankzij haar niet meer zo alleen.

'Er is een waterval hier in de buurt,' zei hij. 'Zou je die willen zien?'

Emily glimlachte. 'Ja, dat zou ik geweldig vinden.'

Ze liepen zwijgend naar de waterval en ook dat had iets heel fijns. In de loop van de jaren waren Larita en hij zo met elkaar vertrouwd geraakt dat ze gewoon samen konden *zijn*, van elkaar gezelschap konden genieten zonder elk moment te hoeven opvullen met gebabbel. Het was vreemd dat hij zich al net zo op zijn gemak voelde bij Emily, die hij pas een paar dagen kende, maar dat was wel het geval. Iets in hem leek tegelijkertijd tot rust als tot leven te komen als zij om hem heen was. Het voelde alsof hij ontwaakte uit een nare, gespannen droom.

'Heb je weleens hulp gezocht voor jouw probleem?' vroeg hij weer, zich herinnerend hoe gespannen zíj eerder was geweest. 'Misschien gepraat met een breinexpert?'

'Breinexpert?' Ze keek hem niet-begrijpend aan. 'O, je bedoelt een therapeut. Nee, niet echt. Ik heb het grotendeels onder controle. Of althans, ik kan het onder controle houden als ik maar geregeld naar buiten ga.' Ze keek hem recht aan.

Het was een weinig subtiele manier om hem met een schuldgevoel op te zadelen, en het werkte. Zaron vond het geen fijn idee dat hij de oorzaak was van

Emily's onbehagen, zowel fysiek als mentaal. Toen hij deze ochtend de blauwe plekken had gezien die zijn vingers hadden gemaakt op haar bleke huid, had hij zich een monster gevoeld. Hoewel hij al eerder seks had gehad met een mens, had hij zich niet eerder zo laten meeslepen, zo volledig de controle over zichzelf verloren. Emily was zo teer in vergelijking met hem, zo breekbaar, en hij had haar pijn gedaan. En nu leek het erop dat door haar gevangen te houden, hij haar op een andere manier ook veel pijn deed.

Vijftien dagen nog, zei hij tegen zichzelf, en hij duwde het schuldgevoel weg. Hij zou ervoor zorgen dat ze geregeld naar buiten kon zodat haar fobie niet de kop zou opsteken en hij zou zijn best doen om rustig met haar te vrijen. Hij was inmiddels wel zover dat hij aan zichzelf durfde toe te geven dat Emily gelijk had: het mandaat was niets meer dan een excuus om haar hier nog langer te houden. De Ouderen noch de Raad zouden er echt om malen als de mens een paar dagen eerder op de hoogte was van het bestaan van de Krinar. Niet dat een krant Emily's verhaal zou publiceren zonder hard bewijs, wat er ook al niet was.

Zaron hield haar hier gevangen omdat hij haar wilde, en alleen daarom. Het was zelfzuchtig en niet goed, maar het kon hem niet schelen. Voor het eerst in jaren voelde hij een oprechte band met iemand en hij kon het niet verdragen om haar te zien weggaan.

Nog niet, althans.

Hij pakte Emily's hand en negeerde haar vragende blik. Haar vingers voelden slank en fragiel aan, haar huid zacht en warm. Eerst voelde haar hand stijfjes aan, maar naarmate ze verder liepen, ontspande Emily en vouwden haar vingers zich om zijn hand. Het was een klein gebaar, maar het betekende veel. Dit was precies wat hij nu nodig had: een soort verzekering dat ze hem niet haatte, dat de ongewone band tussen hen niet alleen van zijn kant voelbaar was.

Al snel waren ze bij de waterval. Ook dit was een beekje dat een rivier was geworden na de recente regenval. Op deze plek was er een groot hoogteverschil waardoor een klif ontstond, en het snelstromende water vormde twee watervallen. Een mist van kleine druppeltjes vulde de lucht en op een paar plekken, waar zonlicht door het dichte bladerdak kwam, zag Zaron het licht reflecteren in een prachtig fenomeen dat men de regenboog noemde.

'Dit is prachtig,' verzuchtte Emily toen de waterval voor haar ogen verscheen. Ze trok haar hand los, rende naar de oever van de rivier en draaide lachend een rondje terwijl de druppeltjes op haar hoofd en schouders vielen. De kleine, blonde haartjes om haar gezicht krulden door het vocht en vormden een soort halo. In combinatie met haar lichte jurk zag ze er ongelofelijk engelachtig uit – en zo sexy dat Zaron onmiddellijk keihard werd.

Met een paar grote stappen overbrugde hij de afstand tussen hen en hij trok haar tegen zijn opgewonden lichaam aan. Ze slaakte een verrast kreetje dat hij smoorde met zijn lippen. Ze smaakte warm en zoet toen haar lippen opengingen onder de druk van zijn kus, en hij liet zijn tong haar mond in glijden, op zoek naar meer van haar unieke smaak. Zijn handen gleden over haar rug en pakten haar billen vast, trokken haar dichterbij, en hij voelde haar tepels hard tegen zijn borstkas drukken terwijl haar lichaam week werd in zijn armen.

Toen ineens begon ze zich te verzetten. Ze werd zo stijf als een plank en duwde tegen zijn schouders terwijl ze zich probeerde weg te draaien. 'Stop alsjeblieft,' hijgde ze, en Zaron liet haar onmiddellijk los, bang dat hij haar weer pijn had gedaan. De drang om haar te hebben was ontzettend sterk, maar hij was vastbesloten om zich aan de belofte te houden die hij zichzelf had gedaan.

'Wat is er gebeurd?' vroeg hij, en hij dwong zichzelf om een stap achteruit te doen. Zelfs hij hoorde dat zijn stem rauw klonk, vol verlangen. 'Gaat het?'

Emily knikte. Haar borstkas ging versneld op en neer door haar gejaagde ademhaling. 'Ja, het is alleen...' Ze deed een paar stappen achteruit om nog meer afstand te creëren. 'Zaron, dit kan niet.'

'Wat?' Zijn wenkbrauwen schoten omhoog. 'Waarom niet?'

'Omdat ik niet weer mijn geheugen wil verliezen,' zei ze. 'Ik weet niet wat er gisteren is gebeurd, maar als geheugenverlies een natuurlijk onderdeel is van seks met jou...'

'Dat is het niet.' Zaron ademde diep in. 'Althans, het hoeft niet per se. Wat er gisteren is gebeurd is geen vast onderdeel – als je wilt, is het helemaal geen onderdeel meer.' Hoewel hij de gedachte verafschuwde dat hij nooit meer Emily's bloed zou proeven, kon hij zich wel inhouden. Het zou zelfs weleens een goed idee kunnen zijn, gezien de onzekere factoren van de verslaving waar Ellet hem voor had gewaarschuwd. 'We kunnen gewoon seks hebben zoals gisteren bij het meer,' zei hij. 'Daar herinner je je wel alles van, toch?'

Emily knipperde met haar ogen. 'Ja, maar...'

'Dan is het in orde.' Zaron liep weer naar haar toe en voordat ze een volgende tegenwerping kon bedenken, tilde hij haar op en drukte hij zijn lippen op de hare.

HOOFDSTUK VIERENTWINTIG

Bij het eten moest Emily een blos onderdrukken als ze dacht aan hun uitstapje naar de waterval. Zoals haar gevangenbewaarder had beloofd, had ze zich alles herinnerd toen ze klaar waren – en er was veel om aan terug te denken. Zelfs nu nog voelde ze gezwollen en pulseerde haar clitoris van de naschokken van alle orgasmes die Zaron haar had gegeven. Hij had haar genomen op het gras, tegen een boom en in de rivier onder de waterval, waar de frisse bergwind hun oververhitte lichamen had afgekoeld. Ze hadden daar uren besteed en uiteindelijk was Emily zo uitgeput geweest dat Zaron haar naar huis moest dragen.

Nu had ze een dutje gedaan en ze voelde zich wat opgeklaard, maar ze wist dat Zaron al snel meer seks zou willen. Het was duidelijk te zien aan de manier waarop hij met zijn donkere ogen iedere hap volgde die ze naar haar mond bracht, aan de seksuele spanning die in de lucht knetterde terwijl ze praatten over onschuldige onderwerpen zoals recente films – waarvan Zaron er sommige had gezien – en Emily's kat George.

'Ik heb hem uit het asiel gehaald toen hij nog maar een kitten was,' zei ze tegen Zaron toen ze bijna klaar waren met eten. 'Mijn vriendin Amber sleurde me mee daarheen toen ik net in de stad woonde. Ze wilde een puppy en ik moest met haar mee. Ik wist zeker dat ik geen huisdier wilde, want ik werkte bizar lange dagen en kon amper voor mezelf zorgen, maar toen ontmoette ik George en was ik verliefd.'

'Op de kat?' Zaron zag eruit alsof hij er niks van snapte.

Emily knikte. 'Hij was destijds nog een kitten, maar ja, inderdaad. Hij was gewoon zo lief en klein en hij kroop helemaal spinnend tegen me aan... Ik neem aan dat jullie geen katten houden?'

'Nee. We houden überhaupt geen dieren.'

'Waarom niet?'

Zaron haalde zijn schouders op. 'Het is nooit bij ons opgekomen om dieren in huis te nemen. We vinden het mooi om ze te observeren in hun natuurlijke omgeving, niet opgesloten in onze huizen.'

'Vandaar. Maar een mens opsluiten in je huis vind je geen punt?' Meteen toen die woorden eruit kwamen wilde Emily ze al terugnemen, maar het was te laat. Zarons kaak verstrakte en de sfeer veranderde van vriendschappelijk naar gespannen, en dat bleef gedurende de rest van het eten zo.

Met een soepele beweging stond Zaron op en hij liep om de zwevende tafel heen om Emily van haar stoel te tillen. Zijn handen voelden ontzettend sterk om haar bovenarmen en zijn ogen waren diep zwart. Hij was boos, ze kon het voelen. Haar ademhaling versnelde en haar hartslag ging ook alweer omhoog, maar toen liet hij simpelweg haar armen los en deed hij een stap naar achteren.

'Zou je nu die mail aan je vriendin willen sturen?' vroeg hij op vlakke toon. 'Degene die voor je kat zorgt?'

'O.' Emily was even uit het lood geslagen. 'Ja, natuurlijk.' Ze was van plan geweest om hem daar later deze avond naar te vragen – nog een reden waarom ze spijt had dat ze hem boos had gemaakt – maar hij was haar een stap voor. 'Graag.'

'Goed.' Hij mompelde iets in het Krinar, waarna de muur openging en er een tablet naar hen toe kwam zweven. Zaron pakte het apparaat uit de lucht en gaf het aan Emily. 'Alsjeblieft. Je kunt je bericht hardop zeggen en dan wordt het vanzelf verstuurd met jouw Gmail-adres als afzender.'

Emily fronste, keek naar de tablet en toen weer naar Zaron. 'Hoe kan ik dat controleren? En trouwens, heb jij dan toegang tot mijn mailaccount?'

'Natuurlijk,' zei Zaron zonder blikken of blozen. 'Je denkt toch niet dat een wachtwoord een probleem is voor onze technologie?'

Emily's maag verkrampte. 'Nee, dat dacht ik niet.' Ze had wel gemerkt dat hun computers heel geavanceerd waren. Haar mail hacken kostte Zaron waarschijnlijk slechts een nanoseconde. Zelfs het Pentagon hacken zou kinderspel zijn voor de Krinar. Met die gedachte kwam er een angstaanjagend visioen bij haar op. Zou er ook maar één menselijke verdedigingslinie zijn die de Krinar kon weerstaan als hun bedoelingen misschien toch wat minder vreedzaam waren?

'Zaron...' begon Emily met bevende stem. 'Jullie komen alleen maar kennismaken, toch? Er zal verder niets gebeuren?'

Zijn mooie gezicht kreeg een blanco uitdrukking. 'Zoals?'

'Weet ik veel.' Nu ze het zaadje in haar eigen hoofd had geplant, begon het te woekeren. 'Jullie zouden uit kunnen zijn op grondstoffen? Land? Goedkope arbeidskrachten? Al die dingen die mensen gaan halen als ze naar een nieuwe plek gaan.'

Zaron aarzelde zo kort dat ze het bijna gemist zou hebben, ware het niet dat ze heel sterk op hem was afgestemd. 'We zijn er niet op uit om jullie kwaad te doen,' zei hij, en Emily werd koud vanbinnen toen ze zich realiseerde dat hij niets had ontkend. Haar fantasie ging met haar op de loop en alle alieninvasies die ze ooit in de film had gezien flitsten voor haar geestesoog. Zaron had nooit echt toegelicht waarom ze kwamen, en zij had niet echt doorgevraagd. Het was ook allemaal zo snel gegaan; de informatie over de Krinar en de non-stop seks met Zaron hadden haar te zeer in beslag genomen om over het grotere plaatje na te denken. Toen Zaron had verteld dat zijn soort binnenkort zou komen, had het haar niet zo onlogisch geleken dat de Krinar zich bekend wilden maken aan een intelligente soort die precies op hen leek en die zij hadden gecreëerd. Maar nu ze erbij stilstond, vond ze haar simpele acceptatie van zijn eerste uitleg nogal naïef.

Als het enige wat de Krinar wilden zich bekendmaken aan de mens was, dan hadden ze wel een bericht kunnen sturen. Ze hoefden er niet helemaal voor naar de aarde te vliegen. Iets als een videoboodschap ter aankondiging gevolgd door een bezoek met een kleine delegatie – waarvan een deel al op aarde was misschien, zoals Zaron – leek haar meer dan genoeg als vriendelijk begin. Maar Zaron had gezegd dat 'zijn soort' op het punt stond hierheen te komen. Dat klonk als meer dan een kleine delegatie.

Het klonk als een invasie.

Nee. Ze moest niet zo snel conclusies trekken. Zaron had haar leven gered en hij had haar goed behandeld, ook al hield hij haar tijdelijk gevangen. Het minste wat ze kon doen, was naar wat meer feiten vragen voor ze van het ergste uitging.

'Hoe ver is het naar jouw thuisplaneet?' vroeg ze op zo casual mogelijke toon. 'Je hebt me nooit echt verteld waar Krina is.'

Zarons gezichtsuitdrukking veranderde niet echt, maar ze merkte wel dat hij iets ontspande. 'Het is ver weg,' zei hij. 'In een ander melkwegstelsel. Ik zou je de precieze coördinaten kunnen geven, maar het zou jou niets zeggen.'

Emily's adem stokte. 'Een ander melkwegstelsel? Hoe kan dat überhaupt? Jullie reizen dan zeker wel sneller dan het licht.'

'Klopt. Het is niet mijn expertise, maar zover ik begrijp, is er een warpmotor die een enorme energiebubbel creëert waarmee de ruimtetijd wordt vervormd. Daardoor doet afstand er niet echt toe. Een naburig zonnestelsel bezoeken kost ongeveer evenveel tijd als naar de aarde reizen.'

'Ik begrijp het.' Hun technologie was nog geavanceerder dan ze had gedacht. Emily vroeg zich af of Zaron kon horen hoe hevig haar hart bonsde. Hij was sneller en sterker dan een normale man, dus misschien waren zijn zintuigen ook wel veel scherper. Er was zoveel wat zij niet wist van Zaron en zijn soort, en wat ze nu ontdekte, stelde haar niet bepaald gerust. Ze deed haar best om op een normale toon te vragen: 'Hoeveel van jullie komen er naar de aarde?'

'Waarom stuur je die e-mail niet?' vroeg hij in plaats van antwoord te geven. 'Ik moet straks nog werken en ik wil graag dat je mail probleemloos aankomt.'

'Ja, uiteraard.' Ze duwde haar teleurstelling weg en glimlachte. 'Dus ik dicteer gewoon mijn bericht en het apparaat weet wat het verder moet doen?'

'Exact. Ga je gang.' Hij vouwde zijn armen over elkaar voor zijn borst en haar hartslag versnelde nog meer toen ze zich realiseerde dat hij haar geen privacy zou gunnen.

'Oké,' zei ze, hopend dat hij niet zou merken hoe erg haar handpalmen inmiddels zweetten. 'Wat vind je hiervan. "Hoi Amber, sorry dat ik je niet eerder heb gemaild, maar ik zit langer vast in Costa Rica. Ik leg het wel uit als ik terug ben. Zou je nog een paar dagen op George willen passen? Heel veel dank!'

'Twee weken,' corrigeerde Zaron haar, en Emily zag de tekst – met zijn verbetering – heel kort op het scherm van de tablet verschijnen. Toen kwam haar mailbox tevoorschijn met het verzonden bericht en ging het scherm weer op zwart.

'Goed gedaan,' zei Zaron en hij nam de tablet van haar aan. Emily zag het ding weer naar de muur zweven en verdwijnen. 'Ik moet nu vlug naar een virtuele vergadering. Ik zie je over een paar uurtjes weer.'

Hij boog zich naar haar toe, streek zijn lippen langs de hare voor een snelle kus en verdween toen door een opening in de muur, waarna Emily alleen achterbleef met haar verdenkingen.

Zaron werkte de hele avond door. Tegen de tijd dat hij uit zijn studeerkamer kwam, sliep Emily al half. Hij putte haar nog meer uit door een paar uur lang seks met haar te hebben en pas de volgende middag, toen ze een stukje gingen wandelen, kreeg ze weer de kans om hem te ondervragen. Op dat punt wist Zaron dat hij haar iets moest vertellen, en hij koos voor de waarheid.

Het zou Emily kunnen verontrusten en als gevolg daarvan zouden de komende twee weken minder leuk worden dan ze hadden kunnen zijn, maar hij wilde niet tegen haar liegen.

'Hoeveel van jullie komen er?' vroeg ze weer toen ze naar het meer liepen. 'Is het een grote delegatie?'

Emily's toon was rustig, haast ongeïnteresseerd, maar ze hield Zaron niet voor de gek. Zijn menselijke gast was intelligent. Zodra zij over de shock heen was dat de Krinar bestonden, had het niet lang geduurd voor ze overal vragen over ging stellen.

Hij zuchtte en zei: 'Ongeveer vijftigduizend. Maar Emily...'

'Vijftigduizend?' Ze bleef stilstaan onder een *Enterolobium cyclocarpum*, een guanacaste, en alle kleur trok weg uit haar gezicht terwijl ze hem aanstaarde. 'Er komen over twee weken vijftigduizend soortgenoten van jou naar de aarde?'

'Ja. Maar we hebben geen kwaad in de zin, dat garandeer ik je.'

'Wat hebben jullie dan wel in de zin? Jullie komen vast niet alleen even hallo zeggen.'

'Nee, dat niet,' gaf Zaron toe. 'We gaan ons hier vestigen.'

'Hè?' vroeg Emily met overslaande stem. 'Waar dan?'

'Op tien locaties verspreid over de aarde,' zei Zaron, zich afvragend hoeveel hij mocht vertellen. Hij besloot het voorzichtig aan te pakken. 'We zijn die locaties nog aan het selecteren.'

'O mijn god.' Emily zette een stap achteruit en sloeg haar hand voor haar mond. 'Jullie gaan onze planeet koloniseren, overnemen...'

'Emily, stop.' Zaron was met twee grote passen bij haar en trok haar hand voorzichtig naar beneden, weg van haar trillende lippen. 'Zo is het helemaal niet. Ja, we zullen hier enkele nederzettingen bouwen, maar we gaan de planeet niet overnemen. Jullie mogen in dezelfde steden blijven wonen en jullie eigen politiek blijven bedrijven. Jullie leven zal niet veel veranderen. We worden buren, meer niet.'

'O echt?' In de schaduw van de guanacaste leken Emily's ogen haast volledig groen nu ze naar hem opkeek, en hij voelde haar hartslag in haar slanke pols. 'Hoe dom denk je dat ik ben? Je gaat ons aandoen wat verder ontwikkelde volken altijd doen met de oorspronkelijke bewoners.'

'Nee,' zei Zaron. Hij was niet op de hoogte van de langetermijnplannen met de aarde, maar hij was er vrij zeker van dat de mens niet in gevaar was. Wat zou dat voor nut hebben? In zekere zin waren mensen hun kinderen, of in elk geval hun schepselen.

Hij liet zijn duim over de binnenkant van Emily's pols glijden en zei: 'Als we jullie iets wilden aandoen of jullie planeet wilden afnemen, hadden we dat ieder moment kunnen doen. Dan hadden we niet hoeven wachten tot jullie nucleaire wapens en satellieten hadden. We zouden wel zijn gekomen toen jullie nog in de steentijd leefden. Voor ons is dat zo goed als gisteren. Maar dat hebben we niet gedaan, want daar zijn we niet op uit.'

Emily zag er niet gerustgesteld uit. 'Waar zijn jullie dan wél op uit? Wat willen jullie van ons? Waarom willen jullie je hier vestigen?'

'Om te beginnen is ons zonnestelsel ouder dan dat van jullie.' Zaron liet Emily's pols los en tot zijn genoegen liep ze niet meteen van hem weg. 'Over pakweg honderd miljoen jaar gaat onze zon dood en als wij er dan nog zijn, gaan we samen ten onder. Ik weet dat dat nog vrij ver weg is – voor jullie soort waarschijnlijk een eeuwigheid – maar we moeten er wel rekening mee houden. Onze komst naar de aarde is een manier om te overleven wanneer ons zonnestelsel ophoudt te bestaan.'

'Dus omdat jullie planeet oud is, willen jullie die van ons hebben?'

Zaron zuchtte weer. Ze luisterde niet. 'Niet hebben, maar delen,' zei hij geduldig. 'Het enige waar we het op dit moment over hebben is een groep van vijftigduizend Krinar. Dat is niks in vergelijking met de totale bevolking van de aarde.'

'Kan wel wezen, maar ik neem aan dat onze wapens een soort speelgoed zijn voor jullie.' Haar blik hield de zijne uitdagend vast. 'Toch?'

'Ja, maar dat doet er alleen toe als jullie die wapens tegen ons zouden inzetten,' zei Zaron. 'Zoals ik al zei hebben wij geen kwaad in de zin.'

Emily wendde zich van hem af en zette een paar stappen richting een grote *Cyathea arborea* en draaide zich toen weer naar hem terug. 'Hoe zijn jullie van plan dit te doen? Ik denk niet dat onze overheden jullie zomaar zullen toelaten. Je kunt niet verwachten dat je zomaar binnen komt walsen en zegt: "Hé, geef ons wat land", en dat je het dan gewoon krijgt.'

'Ik ben ervan overtuigd dat de Raad daarover heeft nagedacht en er een plan voor heeft,' zei Zaron. 'Ik zit niet in de Raad, dus...'

'Wat is jouw rol dan? Waarom ben jij hier? Je zei dat je bioloog bent.'

'Klopt, en gronddeskundige.' Zaron had gehoopt dat ze dit onderwerp niet zou aansnijden, maar hij ging er niet om liegen. 'Het is mijn taak om goede locaties te vinden voor ons. Dat moeten dunbevolkte gebieden zijn met een prettig klimaat en geschikte grond.'

Emily staarde hem aan. 'Aha.'

Ze draaide zich weer weg en Zaron voelde dat ze een denkbeeldige muur optrok tussen hen. Haar slanke rug was stijf en haar schouders gespannen. Ze geloofde hem niet en vertrouwde hem niet, en hij kon haar dat niet kwalijk nemen. Zijn soort plande inderdaad een invasie van haar planeet. De Krinar hadden hier weliswaar het leven gecreëerd, maar de aarde was het thuis van de mens geweest voor zolang ze zich herinnerden en nu waren de Krinar van plan zich hier te vestigen. Als het andersom was geweest, zou zijn soort woedend zijn geweest – en de mensen hadden alle reden om dat ook te zijn.

'Emily.' Hij zette een stap naar haar toe, pakte zachtjes haar arm vast en draaide haar om zodat ze hem aankeek. 'Het spijt me als je hierdoor van slag bent, maar ik wilde niet tegen je liegen.'

Ze keek naar hem op, haar gezicht nog altijd wit weggetrokken. 'Kan ik misschien met jullie Raad praten en ze proberen te overtuigen het niet te doen? Jullie hebben nog honderd miljoen jaar op een prima planeet. Jullie hebben die van ons niet nodig.'

'Emily...' Haar verzoek was onmogelijk en dat wist ze zelf ook wel, hoorde hij: haar toon was vlak, verslagen. Toch voelde hij zich bezwaard toen hij zei: 'Het spijt me, maar dat kan niet. Alles is al rond en de schepen zijn onderweg.'

Haar lippen trilden even en vormden zich toen tot een strakke streep. 'Goed. Ik snap het. Laat me nu maar weer los.'

Zaron keek naar haar en besefte dat hij haar nog altijd vasthield, zijn vingers om haar bovenarm. Een steek van woede schoot door hem heen toen hij begreep dat ze hem vanaf nu als de vijand zou behandelen en zou doen alsof er niets tussen hen gebeurd was. 'Nee,' zei hij, en hij pakte haar andere arm en trok haar dichterbij. 'Ik laat je niet los. Dit verandert niets, engel. Je bent nog twee weken van mij.'

Emily's mond ging open, ongetwijfeld om hem tegen te spreken, maar hij boog zich al naar haar toe en kuste haar.

Ze smaakte zoet en zacht, ook al probeerde ze zich van hem los te maken door met haar handen tegen zijn biceps te drukken. 'Niet doen,' wist ze uit te brengen voordat Zaron haar lippen weer onder de zijne ving, en er stroomde opwinding door zijn lichaam toen hij de kus verdiepte en de hitte van haar huid af voelde wasemen. Ook zij werd hier opgewonden van; de geur van haar geilheid versterkte die van hem. Haar verzet werd met de seconde minder overtuigend.

Ze wilde hem nog steeds, en Zaron was van plan daar gebruik van te maken.

Hij bleef haar zoenen en legde haar in dezelfde beweging op de grond, op een bedje van bladeren en gras. Hij pakte haar polsen beet en hield met één hand haar armen boven haar hoofd vast. Zijn vrije hand liet hij over haar lichaam gaan en hij trok haar jurk een stukje omhoog, waarna hij met zijn knieën haar benen uit elkaar duwde. Ze lag nu voor hem open met haar warme, natte kutje, en zijn pik trilde van verlangen om bij haar naar binnen te duwen.

Zaron trok zijn mond los, duwde zich een stukje omhoog en keek naar het mensenmeisje. Hij dacht terug aan de eerste keer dat hij haar zo onder zich had. Zij had hem destijds ook gewild, maar ze was bang geweest en hij had haar laten gaan.

Dat zou hij nu niet doen.

Emily's heldere ogen keken glazig naar hem op, haar lippen waren gezwollen en glinsterden van het zoenen. Haar blonde haar lag in een kluwen van lichte golven om haar gezicht en er kwam een blos op haar mooie wangen terwijl hij speelde met haar clit. Ze was nu al te ver om hem een halt toe te roepen, en het primitieve, wilde deel van hem vond dat heerlijk.

Hij wilde haar precies zoals dit: versuft van genot en niet in staat om hem af te weren.

'Goed zo, engel,' mompelde hij, en hij hoorde haar ademhaling versnellen toen hij twee vingers in haar nauwe opening duwde en met zijn duim over haar clit ging. 'Toe maar. Kom maar voor me.'

Haar ogen vielen dicht en er kwam een zacht, geknepen kreetje uit haar keel terwijl ze om zijn vingers heen samentrok. Ze was nu zo nat dat zijn vingers moeiteloos naar binnen en naar buiten gleden en hij ging gewoon door met stoten met zijn vingers terwijl ze klaarkwam. Zijn ballen werden steeds meer strakgespannen en als hij niet de halve nacht met haar had geneukt zou hij nu de controle over zichzelf hebben verloren, maar hij kon zich nu nog nét inhouden.

Toen ze uitgeput en hijgend onder hem lag trok hij zijn spijkerbroek open om eindelijk zijn kloppende pik te bevrijden. 'Emily,' fluisterde hij schor en hij duwde zich tegen haar zachte opening. 'Kijk naar me, engel.'

Haar oogleden met die lange wimpers gingen langzaam open en hij voelde een vreemde warmte in zijn borstkas toen haar ogen de zijne ontmoetten. 'Dit hier heeft niets te maken met wat er gaande is,' zei hij zachtjes. 'Jij en ik zijn geen vijanden, wat er ook gebeurt. Begrijp je dat? De komende twee weken ben jij hier, bij mij, en dat is het enige wat ertoe doet.'

Emily zei niets, maar haar blik was gepijnigd en Zaron wist dat het niet zo simpel zou zijn. Ze zou zich tegen hem verzetten. Misschien niet nu meteen, maar uiteindelijk zou ze zich tegen hem verzetten – net zo goed als de mensen zich tegen de Krinar zouden verzetten als ze hierheen kwamen.

Er ging weer woede door Zaron heen, die zich vermengde met de brandende lust. Hij duwde zich diep in Emily's lichaam en penetreerde haar volledig zonder te vertragen. Ze krijste het uit – een gepijnigde kreet, registreerde hij ergens in de verte – maar hij kon niet ophouden. Hij werd gedreven door een honger die uit een donkere plek in zijn binnenste leek te komen. Ze was nat en zacht om hem heen, haar lichaam omklemde hem zo heerlijk, en hij wilde haar meer dan hij ooit iemand had gewild. Alles in hem was gericht op één ding: haar nemen, haar bezitten, haar de zijne maken.

Voor ze het wist ontving ze stoot na stoot van hem en ze duwde haar heupen omhoog zodat hij nog dieper kon. Hij hoorde haar kreuntjes en kreetjes, en de behoefte om haar bloed te drinken, om haar ook op die manier te proeven, was net zo sterk als de lust die door zijn aderen stroomde. Hij bracht zijn hoofd al naar haar hals toen Ellets waarschuwing ergens in zijn achterhoofd klonk, en in plaats Emily's tere huid open te snijden met zijn tanden, draaide hij zijn hoofd weg en verhoogde hij zijn tempo; hij beukte nu in haar. Haar kreunen werd luider en haar polsen verstrakten in zijn handen. Zaron voelde het orgasme door haar heen schieten, haar spieren om hem heen samentrekken. Hij wilde doorgaan, de extase van haar in zijn bezit hebben langer laten duren, maar het samentrekken van haar spieren duwde ook hem over het randje. Met een harde kreun stootte hij nog één keer diep in haar en toen kwam hij klaar, met forse stralen zaad die hij in haar spoot.

Happend naar adem rolde hij van Emily af en hij trok haar tegen zich aan. Zijn gedachten schoten alle kanten op terwijl hij lepeltje-lepeltje met haar lag. Ook zij ademde zwaar, haar slanke lichaam trilde en er lag een laagje zweet op haar huid. Zaron deed zijn ogen dicht, pakte haar steviger vast en begroef zijn gezicht in haar haar om haar zoete geur op te snuiven.

Er ging maar één simpele gedachte door zijn hoofd, iets anders kon hij niet denken.

Van mij.

HOOFDSTUK VIJFENTWINTIG

DE DAAROPVOLGENDE DAGEN HAD EMILY ZOVEEL SEKS DAT ZE HET GEVOEL HAD TE VERDRINKEN IN GENOT. Zaron was onverzadigbaar en hij had een onmenselijk uithoudingsvermogen, dus tegen de tijd dat hij klaar met haar was, was zij uitgeput en bijna out. Als hij niet van die handige apparaatjes gehad om haar te helen, zou ze constant een beurs gevoel hebben.

'God, gaat het bij jullie soort altijd zo?' mompelde ze toen hij haar wakker maakte door achterlangs zijn pik in haar te laten glijden, al voor de derde keer sinds ze was gaan slapen. 'Word je nooit moe?'

'Ik krijg gewoon geen genoeg van jou,' fluisterde hij in haar oor. Zijn hand gleed over haar buik naar beneden om haar gevoeligste plekje te zoeken. 'Ik krijg híér geen genoeg van. Ik zou je wel eeuwig kunnen neuken.'

Emily had geen weet van de eeuwigheid, maar ze

merkte wel dat hij iedere kans aangreep die hij kon krijgen. Ze kreeg de indruk dat non-stop neuken Zarons manier was om haar af te leiden van zijn verschrikkelijke verhalen, en voor een heel groot deel werkte die strategie ook nog. Als ze in zijn armen lag, dacht ze niet aan de aanstaande invasie van haar planeet. Maar meteen als hij haar alleen liet draaide haar maag zich om. Ook hun gesprekken tijdens het eten waren vaak gespannen en vijandig.

'Er is een interplanetaire oorlog op komst, begrijp je dat dat niet?' riep Emily uit toen hij haar tijdens de lunch probeerde te overtuigen dat ze zich nergens druk om hoefde te maken. 'Jullie soort komt hierheen en er breekt een oorlog uit.'

'Nee hoor,' zei hij met kalme overtuiging. 'Wat verzet, dat denk ik wel, maar geen oorlog.'

'Dus jij denkt dat we als makke lammetjes meegaan in jullie...'

'Emily.' Hij pakte over de tafel heen haar hand vast. 'Er komt geen oorlog, want wij zullen het niet zover laten komen. Je had gelijk: al jullie wapens zijn kinderspel voor ons. Zou er een oorlog komen als het leger naar een kinderdagverblijf gaat? Nee. De soldaten zouden gewoon doen wat ze willen en dat is dat. Voor onze komst geldt precies hetzelfde.'

Emily keek hem geschokt aan. 'Hoor jij überhaupt wat je zelf zegt? Jij vindt het dus een pre dat wij ons aan jullie zullen onderwerpen zonder ons te verzetten?'

'Natuurlijk.' Zaron klopte nog even op haar hand en

ging verder met eten. 'Geen oorlog is beter dan wel een oorlog.'

De rest van de maaltijd weigerde Emily met hem te praten. Ze deed haar best om hem koel te behandelen, maar toen hij haar na de lunch meenam voor een wandeling, hadden ze weer seks in het oerwoud. Emily haatte zichzelf omdat ze zijn aanraking niet kon weerstaan, maar haar lichaam bleef haar verraden. Meteen als Zaron haar aanraakte, veranderde ze in een behoeftig wezen, en hij wist dat maar al te goed. Hij maakte misbruik van de situatie.

'Besef je niet hoe fout dit is?' vroeg ze toen ze die avond in zijn armen lag. Haar lichaam was heerlijk bevredigd, maar haar hoofd zat vol zelfhaat. 'Wat jij met me doet is echt fucked up.'

Zaron draaide haar om zodat ze hem aankeek. Zijn zwarte ogen waren ondoorgrondelijk in het gedimde licht in de kamer. 'Het is alleen maar verkeerd als jij me niet wilt, maar je wilt me wel.' Zijn stem klonk laag en diep, hij omhulde haar als een warme, verleidelijke cocon. 'Je wilt mij net zoals ik jou wil, engel. Laten we niet doen alsof dit iets anders is dan het is.'

'En wat is het dan?' fluisterde Emily met een zwaar gevoel op haar borst. 'Hoe zie jij dit? Vanuit mijn perspectief houd jij me gevangen en is er een invasie van jouw soort op deze planeet ophanden. En toch ga je maar door met...' Ze stopte met praten toen ze zag dat zijn gezichtsuitdrukking verhardde.

'Waar ga ik maar mee door?' Zijn hand gleed over

haar zij. 'Je aanraken?' Zijn vingers knepen in haar bil en hij trok haar dichter naar zich toe. 'Je neuken?'

Emily hapte naar adem toen zijn erectie tegen haar dijbeen drukte. Hij was zo hard dat het leek alsof het dagen geleden was dat hij haar had gepenetreerd, terwijl het in werkelijkheid ging om een paar minuten. 'Ja, precies,' wist ze uit te brengen, en ze duwde tegen zijn gespierde borstkas. 'Ik ben geen seksspeeltje waarmee je kunt doen wat je…'

'Je bent wat ik wil dat je bent.' Hij tilde haar been omhoog en duwde zich in haar, waarop zij een geschrokken kreetje slaakte. Ze was nog steeds gevoelig en gezwollen van de vorige keer en hij voelde gigantisch aan in haar; zijn pik rekte haar vanbinnen op. 'Mijn seksspeeltje, mijn seks-alles. Ik krijg geen genoeg van je en voorlopig hoef ik me niet in te houden, want je bent van mij. Ja toch?'

Hij duwde zijn heupen naar voren en raakte haar G-spot. Emily's lichaam verstrakte, ze spande zich verlangend om hem heen. Ze probeerde haar woede vast te houden en de opwinding weg te duwen, maar hij zoende haar al en zijn grote handen kneedden haar borsten terwijl hij een hard, stuwend ritme vond. De rest van de avond hadden ze het nergens meer over.

Het enige wat er nog was, was Zaron, en het vuur dat tussen hem en haar oplaaide.

~

Op donderdagochtend, twee uurtjes voordat haar sollicitatiegesprek met het hedgefonds zou zijn, werd Emily in haar eentje wakker in haar comfortabele alienbed. Het intelligente materiaal had zich naar haar lichaam gevormd terwijl ze sliep en ze voelde dat het haar nek en schouders masseerde – een functionaliteit die Zaron had ingebouwd nadat hij had gehoord dat Emily vaak last had van haar rug, die door de spanning stijf werd. Ze bleef een paar minuten liggen genieten van de massage van het bed, en toen stond ze op. Hoewel ze had uitgeslapen voelde ze zich moe en lusteloos, bijna gedeprimeerd.

Afgelopen dinsdag had Zaron haar een e-mail laten sturen naar Evers Capital waarin ze kon uitleggen dat ze twee weken langer vastzat in Costa Rica. Ze had gevraagd of het gesprek een andere keer kon plaatsvinden. Gisteravond hadden ze nog niet gereageerd, en Emily wist dat ze haar enige kans bij dit geweldige bedrijf had verknald. Voorlopig zou ze niet meer aan de bak komen. Door de recente ontslagrondes op Wall Street waren er heel veel mensen met haar kennis en ervaring die nu werkzoekend waren, terwijl er steeds minder banen waren.

Als de komende Krinar-invasie er niet voor zorgde dat de wereld zoals Emily die kende ten einde kwam, dan zou ze veel langer werkloos zijn dan ze had gehoopt.

Die gedachte bracht haar terug naar de

werkelijkheid. Het was onzin om zich druk te maken over een gemist sollicitatiegesprek, terwijl de volledige mensheid geconfronteerd zou worden met de Krinar. De afgelopen paar dagen had Emily geprobeerd meer te weten te komen over Zarons soort, en wat ze had gehoord, was niet bepaald geruststellend.

Ze wist al dat haar gevangenbewaarder sterker en sneller was dan welke mens dan ook, maar ze had iets daarvan toegeschreven aan zijn lange, atletische bouw. Zijn lichaam was geweldig; onder zijn gebronsde huid was hij een en al spieren. Een mensenman met zo'n lichaam zou ook sterker dan gemiddeld zijn. Emily had niet beseft hoevéél sterker Zaron was totdat ze twee dagen terug aan het wandelen waren en hij met één hand een omgevallen boom optilde om hun pad vrij te maken.

Hij had het zo makkelijk gedaan dat het leek alsof de dikke boomstam een simpele tak was, en Emily had hem ongelovig aangegaapt. Ze schatte in dat die boom ten minste een halve meter dik was.

'Wat is er?' had hij gevraagd, maar ze had alleen maar haar hoofd geschud, want ze was te verbijsterd om iets uit te brengen. Ze liep naar de boom toe, hurkte erbij neer en gooide haar hele gewicht in de strijd om hem om te rollen, in de vage hoop dat die boom misschien lichter was dan hij eruitzag. Maar de boomstam was niet van zijn plek gekomen. De boom was zo zwaar dat hij wel aan de grond vastgelijmd leek.

Hij keek haar met duidelijk plezier aan, zijn mooie

lippen tot een glimlach gekruld, en Emily voelde een koude angst door haar aderen stromen toen ze terugdacht aan de snelheid waarmee hij haar had ingehaald nadat ze uit het meer wilde ontsnappen.

De Krinar hadden niet alleen superieure technologie, ze waren in ieder opzicht sterker.

'Hoe zijn jullie zo snel en sterk geworden?' vroeg ze toen ze weer liepen. Hij had zijn schouders opgehaald en niet geantwoord. Ze had al gemerkt dat Zaron het moeilijk vond om tegen haar te liegen, dus soms zei hij liever niets. Er waren bepaalde onderwerpen waar hij het niet over wilde hebben en Emily vermoedde dat dat te maken had met het feit dat zij ervan zou kunnen schrikken. Als ze hem vroeg naar wat voor wapens ze hadden of wat ze van plan waren te doen zodra ze hier op aarde waren, stuurde hij het gesprek in een andere richting of leidde hij haar af met seks. Het leek erop dat de evolutie van de Krinar ook een verboden onderwerp was.

Hetzelfde gold voor het moment dat ze doorhad dat alle maaltijden bestonden uit groenten, fruit en andere plantaardige producten. Eerst had ze gedacht dat dat te maken had met zijn vak – hij hield van planten en vertelde haar altijd interessante dingen over de gewassen van Costa Rica – maar toen was ze zich gaan afvragen of er nog een andere reden voor was.

'Waarom eet je geen vlees?' had ze gevraagd, terwijl ze een salade at die zijn huis had klaargemaakt als avondeten. 'Is dat jouw persoonlijke voorkeur, of iets van alle Krinar?'

'Het laatste,' had Zaron gezegd. 'Net als mensen zijn we omnivoren, maar we geven de voorkeur aan planten. Op Krina zijn er veel planten die rijk zijn aan voedingsstoffen en calorieën, dus we hebben nooit dierlijk voedsel nodig gehad voor onze overleving.'

'Ah.' Dat had Emily verrast. Om de een of andere reden had ze gedacht dat de Krinar een verleden hadden als jager-verzamelaars, net als de primitieve mens. En toen besefte ze waaróm ze dat had gedacht.

Er zat iets van een jager in de manier waarop Zaron zich bewoog, iets wat haar deed denken aan een wilde katachtige. Ze had de ongemakkelijke indruk dat als hij werd uitgedaagd, hij in een flits zou kunnen toeslaan. Zijn blik was ook scherp en helder, en hij volgde haar bewegingen vaak met de intensiteit van een kat die naar een vogel loert.

'Zijn er veel grote jagers op jullie planeet?' vroeg ze. Misschien waren de Krinar op een bepaald punt in hun ontwikkeling juist een prooi geweest en hadden ze hun kracht en snelheid ontwikkeld om te overleven. Hoewel dat alsnog niet Zarons ongebruikelijke manier van bewegen verklaarde.

'Een paar,' zei hij zonder uit te weiden, en Emily had door dat hij het onderwerp weer wilde afhouden.

Wat het ook was dat Zaron voor haar verborgen hield, moest wel erger zijn dan de plannen om de aarde te koloniseren. Emily vond het een erg onprettige gedachte dat er iets nóg ergers was.

Terwijl ze onder de douche stond, gingen haar gedachten desondanks steeds weer naar het sollicitatiegesprek dat ze gemist had en de baan die nu buiten haar bereik lag. Ze bleef elke dag zoeken naar een manier om hier weg te komen, maar Zaron hield haar tijdens hun wandelingen nauwlettend in de gaten en er was geen mogelijkheid om uit zijn intelligente huis te ontsnappen. En nu was het te laat: Evers Capital zou haar nooit meer een kans geven.

Zuchtend ging Emily onder de douche vandaan en ze liet zich door de Krinar-technologie afdrogen. Ze deed een van de jurken aan die Zaron voor haar had klaargelegd en ging terug naar de slaapkamer, waar haar verzopen telefoon op de zwevende plank naast haar bed lag.

Emily ging zitten en pakte hem op. Hij voelde droog, maar het scherm was zwart, natuurlijk. Ze drukte op de knop aan de zijkant en hield hem ingedrukt terwijl ze zonder veel hoop naar het scherm staarde.

Het ging aan.

Ze sprong op en keek ongelovig naar het scherm. De bekende icoontjes verschenen tergend langzaam, maar haar telefoon deed het.

Met een trillende duim veegde ze over het scherm omhoog om hem te ontgrendelen. Ze had voor ze wegging haar bundel verhoogd om ook in het buitenland te kunnen internetten, maar ze had maar één streepje bereik. Dat was waarschijnlijk omdat ze in een grot zat. Niet dat het ertoe deed hoeveel bereik ze had: de batterij was bijna leeg. Ze had hooguit een paar minuten voor haar telefoon ermee stopte, en die moest ze goed gebruiken.

Wie kon ze bellen? Haar vrienden of familie? De politie van Costa Rica? Emily had een paar noodnummers in haar telefoon gezet voordat ze op reis ging en daar ging ze nu doorheen. Het idee om vrienden of familie te bellen liet ze gaan, want er was geen garantie dat ze zouden opnemen en het zou te lang duren om haar situatie uit te leggen en om hulp te vragen. Met de lokale politie zou ze een taalbarrière hebben. Emily kende wel wat Spaans, maar lang niet genoeg om zichzelf nu duidelijk uit te drukken.

Haar beste optie was de Amerikaanse ambassade, besloot ze. De kans was groot dat ze haar zouden wegzetten als een idioot, maar als ze op de een of andere manier tot hen kon doordringen, zou haar waarschuwing echt van belang zijn.

Met ingehouden adem drukte Emily op het nummer en ze hield de telefoon bij haar oor. Eén seconde, twee, drie, vier... De stilte leek eeuwig te duren, maar net toen ze begon te denken dat het telefoontje niet zou doorkomen, hoorde ze een verbinding tot stand komen.

'Ambassade van de Verenigde Staten,' zei een kalme, prettige vrouwenstem. 'Met wie kan ik u verbinden?'

Emily's knieën werden slap van opluchting. 'Hallo. Mijn naam is Emily Ross en ik ben een Amerikaans staatsburger.' Ze praatte snel, want ze wist niet wanneer de batterij op zou zijn. 'Ik word gevangengehouden in de regio Guanacaste. Het is van belang dat u luistert naar wat ik te zeggen heb. De man die mij hier vasthoudt heeft m verteld dat ons land bedreigd wordt. Over een paar dagen zal er een invasie zijn. Degenen die komen noemen zich de Krinar, en ze hebben wapens die veel geavanceerder zijn dan de onze. U moet de president waarschuwen. Ik weet dat dit krankzinnig klinkt, maar…'

Het zoemen op de achtergrond viel weg en er klonk een oorverdovende stilte in haar oor.

Haar telefoon was leeg.

Ze keek gefrustreerd naar het zwarte scherm. Had de vrouw iets gehoord van wat Emily zei, en zo ja, zou ze het bericht dan doorgeven, of zou ze het afdoen als gewauwel van een dronken toerist? Emily had het woord 'alien' bewust niet gebruikt, maar wat ze wél had gezegd, klonk niet veel geloofwaardiger. Zelfs zij vond het belachelijk overkomen.

Haar handpalmen voelden klam aan en haar benen waren onvast toen ze de telefoon terug op de zwevende plank legde en op bed ging zitten. Ze zat nog altijd vol adrenaline en het duurde een paar minuten voor ze gekalmeerd genoeg was om de tablet te pakken die Zaron haar had gegeven. Wat er nu ook gebeurde, zij kon niets meer doen. De vrouw zou haar bericht doorgeven of niet. Emily moest zichzelf troosten met de gedachte dat ze had gedaan wat ze kon.

Ze ademde diep in en zei tegen de tablet: '*Independence Day*, alstublieft.' Toen ging ze weer op bed liggen. Het intelligente matras kwam ietsje omhoog, want het voelde aan dat ze het fijn zou vinden om met haar rug ergens tegenaan te leunen terwijl ze naar de film keek.

Haar filmkeuze was nogal masochistisch, maar dat maakte haar niks uit.

Misschien zou het haar helpen geloven dat de aarde nog een kans had als ze op het scherm zag hoe de mens de aliens een koekje van eigen deeg gaf.

HOOFDSTUK ZESENTWINTIG

DE DAGEN VLOGEN OM EN ZARON BEGON TEGEN DE AANKOMST VAN DE SCHEPEN OP TE ZIEN. Niet omdat zijn team er niet klaar voor was – alles was aan hun kant piekfijn op orde – maar omdat ieder uur dat wegtikte, hem dichter bij de dag bracht waarop hij Emily moest laten gaan.

Zo gauw de Krinar contact hadden gelegd met de menselijke overheden, zou hij niet langer het mandaat kunnen gebruiken als excuus om haar vast te houden.

Sinds hij Emily had verteld over de ware intenties van zijn soort, had zij haar best gedaan om hem op afstand te houden – emotioneel dan. Ze praatten niet meer over haar verleden en deelden geen persoonlijke ervaringen meer. Maar beetje bij beetje was Zaron meer over haar te weten gekomen, en ieder klein dingetje dat hij ontdekte, versterkte zijn fascinatie voor het meisje – een fascinatie die begon te grenzen aan obsessie.

Ze hield van aardbeien maar vond blauwe bessen helemaal niks. Ze vond sciencefictionfilms leuk maar las liever non-fictieboeken. Ze had een scherp analytisch brein – cijfers en spreadsheets kenden geen geheimen voor haar – maar ze had natuur en frisse lucht nodig om zich goed te voelen.

'Als ik vrije tijd heb, wat ik trouwens niet vaak heb, ga ik naar het park,' had ze verteld toen ze bij het meer zaten en eindelijk eens een keer praatten zonder in een discussie te belanden. 'Ik krijg er energie van en het helpt me om mijn hoofd leeg te maken nadat ik te lang in een kantoor heb gezeten.'

Zaron begreep dat wel. Hij genoot van een natuurlijke omgeving, dat was de reden waarom hij bioloog was geworden. Als kind al vond hij levende dingen erg interessant, zowel dieren als planten.

Maar er was iets in wat Emily had gezegd dat hem dwarszat. 'Waarom heb je zo weinig vrije tijd?' vroeg hij fronsend. 'Werken de meeste mensen niet van negen tot vijf?'

'Niet op Wall Street,' zei ze. 'Mijn soort maakt werkweken van tachtig uur, en dat is in de rustigere periodes. Tijdens een project vorig jaar moest ik drie maanden lang honderdveertig uur per week werken.'

Zaron maakte een vlugge rekensom. Als ze honderdveertig uur per week werkte, had ze maar vier uur per dag over om te slapen, en dat was de helft van wat een mens nodig had. Hij kon wel zoveel werken omdat hij als Krinar veel minder slaap nodig had, maar in Emily's geval was dat heel slecht voor haar gezondheid.

'Je had niet zoveel moeten werken,' zei hij, ongewild op boze toon. 'Je kunt ziek worden als je niet genoeg slaapt.'

Emily keek hem verbaasd aan en haalde toen haar schouders op. 'Ja, ik was ook niet van plan om het te blijven doen. Gewoon totdat ik een baan zou vinden met betere werktijden. Als ik zou zijn aangenomen bij dat hedgefonds bijvoorbeeld.'

Er ging een onwelkome steek van schuldgevoel door Zaron heen toen ze hem eraan herinnerde dat ze door hem de baankans had gemist die ze zo graag wilde. Pas nu hij Emily beter had leren kennen, begreep hij waarom dit sollicitatiegesprek zo belangrijk voor haar was. Dit meisje was indrukwekkend onafhankelijk en ze had op haar vierentwintigste al heel veel bereikt, zeker nadat ze zo'n moeizame start in het leven had gehad. Uit zijn eerste onderzoek naar haar wist Zaron dat ze aan Northwestern had gestudeerd, een van de beste universiteiten van de VS, en dat ze meteen na haar afstuderen een baan had gekregen bij een grote investeringsbank. Maar pas twee dagen geleden had hij meer gelezen over pleegzorg en had hij beseft hoe hard Emily had moeten werken, omdat niemand haar op haar pad ondersteunde.

'Wie heeft je studie betaald?' vroeg hij met een frons. 'Die was vast wel duur.'

Emily knikte. 'Ik heb geluk gehad: ik kon goed hardlopen en cross-country lopen, dus ik kreeg een beurs waarmee het merendeel van mijn studiekosten gedekt was. Verder heb ik het rond gekregen met overheidssteun, parttimebaantjes en leningen.'

'Heeft je tante je niet geholpen?'

Haar wenkbrauwen schoten omhoog. 'Tante Wendy? Nee, die kreeg een hartaanval toen ik zeventien was. En toen ze nog leefde, moest ze bestaan van een uitkering. Zelfs als ze het had gewild, had zij me niet kunnen ondersteunen.'

'Aha.' Het kostte Zaron moeite om neutraal te blijven klinken. Hij was verongelijkt omwille van haar, al begreep hij niet waarom. 'Dus je hebt helemaal niemand.'

Emily knipperde met haar ogen. 'Jawel hoor. Ik heb vrienden, een kat en een vri…' Ze stopte halverwege dat woord, maar het was al te laat.

Zarons woede veranderde in knalharde jaloezie.

'Vriendje?' Zelfs in zijn eigen oren klonk zijn stem gevaarlijk. 'Je hebt een vriendje?' Hij had aangenomen dat ze single was omdat ze in haar eentje in een studio woonde en in haar eentje op reis was, maar nu besefte hij hoe dom die aanname was. Emily was zo onafhankelijk dat ze haar levensstijl uitstekend kon combineren met een vriendje dat op haar wachtte in New York – een vriendje waarover hij tot nu toe niet had gehoord.

Tot Zarons opluchting schudde ze haar hoofd. 'Nee,' zei ze met geknepen stem. 'Ik heb geen vriendje. Niet meer.'

Alweer speelde zijn jaloezie op. Het was

overduidelijk dat deze manspersoon, wie hij ook was, Emily pijn had gedaan – en dat betekende dat ze om hem had gegeven.

Misschien was ze zelfs nog steeds verliefd op hem.

'Wie is het?' De woede die in zijn borstkas woedde was irrationeel en hij wist het, maar hij kon de overtuiging niet van zich afschudden dat Emily hem toebehoorde, dat ze van hem was en dat welke man dan ook die haar had aangeraakt, het verdiende om op zijn donder te krijgen. Krinar-mannen waren territoriaal en bezitterig als het om hun partners ging, maar Emily was niet Zarons partner. Hij had geen recht om zich zo te voelen over een meisje dat nog maar een paar dagen bij hem zou zijn. Maar geen rationele gedachte kon opboksen tegen de furieuze toon van zijn stem toen hij vroeg: 'Hoe heet hij?'

Emily keek hem voorzichtig aan. 'Wat doet het ertoe? We zijn uit elkaar, al vier maanden.'

Vier maanden? Er kwamen rode vlekken in Zarons blikveld. Nog maar vier maanden geleden had een of andere minkukel Emily aangeraakt, haar gezoend... seks met haar gehad.

'Wie is het? Hoelang waren jullie samen?' Zaron hoorde zelf hoe woedend hij klonk en hij wist dat Emily het ook hoorde, want ze stond op en deed een stap opzij. Ze keek hem aan alsof hij een soort jachtdier was.

Hij dwong zichzelf om diep adem te halen. Misschien voelde hij zich wel als zo'n dier, maar hij wilde Emily niet bang maken. Hij stond langzaam op, liep naar haar toe en pakte haar hand zachtjes vast. 'Vertel me over hem, engel,' zei hij op zachtere toon. 'Vertel me over je voormalige vriendje. Wat is er tussen jullie gebeurd?'

Emily keek ongemakkelijk. 'Je... gaat hem niets aandoen, toch?'

Fuck, ze was opmerkzaam zeg. Zarons oerinstinct had al plannen gemaakt om deze mensenman op te sporen en een eind te maken aan zijn bestaan. Nu kon hij dat niet meer doen, al was het maar omdat Emily erdoor van slag zou raken.

'Natuurlijk niet,' zei Zaron met een kalmte die hij niet voelde. 'Waarom zou ik?'

De vraag was evenzeer gericht aan hemzelf als aan Emily, maar hij had wel het bedoelde effect. Ze ontspande iets, hoewel ze alsnog op haar hoede leek. 'Ik weet niet,' zei ze. 'Je leek zo... boos.'

Zaron ademde nog een diep in en trok haar tegen zich aan. Haar slanke rondingen pasten perfect tegen hem aan. 'Dat ben ik niet,' verzekerde hij haar. En hij was ook niet boos. Niet meer. De primitieve gevoelens die hem nu overmanden, waren van een andere soort.

Hij liet zijn handen in Emily's zijdezachte haar glijden, boog zijn hoofd naar haar toe en duwde zijn lippen op de hare voor een verzwelgende zoen.

DE ANTWOORDEN OP ZIJN VRAGEN KREEG ZARON PAS EEN PAAR UUR LATER, toen Emily moe en versuft in zijn armen lag. Hij had haar naar een grasveld meegenomen nabij de rotsige oever van het meer, en daar lagen ze nu lekker rustig. De zon glinsterde op het water even verderop.

'Vertel eens over die mysterieuze ex-vriend,' zei Zaron. Hij hield de zwaarte uit zijn stem, ook al bleef het verlangen om de man aan stukken te scheuren in hem borrelen. 'Hoe hebben jullie elkaar ontmoet?'

'Op de universiteit,' antwoordde Emily zonder haar hoofd van zijn schouder op te tillen. Ze klonk ontspannen en loom; voor Zaron het teken dat hij haar had afgeleid van het wangedrag dat hij eerder die dag had vertoond. 'Eerst waren Jason en ik gewoon vrienden, toen vroeg hij me mee uit. We studeerden allebei economie, zaten in dezelfde vriendengroep en waren op zoek naar een vergelijkbare baan. Het was heel logisch dat wij iets met elkaar zouden hebben, dus we begonnen te daten. Eerst was het simpel, gewoon twee studenten die wat met elkaar hadden, maar toen kregen we na ons afstuderen allebei een baan bij een investeringsbank en verhuisden we naar New York City. Om geld te besparen besloten we te gaan samenwonen. Dat hebben we tot vier maanden geleden gedaan. Toen zei hij dat hij niet kon omgaan met mijn rooster en is hij verhuisd.'

Ze vertelde het rustig, alsof de breuk haar niet dwarszat, maar Zaron voelde de spanning in haar lijf terugkomen.

'Waarom kon hij niet omgaan met je rooster?' vroeg

hij op gelijkmatige toon. 'Hij deed toch hetzelfde werk?'

'Ja, maar hij heeft veel geluk gehad. Ongeveer een jaar nadat we waren begonnen, voordat de markt een vrije val maakte, kreeg hij een baan aangeboden bij een durfinvesteringsfirma. Daar waren de werktijden veel beter. Dus tja.' Emily keek op naar Zaron. 'Dat is het, je kent nu het hele verhaal. Erg weinig drama.'

Maar voor haar was het wel dramatisch, merkte hij.

'Hoelang ben je met deze Jason samen geweest?' vroeg hij, de jaloezie onderdrukkend die hem nog steeds dwarszat. 'In welk studiejaar zijn jullie begonnen met daten?'

Emily zuchtte en kwam overeind. Ze streek haar jurk glad, waar een paar scheurtjes in zaten en grasvlekken op te zien waren. 'Iets meer dan vier jaar,' zei ze, en ze veegde een warrige haarlok uit haar gezicht. 'Niet superlang.'

'Aha.' Zaron pakte zijn achteloos in het gras gegooide spijkerbroek op, stond op, trok de broek aan en pakte toen Emily van de grond.

'Zaron, zet me neer! Ik kan heus wel lopen,' protesteerde ze, maar hij negeerde dat. Hij had het nodig om haar vast te houden om de woede de kop in te drukken, en om zich aan de belofte te houden dat hij die klootzak die Emily pijn had gedaan niets zou aandoen.

HOOFDSTUK ZEVENENTWINTIG

Naarmate de dag van de aankomst van de Krinar en de bevrijding van Emily naderde, werd Emily steeds nerveuzer. Ze had geen eetlust en sliep slecht omdat ze vaak wakker werd van nachtmerries. Toen ze jong was, had ze nachtmerries over het auto-ongeluk van haar ouders, maar daar was ze overheen gegroeid – dacht ze. In die dromen stond ze in de berm toe te kijken hoe de auto over de kop sloeg, en kreeg ze het koud vanbinnen bij de wetenschap dat ze alleen was. Iedereen van wie ze hield was dood.

Emily zei tegen zichzelf dat de nachtmerries terug waren omdat ze zich zorgen maakte over de invasie, maar diep vanbinnen wist ze dat dat niet waar was.

Het zat hem erin dat ze zeer binnenkort van Zaron gescheiden zou worden. Dat vooruitzicht bracht de pijn van verlies en verlatenheid terug.

'Jij moet wel een van de sterkte mensen zijn die ik ken,' had haar vriendin Amber gezegd na de breuk met

Jason. 'Ik begrijp niet hoe je het doet. Ben je nooit bang om alleen te zijn? Het lijkt net alsof het jou niet uitmaakt dat de persoon met wie je al vier jaar een relatie had weg is en…'

'Het maakt ook echt niet uit,' had Emily haar onderbroken. 'Ik ben nooit afhankelijk van hem geweest voor wat dan ook.' En dat was echt zo. Hoewel de breuk veel meer pijn deed dan Emily liet blijken, had ze zich nooit volledig aan Jason overgegeven. Ze hadden samengewoond en werden door vrienden gezien als een geweldig stel, maar ze waren twee individuen gebleven die nooit op een dieper emotioneel niveau met elkaar in verbinding kwamen. Emily had gedacht dat ze van hem hield – en misschien was dat ook waar, op een oppervlakkige en lauwe manier, maar ze had hem nooit echt dichtbij laten komen. Dat had echter niets te maken met moed. Eerder het tegenovergestelde.

Ze was te bang geweest om van Jason afhankelijk te worden, om echt van hem te houden. Dat was de ware reden waarom hij haar had verlaten; niet vanwege haar werktijden. Er had altijd iets ontbroken aan hun relatie en Emily wist nu dat het haar schuld was.

Ze was zo bang geweest om verlaten te worden dat ze Jason op afstand had gehouden totdat hij haar daadwerkelijk verliet.

Maar Zaron had op de een of andere manier door haar schild heen weten te breken. Emily wist niet of het kwam door de uitzonderlijke seksuele chemie tussen hen of door het vleugje kwetsbaarheid dat ze had opgemerkt achter zijn zelfverzekerde, arrogante uiterlijk, maar ze voelde zich meer verbonden met Zaron dan met wie dan ook in haar volwassen leven. Soms maakte hij haar bang, maar ze voelde zich ook tot hem aangetrokken, veel meer dan gewoon.

Als ze bij elkaar waren, voelde het alsof haar wereld in een warm licht baadde. Al haar zintuigen werden versterkt. Hoe graag Emily hem ook wilde haten nu ze wist over de invasie, het lukte haar niet. Voorafgaand aan die onthulling waren ze al te close geworden; ze hadden zich al te veel naar elkaar opengesteld om hem nu te verafschuwen. Bovendien had hij haar leven gered. Emily voelde zich niet prettig bij het gevangen zitten en ze zag de toekomst met vrees tegemoet, maar ze zou nooit vergeten dat ze leefde dankzij hem.

'Waarom heb je het gedaan?' vroeg ze op een dag tijdens een wandeling. 'Waarom heb je al die moeite gedaan om het leven van een vreemde te redden? Je wist vast wel dat het ingewikkeld zou worden, met het mandaat en alles.'

Zarons kaak verstijfde en zijn hand omklemde de hare steviger. 'Ik moest wel,' zei hij, en voordat Emily nog meer vragen kon stellen, trok hij haar naar zich toe en kuste haar met zo'n wilde passie dat ze alles vergat behalve haar eigen naam.

En dat was het probleem. Zaron had zoveel seksuele ervaring en kon haar lichaam zo goed bespelen dat ze geen schijn van kans maakte om hem te weerstaan. Als ze probeerde een muur tussen hen op te trekken, wierp Zaron die met gekmakend gemak weer omver. Ze kon hem niet negeren, want hij zou haar gewoon mee naar bed sleuren en haar genot geven tot ze ontdooide, en dan, als haar verdediging weg was, deed hij iets liefs – hij liet bijvoorbeeld het huis een van haar lievelingsmaaltijden klaarmaken of nam haar mee voor een lange wandeling door het oerwoud. Zijn dominante trekjes kregen tegenwicht van zijn lieve kanten, zijn ruige seksualiteit werd aangevuld door liefdevolle zorgzaamheid. Hij verslond haar en behandelde haar tegelijkertijd als een teer poppetje, en Emily wist niet hoe ze daarmee om moest gaan.

Maar toch zou het een stuk makkelijker geweest als het echt alleen om seks ging. Wanneer ze echter praatten zonder te ruziën, kreeg Emily het rare idee dat hij haar intellectuele soulmate was. Zaron had wetenschappelijk inzicht, was toegewijd aan zijn vakgebied en benoemde gewone planten en dieren bij hun officiële naam. Dit alles fascineerde Emily mateloos. Een wandeling door het oerwoud met Zaron was interessanter dan een uur naar Discovery Channel kijken. Hij had een encyclopedische kennis van alles wat in de jungle groeide, kroop, liep en vloog, en hij vertelde vaak wat over vergelijkbare planten en dieren op Krina. Hij lette op dat hij niet te veel vertelde – dat stomme mandaat ook – maar wat Emily wel opstak, was ongelofelijk.

'Een vliegend reptiel dat eieren in een buidel heeft en die opeet wanneer hij honger krijgt? Zie je die veel op Krina?' vroeg ze verwonderd nadat Zaron een dier had beschreven dat 'eponu' heette. 'Hoe plant die zich voort?'

'Het vrouwtje legt honderden eieren,' antwoordde hij met een glimlach. 'Ongeveer tachtig procent daarvan wordt opgegeten. Als de rest uitkomt, gaan ze elkaar te lijf in de buidel totdat er een paar winnaars uit de bus komen die eruit vliegen. Ze groeien door het eten van insecten en andere kleine beestjes totdat ze zich uiteindelijk ook weer gaan voortplanten. Wanneer het vrouwtje eieren heeft gelegd, gaan de mannetjes verder met jagen. De vrouwtjes gebruiken de eieren dus om te overleven en dan begint de cyclus weer van voren af aan.'

Emily vuurde nog veel meer vragen op hem af en hij beantwoordde ze allemaal. Blijkbaar vond hij het geen probleem dat ze iets wist over de ongebruikelijke dieren die op Krina leefden. Hij vertelde haar ook wat over zijn familie, die hem van jongs af aan had gestimuleerd om zijn interesse in de natuur te ontwikkelen.

'Ik kom uit een familie van wetenschappers,' zei hij bij wijze van verklaring. 'Mijn moeder is botanist en mijn vader farmaceut. Drie van mijn grootouders zijn bioloog net als ik. Je kunt denk ik wel zeggen dat natuuronderzoek in mijn bloed zit.' Hij zei het alsof het niks bijzonders was en Emily moest een gevoel van jaloezie onderdrukken.

Ze zou er alles voor over hebben gehad om door haar ouders ondersteund te worden.

'Wat vindt je familie ervan dat je hier bent?' vroeg

ze, en ze probeerde niet zo jaloers te klinken als ze zich voelde.

Als Emily's ouders en grootouders nog hadden geleefd, zou ze hen nooit hebben verlaten om naar een ander melkwegstelsel te gaan.

Tot haar verbazing keek Zaron ineens moeilijk. 'Ik weet het niet,' zei hij, en hij bleef stilstaan naast een volle, groene boomvaren. Zijn blik was onleesbaar en er zat een harde ondertoon in zijn stem. 'Ik heb ze de afgelopen jaren niet veel gesproken.'

Hij weidde er niet over uit, maar Emily kon wel tussen de regels door lezen. Zaron was vast na de dood van zijn vrouw vervreemd van zijn familie, dat wist ze bijna zeker. Ze kon zich wel voorstellen dat het moeilijk was om na die tragische gebeurtenis bij zijn familie te zijn. Verdriet kon je isoleren, Emily wist daar alles van. De eerste paar jaar na de dood van haar ouders vond ze het lastig om vrienden te maken omdat andere kinderen op school niet wisten hoe ze met een wees om moesten gaan. Het was alsof ze bang waren dat haar ongeluk besmettelijk was, alsof ze dachten dat door haar toe te laten, ze ook verlies en pijn zouden toelaten. Zelfs sommige leraren hadden haar het gevoel gegeven een outsider te zijn door precies de verkeerde vragen te stellen onder het mom van medeleven. Het was heel goed mogelijk dat Zarons familie dat ook had gedaan; dat ze hem hadden behandeld als een gebroken man om hun eigen gevoelens te kunnen handelen.

Zonder iets te zeggen gaf Emily een kneepje in zijn hand. De rest van de wandeling zeiden ze niets meer.

Zaron had het na die ene keer niet meer over zijn vrouw gehad, maar Emily wist dat hij nog altijd om haar rouwde. Ze vermoedde dat een van de redenen waarom hij zo vaak seks met haar had, was omdat hem dat ook hielp om dingen te vergeten. Het was een manier om om te gaan met de rouw en de pijn. Dit vermoeden had ze niet door iets wat hij zei of deed, maar eens in de zoveel tijd zag ze een getergde blik op zijn gezicht en dan wist ze dat hij dacht aan zijn overleden vrouw.

Gelukkig kwamen die momenten de afgelopen dagen steeds minder vaak voor. Zaron leek bijna obsessief gefocust op Emily. Als ze niet samen in bed waren, stelde hij constant vragen over haar leven. Hij wilde alles weten, van haar lievelingseten tot haar vrienden tot haar exen – hoewel dat onderwerp hem heel gespannen maakte, alsof hij jaloers was. Hij leek over het algemeen vrij bezitterig als het om haar ging – veel bezitteriger dan Emily normaal vond in hun situatie.

'Je weet toch wel dat ik over een paar dagen weg ben?' mompelde ze toen ze op een avond met elkaar in bed lagen, hun benen verstrengeld na weer een intense vrijpartij. 'Ik ben niet van jou, ongeacht wat je me laat zeggen als ik bijna klaarkom. Dit, jij en ik, is iets tijdelijks.'

Hij keek haar aan en ze zag dat zijn kaak verstrakt was. 'Weet ik.' Zijn stem klonk vlak, maar ze hoorde er toch een ernstige ondertoon in die haar deed denken aan toen hij haar had uitgehoord over Jason. Heel even had ze toen het rare idee gekregen dat Zaron haar ex-vriendje wat zou kunnen aandoen. Achteraf leek het belachelijk, maar destijds was ze ervan overtuigd dat ze iets duisters en gewelddadigs had waargenomen in de man die haar gevangenhield – iets wat haar angst aanjoeg.

'Je laat me toch wel gaan?' vroeg Emily, en ze deed haar best om de plotse angst uit haar stem te houden. 'Als jullie hier eenmaal zijn, bedoel ik.'

Zarons gezichtsuitdrukking veranderde niet. Zijn ogen waren volledig zwart toen hij zei: 'Ja, natuurlijk.' Maar toen trok hij haar weer tegen zich aan en vergat Emily weer wat haar dwarszat.

HOOFDSTUK ACHTENTWINTIG

De dag voor de aankomst werd Emily met een buitengewoon gedeprimeerd gevoel wakker. Haar nachtmerries waren die nacht zo erg geweest dat ze twee keer huilend wakker was geworden. Zaron was bang dat ze ziek was of pijn had, maar toen ze uitlegde dat het alleen maar een nare droom was, had hij haar precies gegeven wat ze nodig had: zijn sterke armen die haar vasthielden in het donker.

Die nacht zag Emily de waarheid onder ogen. Haar angst was bewaarheid. Ze was gevallen voor een man van een andere planeet, van een soort waarover ze nog altijd ontstellend weinig wist.

Het besef maakte Emily van slag. Ze kon niet van Zaron houden, het was simpelweg niet mogelijk. Hij hield haar tegen haar wil hier vast en zijn soortgenoten kwamen voor een invasie van haar planeet. Wat voor iemand werd er verliefd onder deze omstandigheden? En hij was niet eens een mens. Hij zag er dan wel uit als een man, maar hij leek net zoveel op haar soort als een kat. Zelfs hun levensspanne matchte niet. Emily zou ouder worden terwijl hij hetzelfde bleef. Wat zou er dan gebeuren?

Nee, stop. Even terug. Het sloeg nergens op om over zo'n lange termijn na te denken. Morgen zou ze vertrekken en dat was dat. Zaron had nu vast wel genoeg van seks met haar en zou zich op iemand anders storten, misschien een vrouw van zijn eigen soort… een vervanger voor de vrouw die hij had verloren.

Iemand die niet Emily was.

Haar borstkas trok pijnlijk samen en er prikten tranen in haar ogen. *Je houdt niet van hem,* zei ze tegen zichzelf. Het was meer een obsessie, dacht ze, het resultaat van gedwongen bij hem zijn. Ze hadden de afgelopen twee weken zoveel tijd met elkaar doorgebracht dat het logisch was dat ze aan hem gehecht was geraakt. Het was een simpel gevalletje stockholmsyndroom. En trouwen, als ze al gek genoeg was om te willen blijven, dan was er alsnog geen toekomst voor hen samen. Ze konden niet op de lange termijn bij elkaar blijven.

Nee. Ze was vastbesloten om haar onlogische gevoelens geen ruimte te geven.

Emily stond op en liep naar de douche. Zodra ze haar normale leven terug had, zouden haar gevoelens voor Zaron vanzelf slijten.

Daar was ze van overtuigd.

HOOFDSTUK NEGENENTWINTIG

'Waar is je mensenmeisje?' vroeg Ellet en ze keek Zarons woonkamer rond. Ze was deze week in Costa Rica en dus had ze Zarons uitnodiging aangenomen om hier langs te komen. 'Je hebt haar toch nog wel?'

'Ja. Ze staat onder de douche,' zei Zaron en hij ging zitten op een zwevende plank. 'Ze is net wakker, dus je moet nog even geduld hebben voor je haar kunt ontmoeten.'

'Je laat haar uitslapen. Goed van je.' Ellet ging naast hem zitten. Net als hij had ze kleding aan in menselijke stijl: een korte broek, een strak T-shirt en wandelschoenen. Toch zag ze er in Zarons ogen onmiskenbaar Krinar uit, want ze had precies de donkere schoonheid van hun soort. Met een brede glimlach zei ze tegen hem: 'Ik maakte me een beetje zorgen dat je haar uitputte. Mensen hebben veel meer rust nodig dan wij.'

Zaron fronste. Ellet verwoordde precies waar hij

zich zorgen over maakte. Emily zag er de laatste tijd moe uit en ze sliep slecht. Kwam dat door wat hij van haar mensenlichaam eiste? 'Ik doe voorzichtig,' zei hij, maar hij hoorde zelf hoe weinig overtuigd het klonk.

'Dat geloof ik,' zei Ellet sussend. 'Het gebeurt gewoon nogal snel dat mannen van onze soort in hun lust en opwinding vergeten hoe fragiel mensenvrouwen kunnen zijn.' Ze wachtte even en vroeg toen voorzichtig: 'Heb je het nog eens gedaan?'

'Haar bloed drinken?' Zaron trok zijn knie op om zijn lichamelijke reactie te verbergen. 'Ik heb haar beloofd dat ik dat niet zou doen.'

'Dat je wat niet zou doen?' vroeg Emily, die de kamer binnenkwam.

Binnensmonds vloekend stond Zaron op en hij draaide zich om naar de muur tussen hier en Emily's kamer. Die muur was zojuist opengegaan en Emily kwam binnen. Het was zijn gewoonte om Engels te praten met Ellet, dus ze had alles kunnen verstaan. Hoeveel had ze gehoord? Haar gezicht was wit weggetrokken en haar handen omklemden de stof van haar jurk, maar dat kon ook zijn omdat ze verrast was dat Ellet hier was.

'Emily, dit is mijn goede vriendin en collega Ellet,' zei hij met een glimlach die niets van zijn gedachten verried. 'Ellet, dit is Emily, mijn gast.'

'Hoi Emily.' Ellet stond gracieus op en liep op Emily af. Ze stak haar hand uit, de menselijke manier van groeten. 'Leuk je te ontmoeten.'

Emily aarzelde een halve seconde en schudde toen

Ellets hand. Zaron zag aan de spieren en pezen in Emily's onderarm dat ze een stevige handdruk had. 'Hallo,' zei ze, en ze glimlachte breed – dezelfde glimlach had Zaron ook van haar gekregen toen ze elkaar voor het eerst ontmoetten. Het was haar nepglimlach, zag hij nu, waarmee ze haar zenuwen verborg. 'Leuk je te ontmoeten.'

'Ellet is een expert op het gebied van menselijke biologie,' zei Zaron. 'Jouw soort is haar levenswerk.'

'Is dat waarom jij hier bent?' vroeg Emily. 'Om ons te bestuderen?'

'Ja, en ook om te helpen bij onze komst hier.' Ellet keek hem vlug aan. 'Daar heeft Zaron je wel over verteld, neem ik aan?'

Emily zette weer haar nepglimlach op. 'Ja, hij heeft me alles verteld.'

'Pfieuw.' Ellet veegde in een overdreven opgelucht gebaar over haar voorhoofd. 'Ik was al even bang dat ik op eieren moest lopen. Zo zeg je dat toch?'

Emily's glimlach werd wat oprechter. Ze vond Ellet aardig, merkte Zaron geamuseerd op.

'Klopt,' zei ze tegen Ellet. 'Maar dat wist je vast wel, want je spreekt perfect Engels.'

Ellet grinnikte. 'Dank je wel. Wat ben jij een lieve schat, zeg. Geen wonder dat Zaron zich zo tot je aangetrokken voelt.'

Emily's wangen werden rood. 'Hoelang kennen Zaron en jij elkaar al?' vroeg ze, duidelijk op zoek naar een ander onderwerp.

'Niet zo lang,' zei Ellet luchtig. 'Iets van twaalf of dertien jaar, toch, Zaron?'

Zaron knikte. 'We hebben elkaar ontmoet op iets wat jullie een symposium zouden noemen – een samenkomst van experts in een bepaald vakgebied. Emily, je hebt nog niet ontbeten. Ellet, zou jij ook iets lusten?'

'Lekker,' zei de Krinar-vrouw met een brede grijns. 'Ik heb al heel lang geen huisgemaakt eten gehad.'

Zaron liet het huis een aantal verschillende maaltijden klaarmaken en ze ontbeten met z'n drieën. Vrijwel meteen vuurde Emily allerlei vragen af op Ellet. Ze wilde alles weten, van Ellets rol in de komst naar de aarde tot hoe het leven op Krina was. Zaron probeerde het gesprek naar redelijk veilige onderwerpen te sturen, maar Emily bleef nieuwsgierig, en Ellet leek Zarons subtiele signalen niet op te pikken.

'Ja, vrouwen op Krina hebben dezelfde rechten als mannen,' zei Ellet tegen Emily toen die informeerde naar genderrelaties. 'De mannen zijn zeer territoriaal en beschermend ingesteld, maar we kunnen carrière maken en zelfs deelnemen aan een Arena-gevecht als we dat willen...'

'Een Arena-gevecht?' vroeg Emily, waarmee ze precies het stukje eruit pikte waarvan Zaron hoopte dat ze er niet op door zou gaan.

'Dat is bij ons een traditie,' zei Zaron voordat Ellet kon antwoorden. 'Een soort vechtsport.'

Ellet keek hem met opgetrokken wenkbrauwen aan, maar sprak hem niet tegen. De dodelijke Arenagevechten leken meer op de gladiatorengevechten in het oude Rome dan op een moderne sport onder mensen, maar Zaron wilde niet dat Emily dat wist. Om de oude traditie van de Arena uit te leggen, zou hij moeten ingaan op de gewelddadige geschiedenis van de Krinar en hun evolutie als jagers. Als Emily wist dat zijn soort ooit op zwakkere primaten joeg voor hun bloed en dat haar soort in eerste instantie was gemaakt om die primaten te vervangen, zou ze nog veel banger worden voor de invasie.

'En mensen?' vroeg Emily toen. 'Leven er ook mensen op Krina? Ik bedoel, jullie komen hier al geruime tijd, dus…' Ze liet de vraag wegsterven.

'Ja hoor, zeker,' zei Ellet en ze pakte een stukje geroosterde *Ipomea batatas*, zoete aardappel. 'Er wonen een paar mensen.'

Ze ging er niet verder op in en Zaron merkte dat zijn collega nu doorhad dat het handig was als Emily niet te veel wist. Morgenochtend moest hij haar laten gaan en zou ze vrij zijn om alles wat ze wist met anderen te delen. Ze moest daarom niets weten waarvan de Raad niet wilde dat de mensen er lucht van kregen.

'Wat doen mensen op jullie planeet?' vroeg Emily. 'Zijn ze daar omdat jullie ze bestuderen of worden ze beschouwd als een soort immigranten? Wat hebben ze voor rechten?'

'Er zijn niet veel mensen op Krina, dus er zijn geen officiële weten die betrekking hebben op mensen,' zei Zaron voordat Ellet kon antwoorden. 'Misschien verandert dat binnenkort omdat we meer contact zullen hebben.'

De waarheid was dat mensen op Krina geen rechten hadden. Gedurende de duizenden jaren dat zijn soort de aarde bezocht waren er honderden mensen naar Krina gekomen. Zaron ging ervan uit dat ze dat niet allemaal uit vrije wil hadden gedaan. De meeste oudere Krinar zagen daar geen kwaad in. Zij kenden de mensen al toen ze nog in grotten leefden, dus zagen ze ze niet als veel méér dan dieren. Maar de jongere generatie, de generatie van Zaron en Ellet, keek er anders tegenaan. Zaron vond juist dat mensen niet heel anders waren dan Krinar.

'Vertel me eens iets over jezelf,' zei Ellet tegen Emily. Zij leek nu ook van onderwerp te willen veranderen. 'Waarom ben je op Costa Rica en hoe ben je zo gewond geraakt?'

Emily glimlachte beleefd en legde uit dat ze op vakantie was. Ze ging een wandeling maken in het oerwoud, maar had niet gedacht aan de recente hevige regenval. 'Het was dom van me,' zei ze met een wrange glimlach. 'Ik had die brug niet moeten oversteken toen ik zag dat hij nat was.'

Ze vertelde dat ze daar een tijd had gehangen voordat ze viel, en Zarons maag trok samen bij de herinnering aan Emily's lichaam op die rotsen. Als hij haar schreeuw niet had gehoord, als hij niet op tijd ter plaatse was geweest… De pijn die hij voelde bij die gedachte was net zo hevig als toen hij hoorde dat Larita dood was. Heel even kreeg hij geen adem, het enige waar hij aan dacht was het feit dat hij Emily bijna kwijt was geweest, zelfs nog voordat hij de kans had gehad haar te leren kennen. Als hij een paar minuten later was geweest, was hij te laat. Dan had deze geweldige jonge vrouw nooit meer haar ogen opengedaan.

'Je had inderdaad beter moeten weten!' riep hij uit, veel te hard, en de twee vrouwen vielen geschrokken stil. 'Waar zat je in godsnaam met je hoofd? Je had überhaupt niet in je eentje die wandeling moeten maken. Je had wel een giftige beet kunnen oplopen, er zijn hier allerlei soorten gevaarlijke dieren en planten. En als je iemand was tegengekomen die kwaad in de zin had, was je al helemaal weerloos. Hoe had je jezelf willen beschermen? Je had wel verkracht, bestolen, vermoord kunnen worden! Heb je geen overlevingsinstinct, geen gezond verstand?' Zaron merkte dat hij opstond en zijn handen omklemden de tafel. 'Wat voor idioot onderneemt er in haar eentje zo'n reis? Waar zat je met je hoofd, Emily?'

Het mensenmeisje keek hem aan alsof hij doordraaide, en Ellet keek precies net zo. Zaron kon het ze niet kwalijk nemen. Hij hoorde ook de nauwelijks onderdrukte woede in zijn eigen stem, hij merkte dat hij zich gedroeg als een krankzinnige. Maar hij kon er niets aan doen. Emily was belangrijk voor hem geworden. Precies om die reden deed hij zijn best om niet meer aan het ongeluk te denken.

Hij kon de gedachte niet verdragen dat de vrouw die hem zijn pijn liet vergieten bijna was gestorven.

Een moment lang was er alleen gespannen stilte. Toen zei Ellet: 'Ik moet denk ik maar eens gaan. Ik heb veel werk te doen vandaag en…'

'Nee, alsjeblieft, je hoeft niet weg.' Emily sprong op en glimlachte weer. 'Je moet het vast nog met Zaron over werk hebben, en ik dacht net aan iets wat ik nog moet doen. Het was leuk je te ontmoeten, Ellet. Ik ga nu maar weer eens…'

Ze draaide zich om en verdween in de woonkamer. Toen was er weer stilte, en Zaron wist dat ze was doorgelopen naar haar slaapkamer. Ze wilde natuurlijk zo snel mogelijk weg uit deze gespannen sfeer.

'Goed dan,' zei Ellet met een geamuseerde twinkeling in haar ogen. 'Ik moet ook gaan…'

'Nee, het spijt me.' De woede vergiftigde nog altijd zijn aderen, maar Zaron dwong zichzelf om te gaan zitten en zijn spieren te ontspannen. 'Je hoeft niet weg te gaan. Je bent nog niet eens klaar met eten. Ik beloof je dat ik me zal gedragen.'

'Weet je het zeker?' vroeg Ellet droogjes. 'Wil je je menselijke gast niet nog meer naar het hoofd slingeren?'

'Nee.' Zaron ademde diep in en liet die adem langzaam weer ontsnappen. 'Ga zitten, alsjeblieft. Laten we verdergaan met eten en dan bied ik daarna mijn excuses aan aan Emily.'

'Goed, als je het zeker weet. Ik wil geen discussie tussen twee geliefden verstoren.'

'Het is geen discussie tussen geliefden.' Zaron spoog de woorden haast uit, maar hij wist op het laatste moment zijn toon te verzachten. 'Emily's ongeluk bracht gewoon nare herinneringen naar boven, dat is alles.'

'Nu begrijp ik het.' Ellet keek hem meelevend aan. 'Sorry, Zaron. Dat was onnadenkend van me. Met je partner en alles…'

'Wat?' Zaron fronste. 'Nee, dit heeft niet met Larita te maken. Het is gewoon dat…' Hij stopte met praten, want hij wist niet hoe hij moest uitleggen wat er in hem omging. 'Hm, misschien heb je gelijk en heeft het wél met Larita te maken,' zei hij, want dat excuus kwam hem wel van pas. 'Het spijt me dat ik je bezoekje heb verpest.'

'Maak je om mij geen zorgen,' zei Ellet en ze begon demonstratief de rest van de groenten op haar bord op te eten. 'Niks om je druk over te maken,' mompelde ze met haar mond vol. 'Vertel me eens wat het plan is voor morgen. Wanneer presenteren we de uiteindelijke locaties aan de Raad?'

De rest van de maaltijd hadden ze het samen over werk, en tegen de tijd dat Ellet opstond om weg te gaan, voelde Zaron zich een stuk geruster. 'Nogmaals sorry,' zei hij tegen Ellet toen hij haar uitliet. 'Ik hoop dat ik het niet te ongemakkelijk heb gemaakt.'

Ellet bleef een paar meter van zijn grot stilstaan

onder een *Pachira quinata,* een pochote, en glimlachte naar hem. 'Nee hoor. Maar Zaron...' Ze aarzelde.

'Wat is er?'

'Heb je er weleens aan gedacht om haar je charl te maken?'

Zarons gezicht drukte vast een enorme shock uit, dus Ellet ging snel verder. 'Ik weet dat het mijn zaak niet is, maar het komt op mij over alsof deze Emily misschien belangrijk voor je is. Als ja haar niet tot je charl maakt, zal ze doodgaan. Misschien niet morgen of volgende week, maar al over een paar decennia. Heb je daarover nagedacht?'

Dat had hij niet, want dat was een pad van verleidingen en verbroken beloftes. Hij was de hele tijd zo gericht op het nu en op het genieten van ieder moment dat hij had met Emily, dat hij de gedachten aan de toekomst en de koude, pijnlijke leegte die hem wachtte zodra ze weg was, compleet had weggeduwd. Hij overleefde het wel, zei hij tegen zichzelf. Het feit dat een mens hem zo levend liet voelen, was een goed teken. Het betekende dat hij aan de beterende hand was, dat het verdriet dat hem de afgelopen acht jaar in de greep had gehad eindelijk wat afnam. Hij had zichzelf niet toegestaan nog verder vooruit te denken, maar nu herinnerde Ellet hem aan de angst en dromen die hij had proberen voor zich uit te schuiven.

Zo onbewogen als hij kon zei Zaron: 'Ik kan haar niet mijn charl maken. Ik heb haar beloofd dat dit slechts tijdelijk is, Ellet. Ik kan haar niet houden...'

'Jawel.' Ellets blik was standvastig. 'Je kunt doen wat je maar wilt, dat weet je best.'

Haar woorden kwamen hard aan. Ze had gelijk. Wie zou hem tegenhouden als hij besloot Emily nog langer te houden? Het kan de Raad niks schelen wat er gebeurt met één mensenmeisje, en de wetten die hier op aarde golden, golden niet voor hem. Hij kon haar in zijn huis en in zijn bed houden zolang hij wilde.

'Nee,' zei Zaron schor, waarmee hij niet alleen Ellet een halt toeriep, maar ook zijn eigen behoefte. 'Ik kan haar dat niet aandoen. Ik heb beloofd dat ik haar zou laten gaan.'

Ellet keek hem een moment lang in stilte aan en glimlachte toen. 'Ik wist wel dat jij een goede man was. Dit meisje heeft meer geluk dan ze denkt.' Ze wendde zich af, maar draaide zich toen weer naar hem toe. 'Zaron…' vroeg ze zachtjes. 'Heb je weleens overwogen haar te vrágen of ze blijft?'

Zaron staarde haar aan. 'Bedoel je permanent? Als mijn charl?'

Ellet knikte.

'Nee,' zei Zaron langzaam. 'Niet echt.' Wilde hij dat? Was hij klaar voor zo'n grote stap? Het was één ding om Emily nog een paar weken of maanden bij zich te houden – misschien zelfs nog een paar jaar – maar een charl was een levenslange verbintenis. Het zou ook betekenen dat hij aan zichzelf toegaf hoeveel Emily voor hem betekende, en hij zou er weer heel kwetsbaar door worden. Zelfs nog kwetsbaarder dan toen met Larita, want Emily was een mens, met alle zwaktes van haar soort. Wat als Zaron haar tot zijn charl maakte en haar dan kwijtraakte, net zoals hij zijn vrouw had verloren? Een mensenlichaam was zo fragiel…

Hij had waarschijnlijk een tijdje alleen maar in stilte nagedacht, want Ellet zei vriendelijk: 'Het is aan jou. Je maakt vast wel de juiste keuze.'

'Ja.' Zaron schudde de verstarring van zich af. 'Ik kom er wel uit. Bedankt dat je langskwam. Het was goed je te zien.'

'Graag gedaan,' zei Ellet met een warme glimlach. 'Hou je haaks, Zaron, en het beste.'

Ze draaide zich om en verdween tussen de bomen. Zaron ging terug het huis in. Zijn hoofd zat vol mogelijkheden en hij voelde allerlei emoties waar hij geen ruimte aan wilde geven.

HOOFDSTUK DERTIG

EMILY LAG IN BED MET BRANDENDE OGEN TE STAREN NAAR HET PLAFOND. Kon wat ze had gehoord waar zijn? Dronken Zarons soortgenoten echt bloed?

Buitenaardse vampiers. Het klonk belachelijk, als iets uit een sciencefictionfilm uit de jaren vijftig. Als Emily dit een maand geleden had gehoord, had ze in een deuk gelegen. Maar de Krinar waren echt, en hun kenmerken – biologische onsterfelijkheid, waanzinnige snelheid en extreme kracht – werden al eeuwen toegeschreven aan de wezens van de nacht. Kon het waar zijn? Kon het zijn dat de Krinar voor al die legendes verantwoordelijk waren?

Het had haar al haar wilskracht gekost om te glimlachen en Ellet de hand te schudden alsof er niets aan de hand was. Om te doen alsof ze simpelweg nieuwsgierig was naar mensen die op Krina leefden, in plaats van zich verschrikt af te vragen of er daar mensen in een soort bloedcentra werden gevangengehouden, gekooid als dieren.

Ellet had gevraagd of Zaron het nog eens had gedaan, en met 'het' bedoelde ze: Emily's bloed drinken. Dat moest betekenen dat hij het minstens één keer eerder had gedaan. Was dat de nacht waaraan ze een groot deel van de herinnering kwijt was? Ze wilde niet overhaast denken dat hij haar had verdoofd, maar hij had wel beloofd dat het nooit meer zou gebeuren, en dat moest wel betekenen dat er iets anders was gebeurd dan alleen gewoon seks. Waarschijnlijk had hij het daarnet met Ellet over die belofte.

Emily stond op, liep naar de badkamer en gooide een plens warm water in haar gezicht. Ze had liever gehad dat het koud was, maar de intelligente Krinar-technologie was niet intelligent genoeg om haar gedachten te lezen. De wastafel stond erop dat ze warm water kreeg met een aangename temperatuur, terwijl Emily helemaal geen behoefte had aan aangenaam. Ze moest haar gedachten op een rijtje krijgen en de heftige emoties te lijf gaan.

Ze moest nadenken over haar volgende stap.

Terug in haar kamer ging ze op bed zitten staren naar de muur waardoorheen ze dacht dat Zaron zou binnenkomen. Zover ze kon nagaan had ze twee opties: ze kon met Zaron praten over haar vermoedens, of ze kon blijven doen alsof ze niets had gehoord. Beide opties hadden voor- en nadelen, maar optie één was de meest risicovolle. Als Emily het goed had begrepen – als

Zarons soort inderdaad bloed dronk en hij dat had geprobeerd voor haar te verbergen – dan zou hij haar misschien niet laten gaan zoals hij beloofd had. Toen Emily hem vragen had gesteld over haar geheugenverlies, had hij expliciet gezegd dat hij haar niet kon vertellen wat ze wilde weten zonder het mandaat te schenden. De reden was waarschijnlijk dat de Krinar wel wisten dat mensen het niet prettig zouden vinden als er vampiers naar hun planeet kwamen.

De aanstaande invasie was het equivalent van een roedel wolven die een kippenren binnenviel.

'Emily?' De muur ging open en Zaron stapte erdoorheen met een frons op zijn ongelofelijk mooie gezicht. 'Gaat het?'

Haar hartslag schoot in de versnelling en ze sprong op. 'Hè?' Wist hij het? Had hij door dat ze het gesprek had gehoord?'

'Het spijt me van daarnet.' Zaron liep met zijn gebruikelijke vloeiende bewegingen de kamer door en kwam naast het bed staan.

Nu wist Emily het zeker. Hij bewoog zich als een jager, sluipend en dodelijk.

'Het was niet mijn bedoeling om zo tegen je uit te vallen,' ging hij verder, en Emily realiseerde zich dat ze alweer was vergeten dat hij zo raar had gedaan. Haar gedachten waren volledig in beslag genomen door zijn onbedoelde onthulling.

Ze plakte een glimlach op en zei: 'Geeft niet.'

Haar handpalmen waren klam, haar hart bonsde als een gek. Ze vroeg zich af of Zaron dat kon horen… of hij haar angst kon ruiken. Emily wist vrij zeker dat de Krinar geen mensen hoefden te vermoorden om hun bloed te drinken – althans, die ene keer had Zaron dat niet hoeven doen – maar alleen al het idee dat hij haar zag als een prooi, was als een blok beton op haar maag.

Een vampier. De man met wie ze de afgelopen twee weken het bed had gedeeld was een vampier.

Het had haar moeten afschrikken, weerzin moeten oproepen, maar terwijl ze naar hem keek was het enige wat ze voelde opwinding; haar huid tintelde en haar adem kwam vast te zitten in haar keel. Ze was bang dat hij wist dat ze het gehoord had, doodsbang dat hij haar hier zou houden uit angst dat ze het mandaat zou schenden, maar ze was niet bang voor hém. Ze wist dat Zaron haar niet echt kwaad zou doen – ze voelde het in haar hele wezen – en toen ze in zijn donkere blik dezelfde opwinding zag, veranderde haar vrees in iets anders… iets wat minstens net zo erg was.

Ze bevochtigde haar lippen, want haar mond voelde ineens droog. Zijn ogen volgden de beweging, zijn kaak spande zich aan en zijn sterke borstkas zette uit omdat hij diep ademhaalde.

'Emily…' Haar naam kwam grommend over zijn lippen en hij deed een stap dichterbij, waardoor ze tegen het bed werd gedrukt. 'Engel, ik heb je zo ontzettend hard nodig.'

'Zaron, ik…' Ze wist niet wat ze wilde zeggen, maar het deed er niet toe, want hij was al overal. Hij ving haar mond in een diepe, verlangende kus. Zijn handen pakten haar polsen vast en hij draaide haar armen boven haar hoofd terwijl hij haar achteroverduwde op bed, en Emily voelde dat het warme gevoel vanbinnen zich uitbreidde tot een verzengend vuur. Ze had hem vaker zo meegemaakt, zo woest, zo dominant, en zelfs dan wist hij zijn immense kracht in te tomen omdat hij haar geen pijn wilde doen. Het wond haar op, die onderdrukte wilde kant van hem, en ze werd nat en haar tepels werden hard en ze kreunde in zijn mond en kromde haar lichaam tegen zijn krachtige lijf aan, wanhopig om haar verlangen ingelost te krijgen, en ze voelde de harde bobbel in zijn spijkerbroek.

Vampier. Het woord schoot door haar hoofd en bracht een onaangename rilling met zich mee, maar het was niet genoeg om het verlangen dat haar verzengde te stillen. Ze wilde Zaron. Ze had hem nodig op een manier die haar alles deed vergeten behalve het duistere, duizelingwekkende genot van zijn aanraking. Niets deed er op dit moment toe behalve hij, deze vreemde die haar leven had gered en haar haar vrijheid had ontnomen, die de afgelopen twee weken zo belangrijk voor haar was geworden. Het gevoel dat hij haar gaf was zowel angstaanjagend als opwindend. Het was alsof ze langs een afgrond liep met slechts een simpele zekering ter bescherming.

Zaron hield haar polsen vast met één van zijn grote handen en liet zijn andere hand over haar lichaam glijden. Hij verdween onder haar jurk om het zachte, verlangende plekje tussen haar benen aan te raken. Zijn ogen waren gitzwart toen hij naar haar opkeek en haar blik vasthield terwijl hij met zijn vingers haar schaamlippen uit elkaar duwde en haar gevoeligste plekje zocht. Emily slaakte een kreetje toen hij op haar clitoris duwde, eerst zachtjes en al snel met meer druk. En al die tijd hield zijn gespierde lijf haar op het matras geduwd. Ze voelde zich weerloos en klein, verzwakt door haar verlangen.

'Zaron.' Ze wist niet zeker of ze zijn naam nu fluisterde of simpelweg uitademde, maar zijn neusvleugels spreidden zich iets en zijn blik kreeg de intensiteit van een jager. Er was iets in zijn ogen te zien wat ze nooit eerder had gezien, iets wat haar angst aanjoeg ondanks de opwinding die door haar lijf gierde.

'Emily, engel...' zei hij, zijn stem een lage fluistering. Hij hield haar vast en zijn vingers speelden met haar clitoris. Er lag honger in zijn blik, besefte ze, en ook nog iets anders, iets waar ze niet echt de vinger op kon leggen. 'Ga morgen niet weg,' zei hij en hij keek haar aan. 'Ik wil dat je blijft.'

Zijn woorden kwamen aan als een mokerslag. Emily bevroor en kreeg geen adem; het enige wat ze kon doen, was hem geschokt aanstaren. Wat bedoelde Zaron hiermee? Wist hij het? De paniek die door haar heen stroomde, overstemde de opwinding. Nu was ze alleen nog maar bang.

'Maar je hebt het beloofd,' wist ze door haar verdoofde lippen heen te fluisteren. 'Je hebt beloofd dat je me zou laten gaan.'

De vreemde emotie in Zarons blik ebde weg en er kwam een koude, staalharde gloed voor terug. Zijn mond werd een dunne, gevaarlijke streep. Het was alsof ze hem zag veranderen in een marmeren standbeeld – een standbeeld dat enkel woede uitstraalde.

'Goed,' zei hij kortaf. 'Ga dan maar. Morgen. Tot die tijd ben je van mij, en ik ga je laten voelen wat dat inhoudt.'

HOOFDSTUK EENENDERTIG

ZARON WIST DAT HET VERKEERD WAS OM BOOS TE ZIJN VANWEGE EMILY'S WEIGERING, maar hij kon niets doen aan de vulkanische woede die in zijn borst brandde terwijl hij naar haar keek. Hij zag de angst in haar blauwgroene ogen en dat maakte de pijn van haar afwijzing alleen nog maar erger. Het voelde alsof hij leegbloedde.

Als hij Emily een gif had aangeboden in plaats van zijn hart, had ze niet anders gereageerd dan nu.

Onder andere omstandigheden had hij misschien rationeler kunnen reageren en had hij er rekening mee gehouden dat ze elkaar pas twee weken kenden. Maar de schepen kwamen morgen en Zaron wist dat hij haar ging verliezen, dat ze zou weglopen en hem zou achterlaten in dezelfde gekmakende leegte als de afgelopen acht jaar. Het was als azijn op een open wond gieten. Het enige waaraan hij kon denken was het feit dat Emily hem niet wilde. Zij voelde niet het verlangen dat hem vervulde en waardoor hij iets wilde waarvan hij nooit had gedacht dat hij het weer zou willen.

Dat ze nu onder hem lag en dat hij zijn hand tussen haar romige dijen had, maakte het alleen maar erger. Hij voelde de vochtigheid tussen haar schaamlippen, de vloeibare opwinding die voortkwam uit haar verlangen, en hij werd nog bozer. Emily's lichaam wilde hem en was maar al te blij met het genot dat hij haar kon geven, maar haar hart en hoofd sloten zich voor hem af. Het was onredelijk, maar Zaron voelde zich op de een of andere manier gebruikt, verraden – een gevoel dat versterkt werd door de lust die door zijn aderen pompte.

Als Emily alleen maar seks van hem wilde, dan zou hij het haar geven.

Zaron kwam omhoog en trok Emily aan haar polsen met zich mee. Toen draaide hij haar op haar buik en liet haar polsen los. Ze hijgde en duwde haar handpalmen op het matras alsof ze zich omhoog wilde duwen, maar hij scheurde haar jurk al van haar lichaam en duwde een kussen onder haar heupen om haar zachte, welgevormde kontje omhoog te duwen. Hij was geobsedeerd door die kont, zoals hij geobsedeerd was door ieder deel van Emily's lichaam, maar dit stukje had hij nog niet geclaimd. Er waren nog duizend-en-één dingen die hij niet had gedaan en dolgraag wilde doen. Hij had het rustig aan gedaan omdat hij haar niet wilde overweldigen, maar daarmee had hij een fout gemaakt.

Ze ging morgen weg en Zaron was nog niet eens goed en wel met haar begonnen.

Hij bracht zijn lippen tot vlak bij Emily's oor. Haar blonde haar kietelde zijn gezicht en haar zoete geur was zo geil dat zijn pik bijna uit zijn spijkerbroek barstte. 'Ik ga je neuken,' zei hij met een harde stem die hij nauwelijks van zichzelf herkende. 'Je gaat me vandaag alles geven, engel.'

Ze maakte een zacht, verstikt geluidje – instemming? protest? – maar toen Zaron zijn hand tussen haar benen stak voelde hij dat ze gloeiendheet en heerlijk nat was. Ze was klaar voor hem. Hij duwde twee vingers naar binnen in haar zijdezachte kutje en zijn ballen knepen samen toen ze kreunde, toen ze haar lichaam om zijn vingers spande en ze verder naar binnen trok. Ze trilde, haar naakte lijf was warm en er lag een laagje zweet op, en Zaron wist dat ze bijna klaarkwam. Nog heel even en ze was helemaal van hem.

Van mij. De gedachte schoot door zijn hoofd en bracht een intens gevoel met zich mee. Het fysieke verlangen was er slechts één onderdeel van. De rest bestond uit verlies en rouw en iets wat zo stralend en helder was dat het sterker was dan al die pijn. Zaron wilde dat iets niet benoemen, zelfs niet in gedachten, maar het voelde springlevend, zoemend en pulserend op de maat van zijn hart.

Nee. Ophouden nu. Dit was gewoon seks, zei Zaron tegen zichzelf. Hij had zich duidelijk te veel ingehouden, daarom kon hij nu de gedachte niet aan om Emily te laten gaan en daarom voelde hij zo'n leegte bij het vooruitzicht van de komende dagen. Hij moest haar uit zijn systeem neuken. Hij moest doen wat hij maar kon om zichzelf te bevrijden van dit zieke, onmogelijke verlangen.

Terwijl hij zijn vingers langzaam in en uit haar bleef bewegen, maakte Zaron met zijn andere hand de rits van zijn spijkerbroek open. Zijn pik sprong eruit, zo hard en gezwollen dat hij tot aan zijn navel kwam. Hij haalde zijn vingers uit haar kutje en smeerde haar vocht uit over zijn pik. Emily's geur, warm en zoet en vrouwelijk, bereikte zijn neusvleugels, en hij deed zijn best om zijn kloppende lid tegen haar opening aan te duwen en langzaam naar binnen te gaan, in plaats van gelijk door te stoten. In deze houding, met haar benen bij elkaar, voelde ze extra strak aan, en hij wist dat hij haar pijn kon doen als hij niet voorzichtig was. Maar toen kreunde ze en kromde ze haar rug om hem dieper te laten gaan, en hij kon zich niet meer inhouden. Met een lage, harde kreun liet Zaron zijn hand onder haar buik glijden om haar clitoris te zoeken. Hij oefende er wat druk op uit met zijn duim en stootte toen helemaal door.

Emily kreunde het uit. Haar handen omklemden het hoeslaken en hij voelde haar onder zich trillen, terwijl haar spieren zich om zijn pik heen aanspanden. 'Zaron...' Zijn naam kwam als een ademloos gebed van haar lippen. 'O mijn god, Zaron...'

Hij wist precies het moment waarop het gebeurde. Hij voelde de trillingen van haar orgasme en klemde zijn kaken op elkaar om niet zelf ook klaar te komen. Hij pakte Emily's haar, wond de zachte, blonde lokken om zijn vuist en trok haar eraan naar achteren. Steunend op één elleboog duwde hij de vingers van zijn andere hand – de vingers die net nog in haar zaten – in haar mond. Haar lippen en tong voelden heerlijk, haar mond was net zo vochtig en warm als haar kutje, en hij duwde zijn vingers dieper naar binnen om ze helemaal te laten baden in haar speeksel, voordat hij zijn hand naar haar kontje liet gaan.

'Heb je dit weleens eerder gedaan?' vroeg hij met geknepen stem. Hij duwde haar gezicht in het matras en liet zijn speekselvingers tussen haar ronde billen glijden om het krappe gaatje daar te vinden, en hij voelde haar aanspannen van schrik toen hij het aanraakte. 'Heeft iemand je daar ooit weleens in geneukt?'

'Nee.' Ze hapte naar adem toen hij er wat druk op uitoefende en zijn vingertopje naar binnen duwde. 'Ik... Ik heb nooit...'

'Mooi. Dan is dit van mij en van mij alleen.' De tevredenheid die Zaron daarbij voelde was meer dan primitief. Zijn pik werd nog harder en dikker in haar kutje en hij barstte bijna uit elkaar, maar met een immense wilsinspanning hield hij het toenemende genot in. Hij mompelde in het Krinar iets tegen zijn huis en er verscheen een speciaal glijmiddel op zijn hand waardoor zijn vinger makkelijker naar binnen gleed in haar strakke kontje.

'Ontspan,' fluisterde hij toen Emily een kreetje

slaakte en haar billen samenkneep om hem tegen te houden. Haar kutje spande zich aan om zijn pik en gaf hem zo onbedoeld extra stimulans. Zaron gromde omdat hij ineens zijn vinger tegen zijn eigen pik voelde door de dunne wand die haar openingen van elkaar scheidde. 'Je bent er zo aan gewend.'

Ze hijgde in het matras en haar huid glom van het zweet, maar hij voelde dat de spanning vanbinnen toenam en dat ze zijn pik overstelpte met nog meer vocht. Na een paar seconden was het ergste ongemak weg en ontspande ze iets. Zaron gaf een kus op haar oor en zei sussend: 'Goed zo, engel. Heel goed...' Zijn woorden gingen vergezeld van nog meer druk doordat er een tweede vinger bij kwam. Ze spande weer aan, maar het lukte hem om het vingertopje naar binnen te krijgen en de rest van de vinger gleed er makkelijk achteraan, geholpen door het glijmiddel.

'Gaat het?' vroeg hij omdat hij haar voelde trillen, en het leek eeuwig te duren voordat ze knikte.

'Je bent geweldig.' Zaron gaf weer een kus op haar oor en duwde zich toen overeind tot een zittende houding. Het kostte hem immens veel moeite om ingehouden te bewegen terwijl hij met zijn pik en vingers tegelijk penetreerde. Emily kreunde en het heerlijke, erotische geluid liet hem bijna komen. Hij deed zijn best om gecontroleerd te blijven bewegen zodat hij haar geen pijn zou doen. Naarmate hij doorging met bewegen merkte hij dat iets van haar gespannenheid wegebde en dat ze harder ging kreunen, en haar natte, warme kutje zoog hem nog verder naar binnen.

Grommend pakte Zaron haar heup vast met zijn vrije hand en hij begon harder te stoten, zijn vingers in hetzelfde ritme als zijn pik. Hij voelde zich een vulkaan die op uitbarsten stond en hij wist dat hij het nu niet veel langer meer kon uithouden dan een paar seconden – maar gelukkig hoefde dat ook niet.

Met een hees kreetje bereikte Emily een orgasme. Haar spieren spanden zich nog strakker om hem aan en hij voelde het door haar hele lichaam trillen, hoorde haar hijgende kreuntjes, en toen kwam hij ook klaar, met een genot dat tot al zijn zenuwuiteinden reikte. Zijn zaad spoot eruit met ongecontroleerde kracht.

Hevig ademend trok Zaron zich uit haar terug en hij liet zijn vingers uit haar kontgaatje glijden. Toen stond hij op, nam haar in zijn armen en droeg haar naar de douche. Ze leek een beetje dizzy, ze kon nauwelijks op haar benen staan toen hij haar in de douchecel zette. Hij pakte haar weer op en hield haar tegen zijn borst gedrukt terwijl ze allebei werden schoongeboend.

Hij zou Emily een paar minuten hersteltijd geven en dan was het tijd voor ronde twee.

EMILY HING UITGEWRONGEN EN OVERWELDIGD IN ZIJN ARMEN. Haar lichaam klopte op plekken waar ze dat nog nooit had gevoel en haar spieren leken gemaakt van katoen. De bizarre mix van genot en pijn die ze zojuist had ervaren was te veel om te verwerken boven op al het andere.

Hij zou haar morgen laten gaan.

Ze zou zich er opgelucht om moeten voelen, maar in plaats daarvan voelde ze een zware druk op haar borstkas en een knoop in haar maag. Bedoelde Zaron het als een vraag, of ze wílde blijven, in plaats van een dreigement om haar gevangenschap te verlengen? Was hij daarom zo boos toen ze hem had herinnerd aan zijn belofte? Heel even was ze bang geweest dat hij haar zou straffen in de seks, maar hij had haar voorzichtig behandeld. Tenminste, zo voorzichtig als je kon bij dubbele penetratie. Ze voelde nog steeds de schraalheid van zijn vingers, maar er was iets aan dat vreemde, opgevulde gevoel, dat gevoel van compleet in bezit genomen worden, dat haar orgasme enorm had versterkt.

Toen ze allebei schoon en droeg waren, had Zaron haar mee terug naar de slaapkamer genomen. Emily verwachtte dat hij haar zou neerleggen en weglopen, maar hij legde haar op bed en ging zelf boven op haar liggen. Steunend op zijn ellebogen nam hij haar gezicht in zijn grote handen, en voordat ze iets kon zeggen, zoende hij haar.

Zijn adem was zoet en had een frisse muntgeur, maar de kus zelf was intens, rauw en vurig; het leek er totaal niet op dat hij nét nog in haar was klaargekomen. Meteen voelde Emily weer een vuur ontbranden in haar binnenste en de opwinding door haar aderen stromen. Met Zarons gespierde lichaam boven haar bevond ze zich in een bubbel van duistere sensualiteit waar niets anders bestond dan zijn kus: geen invasie, geen angst, geen morgen. Alles leek weg te vallen, alles behalve de man die haar mond verslond en het wanhopige verlangen dat haar van binnenuit verzengde.

De daaropvolgende uren werden een waas van seks, zijn mond en vingers en pik overal. Hij neukte haar alsof het de laatste keer was dat hij ooit zou neuken, en zij kwam keer op keer klaar, zijn naam uitschreeuwend. Net toen Emily dacht dat ze niet meer aankon smeerde hij zijn pik rijkelijk in met glijmiddel, legde haar benen over zijn schouders en duwde zichzelf in haar kontje, centimeter voor centimeter. Het schrijnde en brandde – zijn pik was veel groter dan zijn vingers – maar ze was te ver van de wereld door alle seks om te protesteren. Het enige wat ze kon doen was daar hulpeloos liggen en proberen door het bizar opgevulde gevoel heen te ademen, maar toen de ergste pijn was weggeëbd, kwam het duistere genot terug, geholpen door zijn behendige vingers die met haar gezwollen schaamlippen speelden.

'Kom voor me klaar,' fluisterde hij, en hij kneep in haar clitoris terwijl hij dieper in haar kont stootte, en Emily deed precies wat hij van haar vroeg; opnieuw trilde haar vermoeide lichaam van het genot.

Ze wist niet zeker of ze hierna in slaap viel of simpelweg out ging, maar toen ze weer bij haar positieven kwam, was ze schoongewassen en zat Zaron op de rand van het bed met een kom fruit en gebrande noten.

'Eet wat,' zei hij, en hij bracht een aardbei naar haar mond. Emily beet er gehoorzaam in, nog altijd te moe en overweldigd om iets anders te doen. Ze had spierpijn op plekken waarvan ze niet eens wist dat ze er spieren had en ze was zo gevoelig dat zelfs de miniemste aanraking van haar clitoris al serieus pijn deed. Maar toen Zaron klaar was met haar voeren en weer een move maakte, reageerde ze positief, want haar lichaam herinnerde zich het ongelofelijke genot dat zijn aanraking altijd gaf.

Ze vreeën weer, rustig aan dit keer, en toen Emily in Zarons armen lag, volledig uitgeput, voelde ze iets trekken in haar borstkas. Het was nog maar vroeg in de middag, maar de volgende ochtend hing boven haar hoofd als een donkere wolk. Alleen al bij de gedachte eraan werd ze mismoedig. Ze was doodsbang voor de invasie, maar ze was nog banger voor wat het met haar zou doen om gescheiden te worden van Zaron... te weten dat ze nooit meer in zijn armen zou liggen.

Wat als ze wél bleef? De gedachte kwam als een fluistering bij haar op, verleidelijk, maar gevaarlijk. Hij had gezegd dat hij wilde dat ze bleef. Meende hij dat, en zo ja, hoelang dan? Hij zou uiteindelijk op haar uitgekeken raken – misschien niet nu, maar wel wanneer haar lichaam begon te verouderen. En dan was er nog de kwestie van het bloed drinken en het feit dat zijn soort op het punt stond de aarde te overmeesteren.

Stockholmsyndroom. Emily wist maar al te goed hoe het werkte. Ze had hier een essay over geschreven voor het vak psychologie. Zaron mishandelde haar niet, maar hij hield haar hier wel tegen haar zin vast. De kans was niet ondenkbeeldig dat die ongelijkwaardige dynamiek met haar gezonde verstand fuckte, de fysieke aantrekkingskracht versterkte en veranderde in een ongezonde verslaving. Sinds Emily wakker was geworden in Zarons huis, was ze van hem afhankelijk voor werkelijk alles: eten, hygiëne, frisse lucht... zelfs comfort en genot. In haar huidige toestand was hij als een god voor haar. Hij had haar volledig in zijn macht. Hoe kon ze rationeel denken als ze er zo aan toe was? Hoe kon ze op haar eigen kompas vertrouwen als dat zei dat ze alles moest opgeven om samen te zijn met een buitenaards wezen?

Dat kon ze niet. Zo simpel was het.

De pijn die dat besef teweegbracht was zo scherp als een geslepen mes, maar Emily wist dat ze sterk moest zijn. Het was de enige manier. Toch voelde ze tranen in haar ogen prikken toen ze haar hoofd van Zarons schouder optilde om zijn blik te ontmoeten.

'Ik wil dat je het doet,' zei ze. Haar stem beefde van de ingehouden tranen. 'Dat wat je de tweede keer dat we seks hadden hebt gedaan. Wat je beloofd hebt niet meer te zullen doen. Ik wil dat je me neukt en me het laat vergeten.'

Zarons lichaam leek te verstenen en zijn ogen waren zwarte poelen in zijn gebeeldhouwde gezicht.

'Weet je het zeker?' vroeg hij, zijn stem laag en diep. 'Weet je dat heel zeker, engel?'

Emily knikte, bang maar resoluut. Ze was meer dan schraal en uitgeput, maar ze kon niet blijven malen tot het ochtendgloren. Een deel van haar wilde het ook echt weer eens ervaren, die intense gelukzaligheid, het verlies van haar identiteit. Ze wilde dat Zaron haar bloed dronk zodat ze het kon ervaren en zodat ze haar zorgen even kon vergeten.

'Doe het,' zei ze, en ze zag zijn kaak verstrakken. Het volgende moment lag ze weer op haar rug en hield Zarons grote lichaam haar gevangen op het matras. Zijn handen gleden in haar haar, dat hij opzij veegde terwijl hij zijn hoofd naar beneden bracht en zijn lippen over haar nek liet glijden, en toen voelde ze het: een scherpe, snijdende pijn.

Dat was zijn beet, besefte ze, en toen kon ze niet meer denken. Al haar zintuigen werden meegezogen in de explosieve extase die door haar aderen suisde.

HOOFDSTUK TWEEËNDERTIG

ZARON KEEK TOE TERWIJL EMILY BEWOOG. ZE ROLDE OM en zo kwamen haar volle borsten en het bovenste stuk van haar slanke buik in zijn zicht en bereik. Haar bleke huid was glad en zacht, haar roze tepels waren in rust. Ze was beeldschoon, dit mensenmeisje van hem, en hij verlangde naar haar met een intensiteit die hem de adem benam. Gisteravond had niet geholpen. Sterker nog, het was alleen maar erger geworden. Hij proefde haar nog steeds op zijn tong, zoet en levendig, en de wetenschap dat hij haar nooit meer zou hebben was zo verkrampend als de beet van een *Chironex fleckeri*.

Ze wilde niet blijven. Hij moest het accepteren, ongeacht hoe vaak die duistere stem in hem fluisterde dat hij haar kon houden, dat niemand hem zou kunnen tegenhouden. Hij zou haar tot zijn charl kunnen maken en uiteindelijk zou ze daar vrede mee krijgen, misschien zou ze het zelfs gaan waarderen.

Nee. Zaron duwde het stemmetje weg. Hij had

Emily haar vrijheid beloofd en hij moest zich aan die belofte houden. Hij zou niet met zichzelf kunnen leven als ze hem ging haten. Hoe hard hij haar ook nodig had, hij wilde haar niet tegen haar wil.

Hij streek liefdevol met zijn hand langs haar kaaklijn. 'Wakker worden, engel. Tijd om te gaan als je je vlucht wilt halen.'

Emily's ogen fladderden open en ze knipperde en staarde hem aan. 'Wat?'

'Je moet je aankleden en wat ontbijten, dan kunnen we gaan,' zei Zaron. Hoewel hij van plan was het luchtig te houden, kwamen de woorden er hard en krampachtig uit. 'Je wilt niet dat je vlucht vertrekt zonder jou.'

'Mijn vlucht?' Emily ging overeind zitten, trok het dekbed op tot haar borst en keek hem verward aan. 'Wat bedoel je?'

'Ik heb een vliegticket voor je gekocht om het ticket dat je niet kon gebruiken te vergoeden,' zei Zaron. 'Het wordt bijna tijd om naar het vliegveld te gaan.'

'O. Dank je. Dat is heel attent van je.' Ze sprong uit het bed. Het water liep hem in de mond bij het zien van haar slanke rondingen terwijl ze naakt door de kamer liep. 'Zo terug.'

Ze verdween in de badkamer en even later hoorde Zaron de douche aangaan. De verleiding was groot om zich bij haar te voegen, maar hij weerstond de drang. Als hij Emily nog eens zou aanraken, was de kans groot dat ze die vlucht alsnog zou missen.

Toen ze terugkwam van haar douche, nog altijd

naakt, gaf hij haar de stapel kleren. Haar wenkbrauwen gingen omhoog. 'Dit zijn mijn kleren,' zei ze en ze keek hem ongelovig aan. 'Hoe kom je hieraan?'

'Ik heb ze opgehaald bij het hotel waar je verbleef, net als al je andere spullen,' zei Zaron, en hij spande zich in om naar haar gezicht te blijven kijken en niet lager. 'Ik wist dat je je paspoort en dergelijke nodig zou hebben.' Hij was er al de dag nadat ze wakker was geworden heen gegaan, toen hij had besloten haar te houden tot de aankomst van de schepen.

'Dus je hebt dit al die tijd al?' Ze vernauwde haar ogen tot spleetjes. 'Waarom heb je het mij niet eerder gegeven?'

'Je had al deze dingen hier niet nodig,' zei hij, en hij negeerde de strakke streep die ze van haar lippen maakte. 'Ik heb je betere, comfortabelere kleding en schoenen gegeven.'

Eigenlijk wist Zaron niet waarom hij haar haar spullen niet had gegeven. Ze had niet veel bij zich – alleen een rugtas met basic dingen – en hij had er niet zo over nagedacht. Hij had de tas gewoon opgehaald bij Emily's hotel en opgeborgen. De kleding die hij voor haar had gemaakt was inderdaad superieur aan haar primitieve mensenkleding en het had hem goedgedaan om haar te zien rondlopen in de jurken die hij had gemaakt.

Emily kleedde zich met stijve bewegingen aan, maar ze zei niets – wat slim van haar was, vond Zaron. Met deze borrelende woede in zijn borst zou het niet lang duren voor ze hem echt actief boos maakte.

Toen Emily kleren aanhad, gaf hij haar een fruitsmoothie dat het huis had klaargemaakt en zei hij: 'Kom, we gaan.'

Hij pakte haar rugtas en ze liepen het huis uit.

HAAR HOOFD TOLDE TERWIJL EMILY HEM NAAR BUITEN VOLGDE. Ze dronk van haar smoothie zonder die te proeven. Haar gewone kleren – een short, een T-shirt en Nike-sneakers – voelden vreemd grof en oncomfortabel aan, alsof ze van iemand anders waren. Lichamelijk voelde ze zich echter prima, er was geen spoor meer te bekennen van de seksmarathon gisteren. Zaron had haar waarschijnlijk geheeld terwijl ze sliep.

Gisteravond en de rest van die dag waren wazig in Emily's hoofd, een wirwar van nauwelijks onthouden beelden en sensaties. Het enige wat ze zich kon herinneren was een genot dat te intens leek om puur seksueel te zijn. Het deed haar denken aan die keer dat ze per ongeluk een fancy drug had geprobeerd toen ze studeerde. Het was alsof alles versterkt werd, een surreëel realistische wereld. Kwam dat door zijn beet, of had hij een soort aliendrug gebruikt als afrodisiacum? Ze wilde het vragen, maar ze wilde niet laten merken dat ze hiervan op de hoogte was. Niet nu ze zo dicht bij haar vrijheid was.

'Hoe kom ik bij het vliegveld?' vroeg ze in plaats daarvan toen Zaron richting het meer begon te lopen. De zon stond al hoog aan de hemel – Emily had blijkbaar uitgeslapen – en de lucht was dik en vochtig. 'We kunnen niet het hele eind lopen, toch?'

'Nee, natuurlijk niet.' Zijn antwoord was hard. 'Ik heb hier in de buurt een voertuig.'

'O.' Had hij een auto in de jungle? 'Waar?'

'Dat zul je wel zien.'

Ze bleven in stilte lopen. Toen Emily haar smoothie ophad, loste de beker op in haar hand. Ze wilde vragen hoe dat kon, maar toen ze naar Zaron keek en zijn gesloten blik zag, besloot ze het niet te doen. Haar gevangenbewaarder – haar binnenkort voormalige gevangenbewaarder – was niet in een goede bui.

Al snel plakte Emily's T-shirt aan haar rug. De vochtigheidsgraad was zo hoog dat het moeilijk was om te ademen. Het zou vanmiddag gaan regenen, ze kon het voelen, en ze vroeg zich af of dat haar vlucht zou vertragen. Of misschien zou de alieninvasie daar wel voor zorgen, dacht ze, en ze moest onwillekeurig lachen om hoe belachelijk dit allemaal was.

'Wat is er zo grappig?' Zaron keek haar scherp aan.

'Zijn jullie schepen er al en is er al contact gelegd?' vroeg ze in plaats van het uit te leggen.

Zaron schudde zijn hoofd. 'Dat zal over een paar uur gebeuren.'

'En toch laat je me nu al gaan?' vroeg Emily met enig sarcasme in haar stem. 'Wat als ik voor die tijd uit de school klap?'

Zaron vertrok zijn kaak, maar hij zei niets, en Emily ademde opgelucht uit toen hij gewoon bleef lopen. Waarom had ze hem uitgedaagd? Ze wist dat hij al gespannen was. Was er een verknipt deel van haar dat hoopte dat hij boos genoeg zou worden om haar te dwingen te blijven?

Emily duwde die gedachte weg en volgde Zaron door het dichte woud. Ze zetten koers naar het westen en volgden een smal pad dat door de bomen en begroeiing liep. Ongeveer anderhalve kilometer verderop bereikten ze een open plek.

Daar, half verscholen onder het bladerdak, stond een monstertruck.

'We zullen de rest van de route hiermee afleggen,' zei Zaron. Hij viste een sleutel uit zijn zak en Emily keek met open mond toe terwijl hij de auto ontgrendelde, haar rugzak erin gooide en op de bestuurdersplaats ging zitten.

'Rijd jij hierin?' vroeg ze verbaasd.

Hij keek haar vragend aan. 'Natuurlijk. Hoe zou ik me anders moeten verplaatsen op jullie planeet? We mogen onze vliegmachines hier nog niet gebruiken.'

'Natuurlijk.' Emily klom aan boord van de monstertruck – ze moest letterlijk klimmen, want het opstapje zat voor haar op heuphoogte – en deed haar gordel om. 'Ik had me jou simpelweg nooit voorgesteld in zo'n voertuig.' Ze had zich überhaupt niet voorgesteld dat hij reed, maar als hij het deed, had ze een gestroomlijnd, futuristisch vervoermiddel voor zich gezien, een Tesla of zo.

'Het spijt me dat ik je teleurstel.' Zaron startte de auto met een ondoorgrondelijke gezichtsuitdrukking. 'Ik had iets stevigs nodig voor deze omgeving.'

'Ik begrijp het,' zei Emily terwijl het voertuig begon te rijden door een op het eerste oog ondoordringbare wand van hoog gras en lage begroeiing. Ze was dankbaar voor de gordel toen ze bij een greppel kwamen en eroverheen bonkten. 'Ik begrijp het helemaal.'

Ze verwachtte dat ze nog een tijdje zo door zouden gaan, maar binnen een paar minuten bereikten ze een zandweg en verliep de rest van de rit zonder veel opschudding, op een kuil hier en daar na. Zaron zei niets en Emily ook niet. Hij omklemde het stuurt stevig, zijn knokkels zagen er wit van. Emily had het gevoel dat één woord of gebaar van haar kant genoeg was om hem te doen omkeren. Ze voelde het in de elektrisch geladen spanning tussen hen en in de stilte die net zo dik en zwaar voelde als de jungleluft.

Emily beet op haar tong om niets te zeggen en keek nietsziend uit het raam. Ze kon zichzelf nu niet toestaan te verslappen. Ze had thuis een leven dat niet draaide om een beeldschone alien, een leven waarvoor ze hard had gewerkt. Het was duidelijk dat ze niet helder nadacht, anders zou ze niet in de verleiding komen om deze waanzin ruimte te geven.

Het voelde alsof de rit een eeuwigheid duurde, maar toen Emily naar het dashboardklokje keek, zag ze dat er pas twee uur verstreken was sinds ze in dit voertuig was gestapt.

'Gaan we naar het vliegveld van Liberia?' vroeg ze toen ze de stadsgrens passeerden.

Zaron knikte. 'Dat is het dichtstbijzijnde vliegveld

met internationale vluchten. Ik heb een rechtstreekse vlucht naar vliegveld John F. Kennedy voor je geregeld.'

'Dank je wel.' Emily wist niet wat ze anders moest zeggen. Voor iemand die haar niet wilde laten gaan, stelde Zaron zich zeer begripvol op. 'Ik waardeer het echt.'

Hij reageerde niet, en een paar minuten later kwamen ze aan bij de vertrekhal. Zaron zette de monstertruck op de hoek neer en sprong eruit, waarna hij om het voertuig heen liep om Emily eruit te helpen. Ze stond al op het punt om naar beneden te springen, maar hij ving haar op en tilde haar naar beneden. Zijn grip om haar middel was buitengewoon sterk en tegelijkertijd teder.

'Eh, dank je,' mompelde Emily toen hij haar losliet en een stap naar achteren deed. Zijn aanraking had haar overrompeld, de warmte van zijn handpalmen voelde ze door de dunne stof van haar shirt heen, en haar hart bonsde tegen haar ribbenkast toen Zaron haar rugtas uit de truck pakte en aan haar gaf.

'Je paspoort zit in het kleine vakje en je portemonnee ook,' zei hij. Zijn gezichtsuitdrukking was nog altijd gesloten. 'Je boardingpass zit in je paspoort.'

Emily knikte. Ze wilde hem nogmaals bedanken, maar er zat een brok in haar keel en ze wist dat als ze zou proberen iets te zeggen, dat ze in huilen zou uitbarsten. Vanuit haar ooghoek zag ze dat de mensen om hen heen naar hen staarden – of eigenlijk vooral naar Zaron. Vrouwen van alle leeftijden leken hun nek te verdraaien voor de lange, donkere man die rechtstreeks uit hun fantasie had kunnen komen. Hadden ze ook door dat hij anders was, vroeg Emily zich af, of werden ze verblind door zijn verpletterende mannelijke schoonheid?

Zarons ogen bleven op haar gezicht gericht en heel even dacht ze dat hij opnieuw zou vragen of ze bleef. Nu wist Emily niet of ze opnieuw nee zou kunnen zeggen. Nu haar vertrek niet langer hypothetisch was maar echt, kreeg ze bijna geen adem – zoveel pijn deed het. De dikke, vochtige lucht leek aan alle kanten op haar te drukken en het voelde alsof ze in een krappe kast opgesloten zat. Ze was nog niet eens aan boord van het vliegtuig en ze miste hem al, verlangde hevig naar hem, haast ondraaglijk.

Maar hij vroeg haar niet te blijven. 'Dag, Emily,' zei hij, en voor ze haar gedachten op een rijtje kon zetten, klom hij weer aan boord van de truck en reed hij weg.

Emily wist niet hoe ze het door de douane en naar haar vliegtuig had gered. Haar zicht was wazig door de tranen die over haar gezicht stroomden en haar keel voelde dichtgesnoerd. Het gevoel van verlies was verpletterend. Ze bleef zichzelf eraan herinneren waarom dit de juiste keuze was, maar het hielp niet.

Ze kon de pijn niet wegredeneren.

'Gaat het goed, *señorita*?' had een bezorgde bewaker in de rij voor de douane gevraagd, en ze mompelde iets over een relatiebreuk. De man had meelevend geglimlacht. Emily had zich daarna door alle noodzakelijke stappen gesleept en nu zat ze in het vliegtuig te luisteren naar de piloot die wat vertelde over de vlucht.

Ze had een businessclassticket bij het raam – lief van Zaron. Onder andere omstandigheden zou Emily erg hebben genoten van de upgrade, maar ze was nu te onrustig om te genieten van het lekkere eten en de gratis alcohol. Wat ze ook deed, ze kon de tranen niet stoppen die over haar gezicht stroomden, en de vijf uur lange vlucht leek een eeuwigheid te duren. Het enige wat ze voor elkaar kreeg was haar telefoonoplader inpluggen zodat die het hopelijk weer zou doen tegen de tijd dat ze thuis was.

Eindelijk landden ze op JFK.

De eerste aanwijzing dat er iets aan de hand was, was de paniekerige menigte in de terminal. Het altijd al drukke vliegveld van New York was stampvol. Alle stoelen bij de gates waren bezet en ook tegen de muren zaten gefrustreerd kijkende passagiers. Bij elke klantenservicebalie stond een rij van honderden mensen en de medewerkers van de luchtvaartmaatschappijen leken het niet aan te kunnen.

'Wat is er aan de hand?' vroeg Emily aan een redelijk kalm ogende man die bij een kiosk stond.

'Heb je het niet gehoord?' vroeg hij. 'De luchtvaartautoriteiten houden alle vliegtuigen aan de grond. Er is niet verteld waarom, maar vanavond geeft de president een persconferentie.'

DE WACHTTIJD VOOR EEN TAXI WAS BIJNA TWEE UUR, DUS Emily nam de trein naar de metro en ging toen met metro E de stad in. In de metro gonsde het van de paniekerige speculaties. Niemand wist wat de president zou vertellen, maar vrijwel iedereen dacht dat het om een serieuze terroristische dreiging ging. Waarom zouden de luchtvaartautoriteiten anders alle vliegtuigen aan de grond houden?

Emily wist als enige waar het om draaide, maar ze hield haar mond erover en probeerde de gesprekken om haar heen te negeren. New Yorkers waren op zichzelf gericht, ze waren het gewend zich af te sluiten voor de mensen om hen heen, maar de angst die nu heerste, leek die barrière te slechten. Iedereen praatte met iedereen, ze discussieerden over de vraag of het IS was of Al-Qaida of iets totaal anders.

Tegen de tijd dat Emily op Times Square uitstapte, had ze hoofdpijn en ze had last van een combinatie van honger en een jetlag. Haar ontbijt was uren geleden. Niet dat eten zou hebben geholpen tegen de knoop in haar maag.

De invasie was gaande. Het was echt waar. Totdat ze van boord van dat vliegtuig was gegaan, had een deel van Emily dom genoeg geloofd dat er iets zou gebeuren waardoor de Krinar hun plan niet ten uitvoer zouden kunnen brengen, of dat ze om de een of andere reden van gedachten zouden veranderen. Maar natuurlijk was dat niet aan de orde. Ze waren er, en de overheid reageerde op hun komst door alle vliegtuigen aan de grond te houden.

En het was niet alleen hun overheid, besefte ze, toen ze de nieuwskoppen zag die over de grote schermen op Times Square rolden. Door heel Europa en in Azië werden vluchten gecanceld. Emily schatte in dat dit te maken had met mogelijke militaire vluchten, die niet in de weg mochten worden gezeten door passagiersvliegtuigen.

Emily rilde bij die gedachte. Ze baande zich een weg door de menigte op Times Square en haastte zich naar Ambers appartement, ongeveer vijf stratenblokken van haar eigen studio in Midtown West. Omdat ze eraan had gedacht haar telefoon op te laden in het vliegtuig, kon ze die nu weer gebruiken. Ze had een paar streepjes bereik, maar het lukte haar niet om Amber te bellen. Ze vermoedde dat de mobiele netwerken overbelast waren; iedereen probeerde iedereen te bellen om te speculeren over de mysterieuze dreiging waardoor de luchtvaart platlag.

Hopelijk was Amber thuis. Het was zondagavond en het was na acht uur, en Amber moest doorgaans op maandag vroeg opstaan voor haar baantje bij een ontbijttentje.

Ambers kleine appartement lag aan 10th Avenue, op de vierde etage van een gebouw zonder lift dat al sinds de jaren tachtig niet was gerenoveerd. Het gebouw zag er vergaan uit en het rook er afschuwelijk, maar de huur was tenminste goedkoop, althans voor New Yorkse begrippen, en Amber kon het betalen met haar inkomen als caissière en freelanceschrijver.

Emily voelde zich volkomen uitgeput. Ze moest zichzelf de vier trappen op slepen voordat ze op de deurbel drukte.

'Emily! Godzijdank!' Amber besprong haar nog net niet, maar kneep haar wel fijn in een knuffel toen ze de deur opendeed. 'Ik heb me zo'n zorgen om je gemaakt!'

'Ja, ik ben er,' zei Emily glimlachend tegen haar vriendin, die, zoals gebruikelijk, gehuld was in een lange bohemian jurk vol verfvlekken. Er zaten ook verfspetters in haar dikke, rode haar. Naast haar schrijverschap was Amber ook beginnend kunstenaar, dus ze besteedde al haar vrije tijd aan haar schilderijen. 'Sorry dat ik zoveel later ben. Het was niet mijn bedoeling om George zo lang bij jou te dumpen. Hoe gaat het met hem?'

'Hartstikke goed. Het is echt een schatje,' zei Amber, en ze wenkte Emily het appartement in. 'Het was geen probleem om hem hier te houden. Maar vertel eens, wat is er gebeurd? Je had al twee weken geleden terug moeten zijn, maar toen kreeg ik zo'n geheimzinnig mailtje van je en verder niks meer.'

'Ja, daarover gesproken...' Emily zette haar rugtas op de grond. 'Kunnen we misschien eerst even het nieuws aanzetten? Ik denk dat het wat makkelijker uit te leggen is nadat je de toespraak van de president hebt gezien.'

'Wat?' vroeg Amber verward. 'Welke toespraak?'

'Je hebt het niet meegekregen, hè?' Het kwam wel vaker voor dat Amber haar telefoon en computer negeerde in een geïnspireerde bui.

'Ik ben het hele weekend al aan het schilderen,' zei Amber. 'Hoezo? Is er iets gebeurd?'

'Dat kun je wel stellen. Laten we de tv aanzetten.'

Zodra ze de woonkamer binnengingen, schoot er een grijze haardos over de vloer die luid miauwde. Lachend pakte Emily haar kat op, die begon te spinnen toen hij in haar armen lag.

'George heeft je erg gemist,' zei Amber, en ze pakte de afstandbediening om de tv aan te zetten. 'Hij heeft nauwelijks iets gegeten de eerste paar dagen, hij zat alleen maar uit het raam te staren en... Holy shit!'

Op het nieuws waren gestrande reizigers over de hele wereld te zien. De terminals waren vol met liggende, zittende en tegen de muur leunende mensen. De wachtrijen voor de taxi's buiten waren kilometerslang en de files rondom de grote luchthavens waren erger dan ooit.

'Ja, zo is het op JFK momenteel ook. Ik ben er net aangekomen voordat ze de vliegtuigen aan de grond hielden,' zei Emily. Ze ging op de bank zitten en duwde George dichter tegen haar borst. Zijn warme, zachte lijf was geruststellend.

De nieuwslezer vertelde over de situatie en speculeerde over wat de president zou kunnen gaan zeggen. Wat iedereen nog meer verbaasde, was dat niet alleen de president van de VS om negen uur een speech zou houden, maar dat op datzelfde tijdstip álle wereldleiders hun volk zouden toespreken.

'Wat is er aan de hand?' De sproeten op Ambers bleke gezicht staken enorm af toen ze Emily aankeek. 'Weet jij hier meer over?'

'Kijk maar gewoon,' zei Emily terwijl de camera's naar een beeld van het Witte Huis gingen. De president liep de persconferentieruimte binnen. Hij bleef staan voor het spreekgestoelte en keek recht in de camera. Emily zag een gespannen trek op zijn anders zo stoïcijnse gezicht.

'Goedenavond,' zei hij, en Emily had bewondering voor zijn kalmte. Ondanks alles klonk zijn stem geruststellend. 'Velen van u zullen zich afvragen wat er vandaag gebeurd is, dus ik zal er niet omheen draaien. Eerder op de dag heeft NASA een ongebruikelijk object gedetecteerd in de atmosfeer van de aarde. Kort daarna werden wij – net als de meeste andere ontwikkelde naties – benaderd door een mensachtige buitenaardse soort die zich de Krinar noemt. Deze Krinar beweren dat ze miljarden jaren geleden het leven op aarde hebben geplant door ons DNA te sturen van Krina, hun planeet. Nadien hebben ze onze evolutie gemonitord en gestuurd om een soort te creëren die in veel opzichten op hen lijkt. Die soort zijn wij, en ze vonden dit het juiste moment om contact met ons te leggen. Hun ambassadeur heeft me verzekerd dat ze enkele nederzettingen op onze planeet willen bouwen, maar dat hun doel is om vreedzaam naast elkaar te leven. Ze zijn niet uit op oorlog.'

Hij stopte om adem te halen en de zaal barstte uit in een vragenvuur waarbij de verslaggevers elkaar probeerden te overstemmen.

'Hoe weet u dat dit echt is en niet een of andere hoax?' schreeuwde een blonde vrouw.

'Hoe zien ze eruit? Waar is hun planeet?' riep een lange, kalende man.

'Is het object in onze atmosfeer een ruimteschip? Hoe zijn ze ongezien zo dichtbij gekomen?'

'Hoe zijn ze hier gekomen? Kunnen ze sneller reizen dan het licht?'

'Wat hebben ze voor technologie? Wat voor wapens?'

'Waar zijn ze echt op uit? Hoe weten we dat ze vredige intenties hebben?'

'Waarom willen ze hier nederzettingen bouwen? Proberen ze ons te belegeren?'

Dit ging een minuut zo door totdat de president zijn hand opstak. 'Stilte, alstublieft,' zei hij met die kalmerende stem van hem – de stem die hem tijdens de verkiezingen en ook daarna in zijn presidentschap zoveel had geholpen. De verslaggevers vielen onmiddellijk stil en het gegons in de ruimte verstomde.

'Goed,' zei de president, 'ik zal mijn best doen om enkele vragen te beantwoorden. NASA heeft bevestigd dat het object in onze atmosfeer inderdaad een van hun schepen is. Er zijn nog meer schepen in de buurt, in ons zonnestelsel. We weten inmiddels zeker dat het geen hoax is. Hun ambassadeur heeft ons verteld dat Krina in een ander melkwegstelsel ligt. Dat feit in aanmerking genomen moet het wel zo zijn dat de Krinar sneller dan het licht kunnen reizen. Hun technologie lijkt veel geavanceerder dan de onze, en we gaan ervan uit dat voor hun wapens hetzelfde geldt. Omdat er geen enkele reden is om aan te nemen dat hun intenties vijandig zijn, hoeven we ons daar geen zorgen over te maken. Wat hun uiterlijk betreft: dat is menselijk. Er zal een foto van de ambassadeur van de Krinar naar de media worden gestuurd, gelijk na deze persconferentie. Op dit moment is dit alles wat we weten. Zodra er meer bekend is, zullen we de informatie naar buiten brengen. In de tussentijd vraag ik u om kalm te blijven en uw leven te blijven leiden zoals u dat gewend bent. Dit is een keerpunt in onze geschiedenis. Laten we zorgen dat we er met trots op terug kunnen kijken. Dank u allen, en goedenavond.'

De ruimte barstte weer uit in geroezemoes, maar de president liep al weg, omringd door zijn personeel. Zodra hij de ruimte had verlaten, splitste het beeld uit in acht stukjes om vergelijkbare persconferenties over de hele wereld te laten zien, en de nieuwslezer – die er net zo in shock uitzag als de kijkers zich ongetwijfeld voelden – begon de toespraak van de president samen te vatten.

Emily liet haar adem los en zette de spinnende George op haar schoot. Ze voelde zich vreemd opgelucht. Tot aan dit moment had een deel van haar gevreesd dat Zaron haar gewoon probeerde gerust te stellen met zijn belofte van een vredige aankomst. Maar hij had haar de waarheid verteld – of althans, hetzelfde verhaal als de Krinar hadden verteld aan de leiders van de ontwikkelde landen. Hun ware intenties stonden nog geenszins vast, vooral gezien hun geheime bloeddorstige neigingen, maar toch voelde Emily zich beter.

Naast haar keek Amber naar het nieuws met een gezicht waarop geschrokken ongeloof te zien was. 'Aliens?' Ze keek Emily aan. 'Ze maken een grapje, toch? Een soort vervroegde 1 april?'

'Ik geloof van niet,' zei Emily. Amber was haar beste vriendin, ze waren al onafscheidelijk sinds het eerste jaar van de universiteit, maar om de een of andere reden wilde Emily het niet met haar over Zaron hebben. Ze wilde graag van zichzelf geloven dat de reden hiervoor haar moeheid was, maar diep vanbinnen wist ze dat het anders lag.

De reden waarom ze niet met haar beste vriendin wilde praten over haar gevangenschap was dat ze zich rauw en verpulverd voelde, verscheurd door de wetenschap dat ze Zaron nooit meer zou zien. Het hele verhaal vertellen zou zijn alsof ze de hechtingen uit een nog bloedende wond trok, en Emily wist niet of ze dat zou aankunnen – nog niet, althans.

'Kom op zeg. Aliens?' Amber sprong op en begon te ijsberen. 'Dat kán gewoon niet. Het moet wel een grap zijn. Of ze zijn in de war, het zijn gewoon de Noord-Koreanen of de Chinezen die een nieuw wapen testen. Of misschien een groep hackers. Misschien hebben ze de computers van de NASA gekraakt en laten ze het nu lijken alsof er aliens zijn. Of…' Ze ging maar door, elke optie nog creatiever dan de vorige, terwijl Emily haar kat aaide en luisterde, te moe en lusteloos om iets anders te doen.

Uiteindelijk, na wat wel een halfuur leek, realiseerde Amber zich dat Emily haar shock en ongeloof niet deelde.

'Je lijkt helemaal niet verrast,' zei ze, en ze fronste haar kastanjebruine wenkbrauwen toen ze voor Emily bleef stilstaan. 'Waarom niet? Heb je onderweg al iets gehoord?'

'Ik…' Hoe graag Emily ook wilde zwijgen over wat er gebeurd was, ze wilde niet liegen. 'Zoiets, ja,' zei ze, George' zachte vacht aaiend.

'Zoiets? Wat betekent dat?'

Emily zuchtte. Ze had kunnen weten dat Amber dit niet zomaar zou laten gaan. Met haar vaak dromerige blik en bohemian stijl zag ze er misschien uit als een afwezige kunstenaar, maar ze was zo scherp als een detective. Het was niet slim om Amber te onderschatten – vooral omdat ze Emily zo goed kende.

'Kunnen we er morgen over praten?' vroeg Emily,

hoewel ze wist dat dat een zinloos verzoek was. 'Ik ben moe van de reis...'

'Wat? Natuurlijk niet! Je verdwijnt in Costa Rica en twee weken lang hoor ik niets van je. Dan kom je terug en is er een fucking alieninvasie gaande, en jij lijkt er niet eens door verrast te zijn!' Amber ging zitten en vouwde haar armen over elkaar voor haar borst. 'Vertel op. Nu. Je hebt geen baan, dus je kunt morgen uitslapen.'

'Goed dan.' Het was het proberen waard geweest. Emily ademde diep in en begon haar verhaal te vertellen, beginnend met haar val in de jungle. Amber luisterde met open mond, haar hazelnootkleurige ogen gefixeerd op Emily's gezicht. Toen Emily vertelde over haar eerste ontmoeting met Zaron, verschenen er op tv zojuist vrijgegeven beelden van de ambassadeur van de Krinar – een lange man met donker haar die net zo bizar mooi was als haar gevangenbewaarder. Volgens de overheid heette deze man Arus.

Ambers blik ging naar de tv. 'Holy shit,' zei ze, starend naar het scherm. 'Zag die Zaron van jou er net zo uit als deze man?'

Emily knikte. 'Ja, zo ongeveer wel.' Zarons gezicht was iets geprononceerder en zijn lippen waren voller en sensueler dan die van de ambassadeur, maar de perfect symmetrische botstructuur en de gladde bronzen huid waren hetzelfde. 'Ik heb ook een Krinar-vrouw ontmoet en zij had eveneens vergelijkbare uiterlijke kenmerken.'

'Je hebt twéé aliens ontmoet?' Amber leek het

nieuws compleet te vergeten, ze was nu weer volledig op Emily gericht. 'O mijn god, vertel me er alles over!'

Terwijl ze George achter zijn oren krabde, ging Emily door met haar verhaal. Ze vertelde Amber over Zaron die haar zeventien dagen lang vasthield en legde uit hoe intelligent de Krinar-technologie werkte. Ze beschreef zijn fysieke voorkomen en ongelofelijke kracht, vatte enkele van hun gesprekken samen over Krina en benoemde zelfs dat Zarons levenspartner was overleden, en dat hij dus een weduwnaar was. Het enige wat ze niet vertelde, was dat ze gedurende die zeventien dagen heel close was geworden met haar gevangenbewaarder. Dat stukje informatie hóóefde ze blijkbaar niet eens te vertellen.

'Je hebt het met hem gedaan, hè?' zei Amber toen Emily stopte met praten. 'Je hebt seks gehad met die alien.'

Emily voelde haar nek warm worden. Om haar ongemak te verbergen, trok ze George naar haar borst en knuffelde hem nog meer. 'Hoezo denk je dat?' vroeg ze, hopend dat ze er niet zo verhit uitzag als ze zich voelde.

Amber kantelde haar hoofd. 'Omdat ik geen idioot ben. De manier waarop je over hem praat, de manier waarop je zowat straalt terwijl je hem beschrijft... Ik heb je nog nooit zo gezien, zelfs niet toen het net aan was met Jason. Je bent mooi, en als deze Krinar inderdaad zo menselijk zijn als jij ze beschrijft, is het geen gekke gedachte dat twee aantrekkelijke mensen – althans, één mens en één mensachtig wezen – het met elkaar aanleggen als ze zo op elkaar zijn aangewezen.'

Emily zei niets.

Haar vriendin nam George van haar over en zette de kat op haar eigen schoot. 'Je weet dat ik het niet ga loslaten, dus je kunt het beter gewoon vertellen. Ben je met die Zaron naar bed geweest?'

George mauwde onbehaaglijk en sprong van Ambers schoot. Blij met de afleiding probeerde Emily hem weer op te pakken, maar hij schoot weg naar de keuken met zijn staart in de lucht. Blijkbaar beviel al die menselijke aandacht hem niet.

'Emily...' zei Amber op waarschuwende toon.

'Goed dan, goed dan.' Onder normale omstandigheden was het al lastig om nee te zeggen tegen Amber, maar nu speelden ook nog vermoeidheid en hartzeer haar parten. Het was onmogelijk om vol te houden. 'Ja, we hebben het met elkaar gedaan, en voor je het vraagt: ja, hij heeft dezelfde gereedschappen als een menselijke man. Nou goed?' Hoewel ze probeerde zichzelf bijeen te houden klonk Emily's stem breekbaar, alsof ze op het punt stond te gaan huilen.

'Lieverd, dat is niet de reden waarom ik erover begon.' Amber fronste. 'Ik bedoel, natuurlijk ben ik nieuwsgierig, maar ik vroeg het omdat ik me zorgen maak. Niemand weet iets over deze bezoekers, en deze man – deze alien die jou gevangenhield – heeft je genezen met hun technologie, en toen ben je in een seksuele relatie met hem gestapt. Je begrijpt toch wel hoe gevaarlijk dat is? Je zou op z'n minst naar de dokter moeten of…'

'Nee.' Emily sprong op. 'Dat is het laatste wat ik wil. Ze zouden me gebruiken als een soort onderzoeksobject, en… Nee. Gewoon nee.'

'Maar…'

'Nee, absoluut niet, Amber.' Emily keek haar vriendin streng aan. 'Je mag niemand vertellen wat ik je heb verteld, oké? Ik wil niet dat mensen weten wat me is overkomen.'

'Ik ga natuurlijk niet met je verhaal naar de media.' Amber stond op. Ze was vijf centimeter minder lang dan Emily en was tengerder, maar haar sterke karakter maakte dat verschil meer dan goed. 'Wat denk je, dat ik een volslagen idioot ben?'

'Nee, heus niet.' Emily ging met haar hand door haar haar. 'Maar ik wil dat níémand het weet. Ook niet je ouders of je zus. Kun je me dat beloven?' Amber aarzelde, dus Emily voegde eraan toe: 'Alsjeblieft? Het is heel belangrijk voor me.'

'Goed.' Amber zuchtte. 'Ik zal het niemand vertellen. Wil je me wel iets beloven?' vroeg ze, en haar ogen stonden somber. 'Ga naar je huisarts, gewoon voor een check-up. Je hoeft niets te vertellen als je dat niet wilt, maar dan weet je in elk geval of je in orde bent. Fysiek tenminste.'

'Dat is echt niet nodig. Als hij me had willen beschadigen, zou hij me niet hebben gered. Het gaat echt goed met me. Ik ben gezonder dan ooit.'

'Hij heeft je misschien niet expres geschaad, maar

wat als je iets onder de leden hebt waardoor je later ziek kunt worden? Of zelfs anderen besmetten?' zei Amber. Ineens merkte Emily op dat ze bewust wat afstand tussen hen liet. 'De Europeanen hebben de oorspronkelijke bewoners van Amerika nagenoeg uitgeroeid met hun ziektes. Zelfs als de Krinar niet van plan zijn ons te vermoorden, zouden hun virussen het alsnog kunnen doen. Ons immuunsysteem is niet toegerust om een buitenaardse griep af te weren, weet je.'

Emily staarde haar aan. Hier had ze nog niet aan gedacht. Toen ze erover nadacht, schudde ze haar hoofd. 'Nee,' zei ze. 'Dat is een serieus punt, maar ik denk niet dat Zarons soort hierheen zou zijn gekomen als er een infectierisico bestond. Ze komen al duizenden jaren op de aarde. Als we een virus van ze zouden krijgen, zou dat allang gebeurd zijn. Ik geloof dat hun medische technologie zo geavanceerd is dat dit voorkomen wordt.'

'Dat zal dan wel waar zijn,' gaf Amber toe. Ze zag er enigszins opgelucht uit. 'Toch maak ik me nog steeds zorgen om je, Emily. Gaat het echt goed met je? Ik bedoel, na die val en alles...'

'Ja.' Emily dwong zichzelf te glimlachen. 'Ik ben gewoon moe van de reis. Ik denk dat ik maar het beste George kan meenemen en naar huis gaan. Het wordt al laat, en ik moet nog een paar boodschappen halen zodat ik morgen wat heb voor mijn ontbijt.'

'Weet je het zeker? Je mag ook hier blijven. Je kunt op mijn futon slapen...'

Emily lachte. 'Nee hoor, dank je. Die vijf straten lopen naar mijn eigen appartement red ik wel. Zó moe ben ik nu ook weer niet.'

'Oké,' zei Amber. 'Bel me als je thuis bent, goed?'

'Doe ik. Als ik erdoorheen kom, tenminste.' Emily liep naar de keuken en Amber kwam achter haar aan. George zat op de vensterbank. Zijn staart zwiepte heen en weer terwijl naar de straat beneden keek. Emily pakte hem op, nam hem mee terug naar de woonkamer en stopte hem in zijn reismandje. Toen pakte ze haar rugtas en liep naar de deur.

'Emily, wacht,' zei Amber toen Emily op het punt stond te vertrekken.

Emily draaide zich naar haar om. 'Wat is er?'

'Denk je...' vroeg Amber met bevende stem. 'Denk je dat het waar is wat ze op het nieuws zeggen over hun intenties? Is het een vreedzaam volk?'

Emily bevroor in haar beweging. Toen ze Zaron had beschreven, had ze bewust weggelaten dat ze van oorsprong jagers waren met zelfs vampiertrekjes. Het had geen zin om Amber bang te maken op basis van enkel vermoedens. En trouwens, als de Krinar mensenbloed dronken, hoefde dat nog niet te betekenen dat ze eropuit waren om de mens te vernietigen – hoopte ze tenminste.

'Ik denk dat wat ze op het nieuws zeiden waar is,' zei ze na een korte overpeinzing. 'Het komt in elk geval overeen met wat Zaron mij vertelde. Als ze liegen, doen ze dat wel consequent, maar ik weet niet waarom ze dat zouden doen. Ik weet niet veel over hun wapens, maar als ik zie wat er alleen al in Zarons huis te vinden was, lijkt het mij sterk dat we een kans zouden maken als ze zouden besluiten ons te vermorzelen. En als ze dat inderdaad besloten, zou ik niet weten waarom ze dit toneelstukje opvoerden.' Tenzij het was om de mensen rustig te houden terwijl ze hun bloedboerderijen bouwden, maar die gedachte hield Emily voor zich.

'Dat klinkt wel logisch,' zei Amber, maar ze zag er toch weer wit weggetrokken uit. 'Denk jij dat we voor het geval dat maar uit de stad zouden moeten vertrekken? Misschien naar mijn ouders in Connecticut? In de film pakken ze altijd eerst de grote steden, en dat is waar we zijn. Midden in Manhattan.'

Emily beet op haar lip. Hoe kon ze Amber geruststellen terwijl ze zich zelf zo onzeker voelde? 'Als je je zorgen maakt,' zei ze, 'kun je denk ik het beste weggaan. Je ouders zouden vast blij zijn je te zien.'

Amber fronste. 'En jij?'

'Ik red me wel,' zei Emily. 'Ik ben pas net terug en ik wil niet weer weg. Het zal wel een chaos zijn op de weg. En trouwens, als de Krinar van plan zijn Manhattan plat te bombarderen, hebben we wel een groter probleem.'

'Oké, jouw keus,' zei Amber. 'Ik ga mijn ouders proberen te bereiken en vragen hoe het met ze gaat. Laat het me maar weten als je van gedachten verandert en met me mee wilt.'

'Is goed,' zei Emily. 'Maar ik ben ervan overtuigd dat het wel goed komt. Zoals de president al zei moeten we gewoon rustig blijven en zal de rest vanzelf volgen.'

Ze pakte George' reismandje steviger vast, deed de deur open en ging naar buiten.

HET WAS ECHTER HELEMAAL NIET GOED. DAT MERKTE Emily meteen zodra ze Ambers appartement uit was. De paniek op straat was voelbaar, voetgangers en fietsers krioelden door elkaar en de auto's stonden bumper aan bumper. De chauffeurs toeterden en vloekten en een paar verhit ogende politieagenten bliezen op hun fluitjes in een zinloze poging de opstopping te verhelpen. Het lawaai van de stad leek vertienvoudigd en Emily's hoofd bonkte terwijl ze zich een weg baande over de drukke stoep.

'Nog een klein stukje,' zei ze tegen George, die protesterend miauwde en zo nog eens extra bijdroeg aan de kakofonie. 'We zijn bijna thuis.'

Eindelijk bereikte ze haar gebouw. Het was net zo oud als het gebouw waarin Amber woonde en ook hier was geen lift. Emily had tot voor kort wel geld voor een studio in een nieuwer gebouw, maar ze had gespaard en geïnvesteerd voor haar pensioen – een doel dat op dit moment belachelijk leek.

Haar studio was gelukkig op de tweede etage en niet op de vierde.

'Zo, Georgie,' zei ze toen ze binnen waren. Ze zette haar rugtas op de grond, maakte het reismandje open en liet de kat eruit springen. 'Zoals het klokje thuis tikt, tikt het nergens.'

Met een zwiepende staart liep George weg om zijn territorium te inspecteren. Emily ging zitten in de zachte leunstoel die hier als bank fungeerde omdat ze geen ruimte had voor een echte bank. Ze voelde zich zo uitgeput dat ze nauwelijks kon nadenken, maar ze wist wel dat ze eten moest halen voor morgen. Ze dwong zichzelf op te staan, pakte haar sleutels en portemonnee, stopte die in de kontzak van haar short en liep naar de kleine supermarkt verderop in de straat.

De eigenaar was de deur al aan het sluiten toen ze daar aankwam.

'Nee, alstublieft,' smeekte Emily. Ze pakte de deurklink vast, net op het moment dat hij het luik ervoor liet zakken. 'Alstublieft, ik heb maar een paar dingen nodig. Het duurt niet lang, dat beloof ik u.'

De oude man aarzelde even, maar liet toen het luik weer op en haalde de glazen deur van het slot. 'Goed, maar snel,' zei hij, en hij duwde de deur open. 'Ik moet naar huis in Queens en het is een chaos.'

'Dank u wel!' Emily rende al met een mandje door de gangpaden en gooide er alles in wat ze nodig had, plus wat extra voer voor George. Het kostte haar nog geen vijf minuten, maar tegen de tijd dat ze bij de kassa was, keek de winkeleigenaar al erg ongeduldig.

'Ik zei dat je moest opschieten,' morde hij terwijl hij de producten aansloeg.

Emily duwde haar vermoeidheid opzij en

glimlachte naar hem. 'Ontzettend bedankt. Ik waardeer het echt. Goede reis naar huis!'

Ze pakte haar boodschappen en haastte zich naar buiten, maar ze was nog maar net onderweg toen ze tegen iets zwaars opbotste. Ze werd omvergeduwd en haar boodschappen vlogen door de lucht. Op handen en knieën belandde ze op het harde asfalt, waarna ze nog een stukje doorgleed en schaafwonden opliep. Het volgende moment voelde ze dat er iets uit haar kontzak werd getrokken.

'Hé!' riep ze, en ze sprong op en draaide zich om, maar de jonge jongen rende al weg met haar portemonnee in zijn hand.

'Houd de dief!' Emily begon achter hem aan te rennen, maar hij was al verdwenen in de menigte en niemand had aandacht voor haar, zelfs de politieagenten die het verkeer regelden zagen en hoorden haar niet.

Trillend van de schrik liep Emily terug om haar boodschappen te pakken. De gehaaste voetgangers hadden al wat etenswaren geplet, dus ze moest haar best doen om zo veel mogelijk te redden. Ze stopte met bevende handen haar boodschappen terug in de tassen. Gelukkig had ze niets gekocht wat in een glazen pot of fles zat, dus er was niets gebroken. Emily zelf voelde zich echter wel gebroken. Haar geschaafde handpalmen staken en bloedden, haar hart bonsde in haar keel en de overmatige hoeveelheid adrenaline bovenop haar hoofdpijn was bijna te veel.

Ze wist niet hoe ze het redde om terug bij haar

appartement te komen, maar op de een of andere manier stond ze bij haar deur, met haar sleutels in de hand. Vagelijk vroeg ze zich af hoe het kon dat die nog in haar zak zaten, maar het enige wat telde, was dat ze ze had.

Zo gauw ze binnen was deed Emily de deur op slot, waste haar bebloede handen, borg de boodschappen op en gaf George wat te eten. Pas toen ze onder de douche stond en het warme water op haar huid voelde, sijpelde haar laatste beetje kracht weg.

Ze liet zich op de vloer zakken, sloeg haar armen om haar knieën en huilde.

HOOFDSTUK VIERENDERTIG

'Goedenavond allemaal. Het is zeven weken geleden dat K-Day plaatsvond en tot ieders verbazing zijn we nog niet in rook opgegaan,' zei de talkshowpresentator. Emily staarde lusteloos naar het scherm. 'Mocht u net onder een steen vandaan gekropen zijn en geen idee hebben waar dit over gaat: zeven weken geleden kwamen de Krinar – of de K, zoals inmiddels iedereen ze noemt – aan op onze aarde, en zetten alles op z'n kop. Om dit jubileum te vieren hebben we een bijzondere gast in de show, Dr. Edmonds, die ons meer kan vertellen over de biologische kenmerken van onze buitenaardse medeburgers.'

'Bedankt, James,' zei de gast. Hij ging wat meer rechtop zitten toen de camera naar hem toe draaide. 'Het is een eer om hier te mogen zijn en ik ben blij om te zien dat zovelen in de stad zijn gebleven en vandaag naar de studio zijn gekomen. Jullie zijn ofwel heel dapper, ofwel heel dom.'

Het publiek lachte en applaudisseerde.

'Goed,' ging Edmonds verder, 'zoals jullie allen weten, hebben we sterke aanwijzingen dat de Krinar veel langer leven dan wij, dat ze veel sneller zijn dan wij en ook veel sterker. James, zou ik die video mogen?'

Het beeld toonde een korrelige smartphone-opname van een onmogelijk te volgen gevecht vol flitsen van schoten en explosies. Zonder het vertraagd af te spelen was het onmogelijk te weten wat er gebeurde, maar Emily wist al waar het over ging – en iedereen in het publiek ook.

Deze opname was gemaakt in een donker steegje in Riyad, waar drieëndertig Saudi-Arabiërs met granaten en automatische wapens twee weken geleden een kleine Krinar-delegatie had aangevallen. Ze hadden de zes ongewapende K weten te verwonden, maar die wonden konden niet verhinderen dat de Krinar de Saudi-Arabiërs aan stukken scheurden – letterlijk. De ongelofelijke snelheid en kracht die ze lieten zien – een van de K had twee mannen twintig meter de lucht in gegooid, met elke hand een – had mensen geschokt. Het was een gruwelijk gevecht geweest.

Zoals Emily al had aangevoeld in haar tijd met Zaron, hadden ze K een afschrikwekkende voorliefde voor geweld.

Het filmpje had haar misselijk gemaakt toen ze het voor het eerst zag – en haar niet alleen. De leegloop van de grote steden die op K-Day was begonnen, werd na het zien van deze opname alleen maar erger. Om de een of andere reden dachten mensen dat ze veiliger waren in dorpjes en in het buitengebied, en ondanks het uitvaardigen van een officieel Co-extistentieverdrag door de VN, werden de steden massaal verlaten.

'O, alsjeblieft,' zei Amber na het bekendmaken van dat verdrag via Skype. Zij had de stad de dag na Emily's terugkeer verlaten en verbleef nu bij haar ouders in Connecticut. 'Iedereen weet dat dat verdrag niks waard is. De VN is het schoothondje van de K. Je weet toch wat ze zeggen over atoomwapens?'

'Ja, natuurlijk,' zei Emily. Het internet stond bol van de geruchten dat China had geprobeerd een raket met een atoomwapen af te vuren op een van de Krinar-schepen en dat de aliens daarop hadden gereageerd door alle atoomwapens op aarde simpelweg te laten verdwijnen. Niemand wist of dit echt waar was – de overheden ontkenden het – maar om de paar dagen dook er wel weer een nieuwe bron op met informatie en werd het verhaal weer aangezwengeld.

De complottheorieën vierden hoogtij.

'Tja, dus ze hebben geen wapens meer. Dan kun je niks anders doen dan toegeven,' had Amber vol walging gezegd. 'Lafaards.'

'Wat hadden ze dan moeten doen? Een oorlog ontketenen tegen de K?' had Emily gevraagd, maar Amber was niet voor rede vatbaar. Het was makkelijker om de regeringsleiders lafaards te noemen dan de angstige waarheid te accepteren dat de Krinar technologisch superieur waren en dat alle verzet zinloos was.

Niet dat mensen hun verzet unaniem staakten. Het akelige gevecht met die Saudi-Arabiërs was er het bewijs van. Over de hele wereld zochten mensen het conflict met de K op. Niemand was er blij mee dat de aliens nederzettingen op aarde gingen bouwen, zonder dat duidelijk was waar die voor zouden dienen. Veel groeperingen reageerden daar regelrecht vijandig op. Er bleven maar gevechten uitbreken, en keer op keer kwamen de mensen erachter hoe gevaarlijk en gewelddadig de Krinar waren. Hoewel hun intenties vreedzaam waren, hadden de K nu al honderden doden op hun naam. Het leek er niet op dat de tendens binnenkort zou veranderen.

Om de situatie nog eens te verergeren, circuleerden er talloze verhalen op het internet – sommige waar, sommige niet. Het meest recente gerucht – waarvan Emily dacht dat het waar kon zijn – was dat de Krinar van plan waren de eigenaren van grote agrarische bedrijven te dwingen niet langer vlees en zuivel te produceren, maar groenten en fruit. Als gevolg van dat gerucht was er een grote run ontstaan op dierlijke producten. De prijzen van kip, rundvlees en melk schoten omhoog, waardoor er zelfs plunderingen ontstonden.

Het grootste probleem was dat de overheid niet in staat bleek om de paniek onder het volk de kop in te drukken. Dat Emily op K-Day was beroofd, was nog maar het begin van een wereldwijde geweldsexplosie.

New York, dat nu nog maar half zoveel inwoners had als voorheen, was zo gevaarlijk geworden dat Emily na het donker niet meer de straat op ging. Toch was het nog niets vergeleken met plekken als Moskou, Beijing en Johannesburg. Hier in Manhattan kon je tenminste nog wat boodschappen doen, en de meeste ondernemingen, ook banken en mediabedrijven, draaiden hier nog door. In die andere steden was de chaos allesomvattend. Iemand had de weken die volgden op de aankomst van de K de Great Panic genoemd, en die term werd nu door iedereen voor die periode gebruikt.

Het was niet het einde van de wereld, zoals sommigen hadden beweerd, maar het was in elk geval het einde van de wereld zoals hij was.

Terwijl het merendeel van de bevolking geobsedeerd was door de Krinar, keek Emily naar het nieuws met een haast depressieve desinteresse. Ze wist dat het haar aanging, en soms overwoog ze naar buiten te treden met het kleine beetje extra informatie dat zij had, maar over het geheel genomen voelde ze zich zelfs te lusteloos om meer te doen dan uit bed komen, George verzorgen en een paar sollicitaties uitsturen. Niet dat er nu überhaupt mensen werden aangenomen. Aandelen, pensioenfondsen, banken en verzekeraars waren na K-Day gecrasht, en ieder nieuw verhaal over de K zorgde ervoor dat de markten op hol sloegen. Zelfs tijdens de recessie was het niet zo erg geweest als nu. Triljarden dollars waren verkwist door uit angst snel te gaan verkopen en Emily kende op z'n minst tien hedgefondsen die in de afgelopen weken over de kop waren gegaan omdat de zware verliezen niet te dragen waren. Er was geen plek meer waar je geld veilig was, zelfs niet de banken met een Triple A-waardering van de overheid. Nu men niet eens wist of de VS volgende maand nog zou bestaan, deed het er niet toe of een bank een label van de regering had.

Emily's eigen investeringen waren ook niets meer waard en haar spaargeld slonk met de dag. Als ze nog enig gevoel had gehad, zou ze zich zorgen hebben gemaakt. Nu voelde ze zich alleen maar leeg vanbinnen. Ze had geen energie om zich ergens druk over te maken. Alleen al bestaan kostte haar alles wat ze had.

Het verlangen naar Zaron was als een wond die maar niet wilde helen. Wat ze ook deed, ze miste hem als een gek. Zijn lach, zijn aanrakingen... zelfs het jagersinstinct dat haar bij tijd en wijle angst had aangejaagd. De verschrikkelijke verhalen op het nieuws hadden ervoor moeten zorgen dat ze hem haatte, dat ze álle Krinar haatte, maar het enige waar ze aan kon denken, was de manier waarop hij haar vasthield als ze sliep, en het feit dat ze zich met hem meer verbonden had gevoeld dan met welke man dan ook ooit.

Ze had een keertje geprobeerd het nachtleven in te duiken. Er waren twee vriendinnen van haar werk die nog in de stad woonden en ze waren met z'n drieën uitgegaan in het weekend voordat het echt te gevaarlijk werd op straat. Emily had geflirt met de mannen die een poging deden haar te versieren, maar ze lieten haar allemaal koud. Na die ervaring voelde ze zich nog leger dan ervoor.

Als ze in een tijdmachine had kunnen stappen om terug te gaan naar het moment dat Zaron haar had gevraagd te blijven, zou Emily het hebben gedaan. Misschien waren haar gevoelens voor hem een gevolg van haar gevangenschap, maar dat maakte ze niet minder oprecht. Weggaan was geen rationele stap, dat besefte ze nu. Ze probeerde het te rationaliseren omdat ze diep vanbinnen wist dat het irrationeel was. Ze probeerde de angst die ze al met zich meedroeg sinds de dood van haar ouders te onderdrukken en negeren.

Ze was zo bang dat Zaron háár zou verlaten, dat ze in plaats daarvan hem van zich af had geduwd – precies zoals ze ook met Jason had gedaan.

Emily kreunde, deed de tv uit en stond op om door haar kleine studio te gaan ijsberen. Hoewel ze een paar uur geleden nog boodschappen had gedaan, begon ze zich alweer opgesloten en claustrofobisch te voelen. De gedachte naar buiten te gaan deed haar denken aan hoe ze had genoten van de prachtige natuur in Costa Rica tijdens hun wandelingen door de jungle. Dat maakte het gevoel alleen maar erger.

Ze hadden er sámen van genoten.

Een scherpe pijnsteek ging door haar borst bij die herinnering en er brandden tranen in haar ogen. Om de tranen tegen te gaan, pakte Emily haar yogamat en ging ze sit-ups doen. Het was niet hetzelfde als lekker rennen in de buitenlucht, maar het was beter dan niets – en absoluut beter dan weer liters janken onder de douche. Ze kon hierdoorheen komen. Ze zóú hierdoorheen komen.

Ze was sterk en ze was vastberaden.

Tijdens haar zevenentwintigste sit-up kwam er een gedachte bij Emily op. Ze had geen manier om Zaron te bereiken – hij had haar geen mailadres of telefoonnummer gegeven of wat de Krinar ook gebruikten – maar ze wist wél ongeveer waar zijn huis was. Zou ze dat kunnen doen? Zou ze haar trots kunnen inslikken en hem smeken haar terug te nemen? Er bestond een risico dat hij haar niet terug zou willen, dat hij in de tussentijd een ander had gevonden, en ze zouden maar een paar jaar samen hebben voordat Emily oud zou worden, maar was een paar jaar niet beter dan niks?

Was het niet mooier om een paar jaar gelukkig te zijn dan een heel leven te leiden met alleen deze vreselijke eenzaamheid in het verschiet?

Emily voelde zich plots vol energie. Ze sprong op en liep naar haar computer. Er was weer wat luchtvaart, en hoewel vliegtickets belachelijk duur waren geworden, hield niets haar tegen om haar resterende spaargeld te gebruiken voor een enkele reis naar Costa Rica.

Haar angst en trots gingen overboord. Ze zou die tijdmachine nemen en proberen haar fout recht te zetten.

Ze voerde net haar creditcardgegevens in op de website van United Airlines toen de deurbel ging.

Verbaasd liep Emily naar de deur en ze keek door het kijkgaatje.

Haar hart zat onmiddellijk in haar keel.

Er stonden twee mannen in pak voor haar deur. Een van hen was van gemiddelde lengte en slank, de ander was bijna zo breed als hij lang was.

'Hallo?' riep Emily zonder het slot aan te raken. Haar handpalmen werden klam en er kwam een knoop in haar maag. 'Wat kan ik voor u doen?'

'Mevrouw Ross, ik ben agent Wolfe en dit is agent Janson,' zei de slanke man. Hij hield een officieel ogende penning op. 'Wij zijn van Homeland Security. Als u het goedvindt, zouden wij graag met u willen praten over een belletje naar de ambassade van de Verenigde Staten in Costa Rica, een paar dagen voor K-Day.'

DE SHARIPLANTEN DEDEN HET GOED IN COSTA RICA. DE wortels waren dik en gezond en een scan toonde aan dat ze over een paar maanden zouden bloeien en vrucht zouden dragen. Het leek er sowieso op dat Zaron de locatie van dit Center goed had gekozen. Er heerste een prettig klimaat en de grond was uitstekend. Zoals Zaron had gehoopt, had de Raad bij aankomst dit Center gekozen als eerste uitvalsbasis. Ze noemden hem Lenkarda, wat 'triomfantelijk begin' betekende. Ze prezen Zaron en zijn team om hun keuze van de locaties voor alle Centers. Hier had hij blij mee moeten zijn, maar het enige wat hij voelde, was onverschilligheid – een onverschilligheid die hem al in de greep had sinds Emily was weggegaan.

Hij verliet het agrarische gebied en liep terug naar zijn huis. Ondanks zijn snelheid was dat een tocht van een uur, maar Zaron vond het niet erg. Hij had dichter bij Lenkarda kunnen gaan wonen, maar hij verkoos de afgelegen plek. Het was voor hem niet meer fijn om onder de Krinar te zijn. Het was haast pijnlijk. Als het verdoofde gevoel even optrok, wat niet vaak gebeurde, voelde hij zich rauw en getergd, als een boom waar de schors af was gescheurd. Interactie met anderen leek dat nog erger te maken.

Emily verliezen was echt zo erg als hij had gevreesd.

Zaron ging het huis binnen, nam een douche en liep naar Emily's kamer. Haar geur hing er nog, in het beddengoed dat het huis van hem niet mocht vervangen. Hij ging liggen en ademde haar in, met zijn ogen dicht om zich voor te stellen dat zij er nog was, dat als hij zijn arm uitstrekte, hij haar zou kunnen aanraken… zou kunnen vasthouden.

Maar dat kon hij natuurlijk niet. Niet omdat ze ver weg was – een paar duizend kilometer was niets voor de Krinar – maar omdat hij haar een belofte had gedaan.

'Je kunt haar gaan halen,' had Ellet vorige week gezegd, hem weer in de verleiding brengend. 'Ga gewoon naar New York en haal haar terug. Wie weet, misschien is ze wel blij om je te zien. Je weet hoe het nu is in de mensensteden. Vind je het een fijn idee dat ze daar woont?'

Zaron had boos tegen haar gezegd dat ze zich met haar eigen zaken moest bemoeien, maar hij moest toegeven dat hij al vaak hetzelfde had gedacht. Elke avond, om precies te zijn. Hij miste Emily zo erg dat hij soms dacht dat hij zou doordraaien van dit intense verlangen. In bepaalde opzichten was het nog erger dan toen Larita was doodgegaan. Toen had hij geen keus gehad. Hij moest accepteren dat zijn partner er niet meer was, dat hij haar voorgoed kwijt was. Bij Emily maakte de gedachte dat hij haar terug zou kúnnen hebben hem gek. Hij wilde dat hij niet zo eerlijk en principieel was, dat hij gewoon de belofte die hij haar had gedaan kon verbreken.

Hij kon haar hebben. Het enige wat hij hoefde te doen, was tegen haar wens ingaan en haar haar vrijheid ontnemen.

Hij duwde die gedachte weg, deed zijn ogen dicht en probeerde in slaap te vallen. Tot zijn ergernis lukte het niet. Hij draaide en woelde een uur lang voor hij het opgaf. Hij stond op, raakte zijn polscomputer aan en zei: 'Laat me haar zien.'

Een 3D-beeld van Emily's appartement verscheen voor zijn ogen. Op de dag na haar vertrek had Zaron haar laptopcamera gehackt onder het mom dat hij wilde checken of ze wel veilig thuis was gekomen. De paniek die op K-Day was losgebarsten, rechtvaardigde het. Het was zijn verantwoordelijkheid naar haar toe. Hij was tenslotte zijn schuld dat ze niet eerder terug naar New York had kunnen gaan.

Tot zijn opluchting was ze in haar appartement geweest. Ze zat tv te kijken met een grijze kat op schoot. Dat moest George zijn, besefte Zaron, terwijl hij gebiologeerd bleef kijken. Na een paar minuten had hij zichzelf gedwongen het beeld uit te zetten en haar met rust te laten, maar de volgende dag had hij de camera weer aangezet en gekeken naar Emily die een broodje at en een boek las. De dag erna was ze er niet. Hij was in paniek geraakt, bang dat er iets met haar was gebeurd, maar ze was na een uur al thuisgekomen en hij kon weer ontspannen. Klaar hiermee, had hij toen tegen zichzelf gezegd, maar hij werd er keer op keer toe aangetrokken, en om de paar dagen gaf hij toe en keek hij naar haar terwijl ze sliep, met haar kat speelde of vacatures bekeek op het menselijke internet. Het was een vreselijke schending van haar privacy en dat wist hij, maar hij kon zich niet inhouden.

Naar haar kijken was het enige waar hij nog van kon genieten.

Nu keek hij verlangend naar het beeld, op zoek naar een teken dat Emily thuis was. Soms was ze in de badkamer en zag hij haar niet meteen, maar ze kwam altijd na een paar minuten terug de grote ruimte in. Emily's hele appartement bestond uit één ruimte, dus als ze thuis was, zou hij haar al snel zien.

Maar hij zag haar niet. Alleen haar kat zat daar, op de vloer te likken aan zijn poot om die dan over zijn harige gezicht te laten gaan. Zaron moest toegeven dat het dier fascinerend gedrag vertoonde, en op ieder ander moment zou hij ervan hebben genoten, maar Emily's afwezigheid maakte hem ongerust. Het was al laat, en de afgelopen weken ging ze nooit meer zo laat naar buiten, waarschijnlijk vanwege het geweld. Dus waar was ze? Wat kon ze aan het doen zijn?

Hij wachtte nog anderhalf uur en zijn ongerustheid groeide met de seconde, maar ze kwam niet thuis.

Zaron keek hoe laat het was. In New York was het

al na middernacht. Emily had geen enkele reden om zo laat nog buiten te zijn. Ze wist dat het gevaarlijk was om in haar eentje in de stad rond te lopen.

Maar misschien... was ze niet alleen.

Alles in hem kwam in opstand tegen die gedachte, alsof er een vuur in zijn aderen woedde. Hij wist dat Emily vroeg of laat een man zou vinden – ze was te mooi en intelligent om alleen te blijven – maar er was een wereld van verschil tussen iets weten en ermee geconfronteerd worden. Emily, zijn Emily, kon op dit moment weleens met een andere man zijn, en Zaron kon die gedachte niet aan. Er verscheen een plaatje voor zijn geestesoog van haar in een innige omhelzing met een of andere mensenman, en hij balde zijn handen ongemerkt tot vuisten omdat hij die man wilde vermoorden, hem aan stukken wilde scheuren met zijn blote handen. Het deed er niet toe dat Zaron haar zelf had laten gaan. Zijn territoriale instinct vond dat ze van hem was en bleef.

Zijn woede was zo sterk dat hij nauwelijks doorhad wat hij deed. Pas toen op zijn commando Emily's berichtjes en e-mails op het 3D-beeld voor hem verschenen, besefte Zaron dat hij als een waanzinnige handelde. Toch kon hij er niet mee stoppen. Hij las alle recente berichten op zoek naar een aanwijzing van waar ze zou kunnen zijn en met wie. Tot zijn teleurstelling was er niets te vinden – geen afspraak, zelfs geen mild flirterig gedrag.

Zarons jaloezie sloeg om in bezorgdheid.

'Vind haar mobiele telefoon,' zei hij op scherpe

toon, en zijn computer gaf gehoor aan dat commando en speurde alle menselijke satellieten af om het gps-signaal te vinden.

Maar dat was er niet – tenminste niet voor zover zijn computer het kon detecteren.

Zaron fronste en probeerde het nogmaals. En nogmaals.

Zonder resultaat.

Het was alsof Emily's telefoon in rook was opgegaan.

'Verschaf me toegang tot haar laptop,' zei Zaron tegen zijn computer. 'Doorzoek haar browsergeschiedenis.'

En toen zag hij het: een nog niet voltooide aankoop van een enkele reis naar Costa Rica.

Zijn hart stopte een seconde en kwam toen weer tot leven, het sloeg tegen zijn borstkas.

Emily kwam terug.

Ze kwam naar hem terug.

Heel even was het geluksgevoel bijna verblindend, maar toen besefte hij dat ze de aankoop niet had afgerond.

Ze was weggegaan voordat ze het ticket had gekocht, en hij was geen stap dichter bij het antwoord op de vraag waar ze was en wat er met haar was gebeurd.

HOOFDSTUK ZESENDERTIG

'Ik heb alles wat ik weet al verteld,' zei Emily. Het kostte haar steeds meer moeite om niet haar frustratie te laten merken. Ze waren haar nu al uren aan het ondervragen in deze kleine, bedompte ruimte, en ze voelde de muren op haar af komen. Ze probeerde haar claustrofobie de baas te blijven door diepe ademteugen te nemen, maar het hielp niet. Het kostte haar ook al enorm veel moeite om rechtop te blijven zitten in de harde metalen stoel. Ze was zo moe. Hoe laat was het nu? Twee uur 's nachts? Drie uur? Er hing geen klok aan de muur en ze hadden haar telefoon afgepakt. Ze had altijd gedacht dat ambtenaren van negen tot vijf werkten, maar dat gold overduidelijk niet voor Homeland Security – of in elk geval niet voor deze specifieke tak ervan.

Emily had een sterk vermoeden dat de agenten die naar haar huis waren gekomen, geen doorsnee douaneagenten waren.

'U hebt ons nauwelijks iets verteld, mevrouw Ross,' zei agent Wolfe. Zijn smalle gezicht was volstrekt uitdrukkingsloos. 'U bent gevallen, u werd gered door een Krinar die u vervolgens tweeënhalve week vasthield, en u bent op K-Day teruggekeerd naar huis. Verwacht u nu werkelijk dat wij geloven dat dat het hele verhaal is?'

'Het ís het hele verhaal,' zei Emily uitgeput. 'Ja, ik wist dat de invasie aanstaande was en dat is ook de reden waarom ik de ambassade heb gebeld, maar verder wist ik niets. Ik ben niet op de hoogte van hun plannen. Ik heb geen contact meer met Zaron. Op het moment dat hij me liet gaan, ging ik naar huis. Ik weet niets over hun wapens en ik heb u al verteld wat ik heb gezien van hun technologie – niet veel, want ik ben alleen in een woonhuis geweest.'

'Toch heeft deze Zaron uw leven gered met behulp van de medische technologie in dat huis,' zei agent Janson. Zijn dubbele onderkin trilde erbij. 'Hij heeft uw gebroken ruggengraat genezen, zei u?'

'Klopt.' Emily had er spijt van dat ze dit had verteld, maar toen ze net waren begonnen met hun ondervraging, was ze te geïntimideerd geweest om een plausibele leugen te bedenken. Zodra ze haar deur had opengedaan, hadden ze haar mee naar beneden gevoerd, in een zwarte auto gestopt en meegenomen naar dit vervallen pakhuis in Queens – of liever gezegd, de kelder van het pakhuis. Emily had maar net tijd gehad om haar portemonnee, sleutels en telefoon mee te grissen, en toen ze hier waren, hadden ze haar alles afgenomen en haar daarna in deze kamer gestopt, waar ze haar ondervroegen alsof ze een terrorist was.

Ze had tenminste de tegenwoordigheid van geest gehad om niets te zeggen over de seksuele aard van haar relatie met Zaron en over haar vermoeden dat de Krinar een vampierachtige soort was. Dat laatste stukje informatie had ze vooral achtergehouden omdat ze zelf nog steeds niet zeker wist of het waar was, maar ook omdat ze bang was voor wat er zou gebeuren als dit gerucht naar buiten kwam. Zou de paniek verergeren en zouden de aanvallen op de Krinar nog frequenter worden? Zou er een echte oorlog kunnen losbarsten?

Het leek haar vreselijk om verantwoordelijk te zijn voor nog meer geweld. Deze 'vredige' invasie was nu al veel te bloederig.

'Mevrouw Ross...' Agent Wolfde leunde naar haar toe. 'Het wordt er niet beter op als u zo ontwijkend doet. Het is duidelijk dat u meer weet dan u vertelt. U bent tweeënhalve week met een van hen samen geweest. U moet ons álles vertellen wat u hebt gezien en gehoord – ieder detail, hoe klein ook. U denkt misschien dat het er niet toe doet, maar het zal ons helpen om een completer beeld te krijgen van de vijand.'

'De vijand? Ik dacht dat we in vrede samenleefden,' zei Emily, te moe om haar sarcasme te onderdrukken. 'Is dat niet de gedachte achter het Co-existentieverdrag?'

Agent Janson vouwde zijn armen over elkaar en liet ze rusten op zijn enorme buik. 'Doe niet zo naïef, mevrouw Ross. De Krinar zijn niet onze vrienden, en dat zullen ze ook niet worden zolang we vrijwel niets over ze weten. Waarom zijn ze hier? Wat willen ze van ons? We weten het niet, en we zullen het niet weten totdat ze het ons vertellen. Maar u weet misschien wel iets, en als dat het geval is, dan is het uw plicht als Amerikaans burger – als wereldburger – om het ons te vertellen.'

'Ik weet niet méér dan wat ik u al verteld heb,' zei Emily voor de vijftiende keer. De muren leken met de seconde dichterbij te komen en ze kreeg haast geen adem meer. Als ze haar niet snel uit deze ruimte lieten, zou ze flippen. 'Dit was het.'

'Nee,' zei Wolfe. 'Dit was het niet. Maar als u vanavond niet meer met ons wilt praten, is dat prima. We zullen morgen verdergaan. Ondertussen zullen we kijken of we op een andere manier aan antwoorden kunnen komen.' Hij stond op en wendde zich tot de andere agent. 'Janson, neem mevrouw Ross mee naar de medische afdeling. We zullen zien of de alien fysieke sporen heeft nagelaten.'

'Wacht! Nee, dat kunt u niet doen,' zei Emily. Ze kromp ineen toen Janson opstond en naar haar toe liep. Haar hart hamerde zo hard dat ze bang was misselijk te worden. 'Ik geef hier geen toestemming voor. Ik wil een advocaat.'

Maar Janson pakte met zijn dikke vingers haar arm beet en trok haar overeind. 'We gaan,' zei hij, zijn hand klam en warm op haar huid. 'Tijd om wat meer te weten te komen over wat u hebt meegemaakt.'

HOOFDSTUK ZEVENENDERTIG

'Je wilt dat ik een mensenmeisje voor je vind?' Korum fronste en kneep zijn ongebruikelijk goudgekleurde ogen tot spleetjes. Het Raadslid leek zowel verbaasd als ontstemd door Zarons verzoek. 'Waarom?'

'Omdat ze van mij is en ik haar terug wil,' zei Zaron. Hij had geen tijd om spelletjes te spelen en te doen alsof zijn verzoek uit iets anders voortkwam dan een persoonlijke wens. Hij kon het gevoel niet kwijtraken dat er iets heel erg mis was. Iedere seconde zonder een spoor van Emily voelde als een uur en de angst in hem groeide tot onafzienbare proporties. 'Ik heb haar gered toen ze gewond was en toen is ze een tijdje bij me gebleven,' legde hij uit. 'Toen maakte ik de fout haar terug te laten gaan naar New York. Er is iets met haar gebeurd. Ik kan haar niet meer vinden.'

Korums frons werd nog dieper. 'Hoe verwacht je dan dat ik haar kan vinden?'

'Met behulp van de nanocyten in haar lichaam,' zei Zaron. Het idee was vanmorgen vroeg in hem opgekomen en hij had meteen een ontmoeting met het Raadslid geregeld. 'Ik hoorde dat jouw bedrijf het jansha-apparaat heeft ontworpen dat ik heb gebruikt om haar te genezen. Ik heb geen code om de opsporing van de nanocyten te activeren, maar ik weet wel dat dat mogelijk is. Toch?'

'Klopt,' zei Korum. 'Alle nanocyten hebben een unieke signatuur en kunnen opgespoord worden. Ik moet die jansha zien om uit te vogelen welke specifieke nanocyten er in haar lichaam zitten.'

'Alsjeblieft.' Zaron stak zijn hand uit en opende hem om het kleine, kokervormige apparaatje te onthullen. 'Ik dacht al dat je dit nodig zou kunnen hebben.'

'Goed,' zei Korum en hij nam het apparaatje van Zaron aan. 'Ik zal ernaar kijken. Het kan wel een paar dagen duren…'

'Nee,' zei Zaron meteen en zijn spieren spanden zich boos aan. 'Ik heb geen dagen de tijd.'

'Pardon?' Korums blik verhardde zich.

'Het is belangrijk,' zei Zaron, zichzelf dwingend om kalm te blijven. Hij kon het zich niet veroorloven om de man tegenover hem tegen zich in het harnas te jagen. 'Zíj is belangrijk.'

'Belangrijker dan mijn taken in de Raad en de ontwerpen waaraan ik werk?' Korum sperde zijn neusgaten wijd open. 'Ik begrijp dat je je speeltje terug wilt, maar…'

'Ze is mijn charl.' Zaron hield Korums ijzige blik

vast. Hij was vastberaden om niet op te geven. Het Raadslid, dat bekendstond als meedogenloos, was niet iemand die je boos wilde maken, maar Zaron zou alles doen om Emily terug te krijgen.

Hij zou Korum uitdagen tot een Arena gevecht als het nodig was.

'Je charl?' Er verdween iets van de kille woede uit Korums stem. 'Zoals Arus' Delia?'

'Ja.' Zaron vond het niet nodig om uit te leggen dat ze nóg niet zijn charl was. Ze zou zijn charl worden zodra hij haar vond, dat had hij gisteravond besloten. Ze was van plan geweest naar hem terug te komen – daarom had ze bijna een vliegticket gekocht – en als ze nog aarzelde of ze wel of niet bij hem hoorde, zou Zaron haar wel overtuigen.

Als hij Emily terug had, zou hij haar nooit meer laten gaan.

'Ik begrijp het.' Er verscheen een sprankje vermaak in Korums blik. 'Ik wist niet dat jij en Arus zoveel gemeen hadden. Ik zal nooit begrijpen wat er zo leuk is aan een charl, maar als jij met een mens wilt zijn, is dat jouw keuze.'

Zaron deed zijn best om zijn opluchting te verbergen. 'Help je me dan? Vandaag nog?'

'Ja,' zei Korum. 'Kom over twee uurtjes terug, ik denk dat ik dan wel weet waar ze is.'

DE TIJD GING TERGEND TRAAG VOORBIJ. OM ZICHZELF AF

te leiden, ging Zaron naar het meer en zwom hij vijftig rondjes. Daarna rende hij dertig kilometer door de jungle. Ondanks het feit dat hij de hele nacht geen oog had dichtgedaan stond hij op scherp, zijn lichaam zoemde van de boze energie.

Als hij nu een groepje guerrillavechters trof, zouden ze het bezuren.

Waar Korum op hem stond te wachten, was een 3D-beeld zichtbaar.

'Daar is ze,' zei hij zonder vooraankondiging, en hij wees naar een vervallen pakhuis in een straat vol zwerfafval. 'Een oude industriële buurt in Queens, een van de *boroughs* van New York City. Ik heb er wat nader onderzoek naar gedaan. Dit gebouw is van de overheid. Ze hebben wel verschillende dekmantels opgezet om dat te verbergen, dus ik denk niet dat het een officiële locatie is.'

'Een overheidsgebouw?' Zaron keek fronsend naar het beeld. 'Waarom zou ze daar zijn?'

'Ik weet het niet,' zei Korum. 'Misschien heeft ze besloten te praten over jou en wat ze heeft ontdekt gedurende haar tijd met jou. Hoelang is ze bij je geweest?'

'Ongeveer tweeënhalve week. Maar ze heeft alleen onze meest basale technologie gezien, dus ik betwijfel of ze nuttige info heeft.'

'Je had haar zelfs die niet moeten laten zien,' zei Korum, en het beeld verdween. 'Het verbod op informatieverstrekking is niet langer van kracht, maar we zijn nog altijd gehouden aan een mandaat dat ons verbiedt ons te mengen in hun vooruitgang. We kunnen ze niets geven of laten zien wat hun natuurlijke technologische ontwikkeling zou versnellen. Maar goed, het is sowieso een probleem dat de overheid haar heeft. De nanocyten zijn inactief, maar ze heeft ze nog wel in haar lichaam, en dat is een technologie die we niet snel met de mensen zullen delen.'

'Maak je geen zorgen. Het zal niet lang meer een probleem zijn,' zei Zaron. 'Ik ga haar terughalen.' Hij dacht niet dat de menselijke technologie zover was dat ze iets zouden kunnen met nanocyten, maar hij ging er niet tegenin.

Hij wist nu waar Emily was. Meer had hij niet nodig.

Korum keek hem indringend aan. 'Je weet best dat je niet zomaar daarheen kunt gaan en haar eruit slepen. Er zijn misschien wel beveiligingsmaatregelen genomen die je van buitenaf niet ziet. Als dit echt een gebouw is waar de overheid iets mee te maken heeft, dan zou je een groot interplanetair incident kunnen veroorzaken als je daar naar binnen stormt en gewond raakt.'

'Wat is jouw voorstel dan?' vroeg Zaron, zijn ongeduld onderdrukkend. Nu hij wist waar Emily was, kon hij niet wachten om haar te gaan halen.

'Arus kan een verzoek indienen via de diplomatische weg,' zei Korum. 'Het zal wel even duren, maar...'

'Nee,' zei Zaron instinctief. Hij moest Emily nú hebben.

Maar toen hij de blik in Korums ogen zag, besefte hij dat hij met een betere reden op de proppen komen dan zijn eigen ongeduld. 'Als we naar haar vragen, zullen ze denken dat ze belangrijk is. Ze zouden kunnen ontkennen dat ze haar hebben of het proces vertragen om haar te ondervragen. Het is veel makkelijker als ik er zelf heen ga en haar ophaal. Als ik inbreek, zoals een menselijke dief, zullen ze nooit weten dat er een Krinar bij betrokken was, dus…'

'Nee.' Nu was het Korum die interrumpeerde. 'Dat is niet de juiste manier. Als die Emily van jou ze alles heeft verteld, verwachten ze misschien dat wij haar komen halen. Je kunt niet ongewapend en onvoorbereid binnenvallen. Als je echt niet kunt wachten, help ik je. Er zijn een paar ontwerpen die ik toch al graag wilde testen.'

Het Raadslid legde met glinsterende ogen zijn plan toe, en terwijl hij het uit de doeken deed, voelde Zaron de spanning op zijn borstkas afnemen.

Hij zou Emily terugkrijgen, linksom of rechtsom.

Het was tijd dat zijn engel thuiskwam.

HOOFDSTUK ACHTENDERTIG

Emily staarde naar de verpleegster die op het punt stond alweer een naald in Emily's arm te steken. De vrouw had witgrijs haar en een vriendelijk gezicht dat Emily deed denken aan actrice Betty White, maar tot dusver had ze al Emily's verzoeken om te stoppen en haar een advocaat te laten bellen straal genegeerd.

De eerste ronde onderzoeken had bestaan uit verschillende bloedmonsters, röntgenfoto's van al haar lichaamsdelen, een CT-scan en een MRI-scan. Nadien hadden ze Emily een paar uur laten slapen op een harde stretcher in een piepkleine grijze ruimte, en ze was wakker geworden met het gevoel dat ze stikte. Ze had frisse lucht nodig gehad – de behoefte was zo groot dat het was alsof ze anders dood zou gaan – maar in plaats van haar eruit te laten, hadden ze haar een kalmeringsmiddel toegediend. In dat verdoofde waas had ze gedroomd dat Zaron haar kwam redden, maar toen de verdoving afnam kwam de claustrofobie terug, gecombineerd met misselijkheid door het kalmeringsmiddel en een rammelende maag. Ze had de koffie en donuts die ze haar eerder hadden gegeven een halfuur geleden uitgespuugd en de honger maakte de hoofdpijn die tegen haar slapen klopte nog erger.

'Doe dit alstublieft niet,' smeekte Emily weer terwijl de Betty White-lookalike naar haar toe liep met de naald. Haar tong voelde dik en willoos in haar droge mond. 'Alstublieft. Ik ben een staatsburger van de VS. Ik heb niets verkeerd gedaan.'

De verpleegster negeerde haar stoïcijns. Emily probeerde haar arm weg te trekken, maar de handboei om haar pols hield hem waar hij was. Twee mannelijke verplegers hadden haar aan een metalen stoel vastgezet nadat ze de tweede serie onderzoeken had geweigerd. Dit versterkte haar claustrofobie nog meer, en haar hartslag ging ongelofelijk snel. Ze zat vast alsof ze in een gesticht zat. Emily was nooit een fan geweest van naalden – ze haalde zelfs geen griepprik – maar er was geen mogelijkheid om hieraan te ontkomen.

Ze was een gevangene.

De verpleegster pakte Emily's arm vast om hem stil te houden en de naald drong door haar huid, in de ader bij haar elleboog.

'Stop,' kreunde Emily. Er kwam gal omhoog in haar keel terwijl haar bloed in het buisje stroomde. 'Ik word misselijk.'

De verpleegster bleef de naald vasthouden en pakte met haar andere hand een plastic bakje. 'Hier,' zei ze, en ze hield het bakje onder Emily's kin. 'Hier kun je in overgeven als het moet.'

Emily trilde en haar huid was bedekt met een laagje koud zweet, maar het lukte haar om niet over te geven. Nu het bakje niet nodig bleek, zette de verpleegster het terug. Ze liet de naald uit Emily's arm glijden, duwde er een watje op en tapete dat vast.

'Dat was het voorlopig,' zei ze. 'Je kunt ontspannen. Agent Wolfe en agent Janson zullen je zo meteen komen ophalen.'

Ze liep de kamer uit zonder Emily's handboeien los te maken. Twee minuten later kwamen Wolfe en Janson binnen. Ze verblikten of verbloosden niet toen ze Emily vastgebonden aan een stoel zagen zitten. Op dat moment realiseerde ze zich dat zij haar niet zagen als een persoon.

Ze was de vijand, en ze zouden doen wat nodig was om haar te breken.

'Doe alstublieft deze handboeien bij me af,' zei ze. Het kostte haar heel veel moeite om haar stem niet te laten breken. Ze voelde zich duizelig, het leek alsof de zuurstof in deze ruimte op was. 'Ik ga jullie niet aanvallen.'

Wolfe glimlachte dunnetjes naar haar. 'Dat denk ik ook niet, maar het kan zijn dat er nog een paar onderzoeken gedaan moeten worden, dus het is efficiënter om ze nu om te laten, zoals u wel zult begrijpen.'

'Nee, ik begrijp het niet,' zei Emily. Ze kon haar woede en wanhoop niet meer onderdrukken. 'Ik heb geen misdaad gepleegd, en zelfs als ik dat wel had gedaan, dan heb ik in dit land rechten. Als u me zo gaat vasthouden, eis ik een advocaat, en...'

'Mevrouw Ross, toe nou.' Janson ging met zijn logge lijf op een stoel tegenover haar zitten. 'U bent een slimme vrouw. U bent er ongetwijfeld van op de hoogte dat de Patriot Act ons veel armslag geeft als het gaat om zaken die de nationale veiligheid betreffen. U zult ook wel begrijpen dat de Krinar de grootste bedreiging zijn ooit. Aangezien u weigert met ons mee te werken...'

'Ik werk wél mee!'

'... hebben we geen andere keus dan u hier te houden,' ging Janson door alsof Emily niets had gezegd. 'De eerste testuitslagen wijzen uit dat u inderdaad bent genezen met behulp van een technologie die mijlenver voorloopt op alles wat wij kennen. Uw gebitsgegevens, om maar iets te noemen...' begon hij, en daarna ging hij verder met alles wat ze tot nu toe hadden ontdekt, maar Emily luisterde niet meer.

Een zoemend geluid dat deed denken aan een bijenkolonie trok haar aandacht.

Plotseling begon het licht te flikkeren en het ging uit. Het zoemen werd luider.

'Fuck,' zei Wolfe, en hij pakte zijn telefoon om die als zaklamp te gebruiken. 'Janson, gaat het?'

Maar Janson luisterde niet naar hem. Hij was stilgevallen en hield zijn telefoon boven zijn hoofd, met de zaklamp gericht op het plafond.

'Wat is dat?' vroeg Wolfe, die zijn hoofd in zijn nek legde, en Emily volgde zijn blik.

Het plafond leek te glanzen.

Of nee: het leek te smelten.

Wolfe sprong op en pakte zijn pistool, maar het was te laat.

Een groot deel van het plafond verdween; het dikke beton ging in rook op. Er stroomde zonlicht naar binnen en heel even was Emily verblind, maar toen zag ze hem.

Een grote, breedgebouwde man stond aan de rand van de opening.

Het felle zonlicht van bovenaf zorgde ervoor dat zijn gezicht niet te zien was, maar ze herkende hem aan de katachtige souplesse van zijn bewegingen.

Vol verbazing staarde Emily naar Zaron, vervuld van een immense opluchting.

Haar alien was hier.

Hij wilde haar terug.

'Halt!' riep Janson en hij trok zijn pistool, maar Zaron sprong al de ruimte in.

Oorverdovende geweerschoten doorkliefden de lucht en Emily's adem stokte en haar hart bonsde als een gek. Ze wist dat de Krinar snel en sterk waren, maar dat wilde niet zeggen dat ze niet verwond of vermoord konden worden. Als er iets gebeurde met Zaron...

Voordat de angst haar kon overmannen, zag ze hem ongeschonden op zijn voeten landen.

De seconden daarna waren een waas. Zaron

bewoog zich als een dodelijke tornado. In een oogwenk lagen beide agenten op de grond het uit te schreeuwen van de pijn, en Emily keek geschokt toe terwijl Zaron Janson bij de keel pakte en hem met één hand optilde alsof hij niks woog. Jansons rechterarm hing in een rare hoek langs zijn zij, maar met zijn linkerhand klauwde hij naar Zarons vingers. Zijn voeten schopten wanhopig in de lucht.

Zaron liet hem letterlijk stikken.

'Stop!' gilde Emily vol afschuw. 'Zaron, hou alsjeblieft op!'

Hij bevroor, en ze zag een rilling door zijn krachtige lichaam gaan. Hij had zijn gezicht afgewend, dus ze kon alleen de strakke lijn van zijn kaak zien, maar ze vóélde zijn woede. Die gonsde door de lucht, duister en giftig, en Emily wist dat als ze niet snel iets deed, dat Zaron dan beide mannen zou vermoorden.

Net als de K die ze op die videobeelden had gezien, zou hij ze aan stukken scheuren.

'Zaron, alsjeblieft.' Ze onderdrukte haar paniekgevoel en zei op kalmere toon: 'Zet hem neer.'

Janson begon het al op te geven, zijn benen schopten met minder kracht, en heel even dacht Emily dat Zaron geen gehoor zou geven aan haar verzoek. Maar toen verslapte hij zijn greep en viel de agent op de grond, hoorbaar naar adem happend. Wolfde lag naast hem te kermen, met beide armen in een onnatuurlijke hoek gebogen.

Emily werd weer bevangen door misselijkheid, maar ze dwong zichzelf naar Zaron op te kijken toen hij over Jansons kreunende massa stapte en naar haar toe liep, zijn zwarte blik vol van iets angstaanjagends.

'Ze hebben je pijn gedaan.' Zijn stem klonk zwaar van woede toen hij voor haar ging staan, en ze besefte dat hij de naaldafdrukken en blauwe plekken op haar armen zag. 'Die klootzakken hebben je pijn gedaan.' Hij trilde nog net niet van woede, maar zijn grote handen waren wel onvast toen hij haar boeien losmaakte en haar uit de stoel trok.

'Ze hebben alleen maar wat bloed afgenomen,' zei Emily als verdoofd.

Zaron boog zich al naar haar toe en tilde haar op. Ondanks zijn woede was hij teder; hij damde zijn onmenselijke kracht in terwijl hij haar tegen zijn borst gedrukt hield.

Omringd door zijn warmte en zijn geur begon Emily te trillen. Ze sloeg haar armen om zijn nek, verborg haar gezicht tegen zijn schouder en probeerde de tranen binnen te houden die in haar ogen brandden. Ze voelde zich zowel euforisch als overweldigd. Het was geweldig om Zaron weer te zien, maar wat hij had gedaan, kon ze niet zo één-twee-drie loslaten.

Na bijna twee maanden gekmakend verlangen was ze weer samen met de man van wie ze hield – een buitenaardse jager die bijna twee mensen had vermoord.

'Hou je vast,' zei Zaron, en Emily voelde zijn spieren opbollen. Instinctief verstevigde ze haar grip om zijn nek, en toen vlogen ze weg – of zo leek het tenminste heel even. Voordat ze echt doorhad wat er gebeurde, stonden ze op de begane grond van het gebouw, naast het gat in de vloer.

Zaron was vanuit de kelder omhoog gesprongen met haar in zijn armen, besefte Emily wazig. Op ieder ander moment zou ze hem hierom hebben bewonderd, maar iets anders trok op dit moment haar aandacht.

Overal om haar heen lagen lichamen. Mensenlichamen. Lang en kort, dik en dun, gewapend en ongewapend. Ze lagen in vreemde houdingen op de grond, hun gezichten verlicht door de zon die door het geopende dak naar binnen scheen.

'Zijn ze…' Emily kon het woord niet over haar lippen krijgen. Ze gaf een duw tegen Zarons borstkas en keek hem aan. 'Zaron, zijn ze…'

'Ze slapen,' zei hij, en hij verstevigde zijn grip op haar. 'Ik heb ze bewusteloos geslagen om erger te voorkomen.'

Emily legde haar hoofd op zijn schouder en ademde trillerig in. De opluchting overspoelde haar. Ze wist niet of ze met zichzelf had kunnen leven als de Krinar van wie ze hield een massamoordenaar bleek te zijn.

'Waar neem je me mee naartoe?' vroeg ze toen hij over een paar lichamen heen stapte met haar in zijn armen.

'Dat merk je vanzelf,' zei Zaron, en ze voelde zijn spieren aanspannen voor alweer een grote sprong.

Ze landden op wat er over was van het dak en Emily voelde de warme zomerlucht op haar huid. Haar longen zetten uit om lucht naar binnen te zuigen en de claustrofobische spanning op haar ribbenkast ebde weg, tezamen met haar resterende twijfel.

Ze was eindelijk weer samen met Zaron.

Hij was haar komen halen.

'Hoe heb je me gevonden?' vroeg ze, en ze keek hem aan.

Haar hartslag versnelde bij het zien van de blik in zijn ogen. Zaron keek naar haar met onverhulde bezitterigheid, een zo intense wellust dat ze helemaal week werd vanbinnen.

'De nanocyten die ik gebruikt heb om je te genezen,' zei hij, en het duurde even voordat Emily weer wist dat ze een vraag had gesteld waarop hij nu antwoord gaf. 'Ik kon ze opsporen.'

'O.' Iets daaraan voelde niet helemaal prettig, maar voordat ze hem verder kon uithoren, draaide hij zich naar links, met haar in zijn armen, en zag ze iets vreemds.

Op het resterende dak van het pakhuis stond een klein, bolvormig, ivoorkleurig ding van een vreemd materiaal, volkomen glad.

'Is dat...'

'Ons vervoermiddel, inderdaad,' zei Zaron en hij liep ernaartoe. Toen hij erheen liep, ging de bol aan een kant open om een doorgang naar binnen te geven.

Zaron stapte naar binnen en zette Emily voorzichtig op een van de twee zwevende planken. De plank vormde zich onmiddellijk naar haar lijf, van haar rug tot aan haar billen. Het was enorm comfortabel en voor het eerst realiseerde Emily zich hoe erg ze de intuïtieve Krinar-technologie had gemist.

'Vliegen we ergens heen?' vroeg ze, om zich heen kijkend. De wanden van de bol waren van binnenuit transparant, waardoor ze het idee kreeg dat ze in een grote glazen bol zat. Het had haar angst moeten aanjagen, maar ze voelde zich juist licht en vrij. Ze voelde zich niet opgesloten binnen deze doorzichtige wanden, hoewel ze nu net zozeer een gevangene was als daarnet in de kelder. Zaron zou haar niet weer laten gaan, dat wist ze op de een of andere manier zeker, maar het beangstigde haar niet.

Ze wilde nooit meer zonder hem zijn.

'We gaan terug naar Costa Rica,' zei Zaron, en hij ging zitten op de andere plank. 'Er is daar een nieuwe Krinar-nederzetting die Lenkarda heet. Het is niet ver van mijn huis – óns huis.'

'En mijn kat?' Er waren miljoenen relevantere vragen, maar nu maakte ze zich blijkbaar zorgen over George.

'We gaan hem even halen,' zei Zaron zonder aarzeling, waaruit ze opmaakte dat hij dit al van plan was geweest.

Haar intuïtie had het bij het rechte eind: hij liet haar niet meer gaan.

'En mijn appartement?' vroeg Emily. Nu de adrenaline van haar gewelddadige redding naar de achtergrond verdween, kwamen er allerlei vragen in haar op. 'En mijn spullen? Waar moet ik van leven als...'

'Emily.' Zaron draaide zich om op zijn plank om haar aan te kijken. Met haar hand in zijn grote, warme handen zei hij zachtjes: 'Je hoeft je nergens zorgen over te maken, engel. Ik zorg voor je.'

Emily staarde hem aan. Haar gedachten tolden door haar hoofd. Er had sinds de dood van haar ouders niemand meer voor haar gezorgd. 'Maar...'

'Sst,' mompelde hij, en hij hief zijn hand om haar wang te strelen. Ze zag naast bezitterigheid nu ook tederheid in zijn blik; de wellust werd getemperd door zachtheid en warmte. 'Je hoeft niet bang te zijn, engel. Je bent niet meer alleen.'

Ze ademde diep in. Er prikten plotseling tranen achter haar ogen. 'Zaron...'

'We praten verder als we thuis zijn,' zei hij, en ze knikte, te geëmotioneerd om ertegen in te gaan.

Met een lichte, geluidloze duw stegen ze op. Emily's adem stokte toen ze over New York zweefden, zo snel dat ze de afstand van Queens naar Manhattan aflegden in minder dan een minuut. Zo snel accelereren zou haar een whiplash hebben moeten opleveren, maar ze voelde er niets van. Het ging zo soepel en makkelijk alsof ze maar tien kilometer per uur vlogen.

Ze landden op het dak van haar appartementengebouw en Zaron stapte uit. 'Blijf hier. Ik ben zo terug,' zei hij, en voor Emily kon protesteren, verdween hij achter een schoorsteen.

Emily stapte uit de bol en begon hem te volgen, maar voordat ze tien stappen had gezet, was Zaron al terug, met een geschrokken kijkende George in zijn armen. Toen hij haar zag mauwde de kat luid en Emily nam hem van Zaron over. Ze lachte toen hij haar een mepje verkocht omdat ze hem door een vreemde had laten meenemen.

'Waar is zijn kattenbak?' vroeg ze aan Zaron toen George zich opkrulde in haar armen en begon te spinnen. 'En zijn eten en speeltjes en...'

'Ik zorg voor alles wat hij nodig heeft,' zei Zaron. Hij legde zijn hand op haar onderrug om haar terug te leiden naar de vliegende bol. 'We moeten nu gaan. Ik denk dat we gezien zijn.'

Inderdaad hoorde Emily verderop het zwiepen van helikopters en het joelen van sirenes. Hadden de agenten in Queens melding gemaakt van Zarons aanval? Zou dit beschouwd worden als een schending van het verdrag? Emily wilde het vragen, maar Zaron duwde haar al de vliegbol in en sloot de toegang. Ze zat nog maar net met George op schoot toen de bol opsteeg en al snel hoog boven de stad vloog.

De wolken onder hen werden een waas en George mauwde gestrest. Emily streelde hem kalmerend, want ze begreep dat dit alles heel eng was voor een kat die nog nooit buiten Manhattan was geweest. Zelfs zij vond het onwerkelijk om op zo hoge snelheid door de lucht te bewegen in een glazen bol.

'Hoelang duurt de reis?' vroeg ze.

Zarons volle lippen krulden tot een glimlach. 'We zijn er al,' zei hij, en toen besefte ze dat de bol aan het landen was boven het groene bladerdak van het oerwoud. Ze hadden binnen een paar minuten de afstand van New York naar Costa Rica afgelegd.

Ze landden op een open plek naast de kleine berg waar Zarons huis in zat. Op een vreemde manier voelde het voor Emily alsof ze thuiskwam. Ze was hier nog geen drie weken geweest, maar de frisse, vochtige lucht en de weelderige begroeiing waren als een natuurlijke habitat voor haar, waarin ze zich levend en vervuld voelde op een manier die in de drukke straten van New York niet mogelijk was.

Ze stapte uit de bol met George tegen haar borst en volgde Zaron de verborgen grot in waar hij zijn huis had gebouwd.

Binnen was alles nog precies zoals toen ze wegging, van het zwevende meubilair tot aan de ivoorkleurige muren. Het gat in de muur ging achter Zaron dicht en Emily bukte zich om George op de vloer te zetten. Hij keek er even onzeker bij, maar toen kwam zijn gebruikelijke moed terug en ging hij op verkenning uit in zijn nieuwe huis.

Emily kwam weer overeind en keek Zaron aan. Haar hartslag versnelde. Zaron keek haar behoedzaam aan, zijn mooie gezicht strakgespannen.

Dit was het dan. Ze hoefden nergens naartoe, hoefden nergens anders te zijn.

Het was alleen zij tweeën en de spanning die in de lucht gonsde, een aantrekking met zoveel kracht dat Emily hem voelde als statische elektriciteit op haar huid.

'Zaron...' Ze wist niet of zij degene was die naar

hem toe stapte of dat hij degene was die als eerste bewoog, maar het maakte niet uit, want ze bevond zich ineens in zijn armen en zijn mond verslond haar met een rauwe, veeleisende honger terwijl zijn handen over haar lichaam gingen. Zijn smaak, zijn geur, zijn aanraking... Dit was het enige waar ze de afgelopen zeven weken van gedroomd had, en de werkelijkheid was nog mooier dan haar herinneringen. Zijn tong gleed tussen haar lippen en hij nam met ongebreidelde passie bezit van haar mond, en ze voelde de hardheid van zijn erectie terwijl hij haar tegen zich aan trok, waarbij hij haar benen spreidde om met zijn onderlijf tegen haar verlangende kutje te wrijven. Zijn spijkerbroek en haar yogabroek zaten tussen hen in, maar ze konden net zo goed helemaal naakt zijn. Het voelde alsof ze in vuur en vlam stond, en bij elke beweging van zijn heupen ging er een overweldigend genot door haar heen. Haar harde tepels duwden tegen de binnenkant van haar beha en haar clitoris was gezwollen en gevoelig; alles in haar pulseerde van verlangen.

Ze kreunde in zijn mond en greep met haar vuisten zijn dikke, zachte haar vast in een poging nog dichterbij te komen. Ze had meer nodig van dit, meer van hem. In de verte registreerde in de verte een scheurend geluid en plotseling lagen allebei hun shirts op de vloer en duwden haar naakte borsten tegen zijn borstkas. Het huid-op-huidcontact was zo fijn dat het bijna orgastisch was. Ze hadden hun broeken echter nog steeds aan, en Emily vond dat vreselijk. Elke barrière was te veel. Alsof hij dat aanvoelde liet Zaron haar langs zijn gespierde lichaam naar beneden glijden, en het volgende moment lagen haar yogabroek en haar onderbroek om haar enkels.

Ze schopte haar schoenen uit en stapte uit de broek. Zaron draaide haar om en duwde haar voorover zodat ze op handen en voeten op de vloer stond. Ze hoorde zijn rits opengaan en toen was hij achter haar en over haar heen, met één gespierde onderarm onder haar heupen om haar op haar plek te houden, terwijl de andere hand haar haar vastpakte. Zijn greep was ruig en bezitterig, zijn ademhaling zwaar in haar hals, en haar spieren spanden zich aan toen ze zijn gladde, brede eikel tegen haar schaamlippen voelde duwen. Hij was zoveel groter dan zij, zoveel sterker. Ook als hij een mens was geweest, was ze weerloos geweest in zijn armen.

'Je bent van mij,' zei hij rasperig in haar oor, en er ging een rilling door haar heen. 'Dit mooie roze kutje is van mij. Alles van jou is van mij. Ik ga je neuken tot je vergeet hoe het was om me níét in je te voelen, engel... totdat je nooit, maar dan ook nooit meer weg wilt gaan.'

Zijn belofte maakte haar zowel bang als opgewonden, maar voordat ze kon reageren duwde hij zich al in haar, met één harde stoot. De lucht werd uit haar longen gestoten en haar weefsel schokte ervan. Ze was nat, maar ze voelde zich alsnog heel erg uitgerekt en overweldigd, want haar lichaam was niet meer gewend aan zijn formaat. Toch bleef het brandende verlangen ook; het genot en het ongemak bestonden naast elkaar.

'Zaron, alsjeblieft...' Ze wist niet waar ze om smeekte, maar hij leek het wel te begrijpen. De arm onder haar heupen verschoof en zijn vingers vonden haar kutje, waar hij haar gladde lippen spreidde en zonder omwegen haar gevoeligste plekje wist te vinden. Emily's ongemak verdween, haar ademhaling versnelde en haar ruggengraat spande aan toen hij op een steady tempo begon te stoten. Elke krachtige stoot van zijn pik duwde haar clitoris tegen zijn vingers aan.

'Van mij,' zei hij, en zijn tanden gingen over de gevoelige huid van haar hals. De spanning bouwde zich in haar op tot ongekende hoogte. Heel even kreeg ze geen adem en was ze verblind, en toen schoot het orgasme door haar heen. Het genot was duister, gloeiend en verpletterend intens. Het leek eeuwig voort te duren, verlengd en versterkt door het stoten van Zarons pik. Er liep een straaltje zweet over haar rug en ze krulde haar tenen terwijl hij haar door haar climax heen bleef neuken, en net toen het genot begon weg te zakken, kneep hij in haar pulserende clitoris en gaf haar onmiddellijk een tweede orgasme.

De golven van genot waren zo overweldigend dat het Emily volslagen verraste toen Zaron met een wilde grom diep in haar stootte, opzwol en klaarkwam. Zijn stoten zorgden voor een serie naschokken, en ze kreunde en spande haar spieren aan toen zijn zaad in meerdere warme scheuten in haar kwam.

Uitgeput probeerde ze zich op de vloer te laten

zakken, maar Zaron stond dat niet toe. Hij tilde haar op, nam haar mee naar de douche en waste haar gevoelige lichaam helemaal schoon, met zachte, tedere bewegingen.

Toen ze schoon was en een roze jurk aanhad die Zaron haar had gegeven, had Emily maar net genoeg energie om rechtop aan de zwevende keukentafel te zitten terwijl Zaron bij het huis eten voor haar bestelde. Het duurde maar een paar minuten voor het er was en Emily viel er meteen op aan; ze had honger alsof ze weken niet gegeten had.

'Hoe wist je dat ik zo'n honger had?' vroeg ze nadat ze het merendeel van haar salade en een heerlijke stoofpot op had. Het was een triviale vraag, maar ze kon zichzelf er niet toe zetten de belangrijke vragen te stellen, zoals waarom Zaron haar was komen halen en wat hij wilde. Het eten gaf haar energie, maar haar lichaam pulseerde nog steeds van de manier waarop hij haar in bezit had genomen, en haar wangen werden rood toen George op haar schoot sprong en aan haar kruis snuffelde, waarna hij luid mauwde. Emily vermoedde dat hij Zaron kon ruiken, en dat dat hem niet zo beviel.

'Je maag rommelde,' zei Zaron. Hij was net als zij gekleed in een schoon setje kleren – een spijkerbroek en een wit T-shirt – en hij zag er ongelofelijk sexy uit terwijl hij zo tegenover haar zat, zijn donkere ogen op haar gericht met een bezitterige intensiteit. 'Ze hebben je niets te eten gegeven zeker?'

'Jawel, vanmorgen, maar ik heb het niet binnengehouden,' zei Emily. 'Ik werd misselijk van het middel dat ze me gaven.'

Zarons kaak verstrakte. 'Je had me ze moeten laten vermoorden.'

Emily's hartslag schoot omhoog en ze boog zich omlaag om George van de grond te pakken. 'Zaron...' Ze ging rechtop zitten en keek hem aan. 'Wat is jouw soort precies voor soort?'

'Wat bedoel je?' vroeg hij fronsend.

'Zijn jullie...' Ze kon het nauwelijks over haar lippen krijgen. 'Zijn jullie een soort vampiers?'

Hij keek haar scherp aan. 'Waarom vraag je dat?'

'Ik heb een gesprek opgevangen tussen jou en Ellet,' zei Emily en ze duwde haar bord opzij. 'En toen...' Ze beet op haar lip. 'Nou goed, ik weet vrij zeker dat wat je de nacht voor ik wegging hebt gedaan, geen normale seks was.'

'Je wist het en toch liet je het toe?'

'Wat is "het" precies?' vroeg Emily gefrustreerd. 'Heb ik gelijk, heb je mijn bloed gedronken?'

Zaron vouwde zijn armen voor zijn borst en leunde achterover. 'Ja... en nee.' Zijn ogen schitterden als donkere edelstenen. 'Mensenbloed bevat een hemoglobine dat we ooit nodig hadden voor onze overleving, maar we hebben onze genetische code zodanig veranderd dat we het niet meer nodig hebben. Tenminste niet fysiek. Er blijft wel een psychisch verlangen bestaan, en als we nu bloed drinken, zorgt het voor een soort high, een soort seksueel genot.'

Emily's mond werd droog. 'Je... wordt high van mijn bloed?'

'Ja, maar alleen als ik het neem tijdens de seks. Dus maak je geen zorgen, engel. Ik zal je niet zomaar ineens bijten. Hoewel je het vast prettig zou vinden als ik het deed, want ons speeksel heeft een vergelijkbaar effect op onze prooi als jullie bloed op ons. Daarom vond jij het die twee keer dat ik het gedaan heb ook fijn.'

Onze prooi. Er ging een rilling over Emily's ruggengraat en ze moest een boze reactie onderdrukken. Het was één ding dat ze vermoedens had, maar dat hij ze zo achteloos bevestigde...

'Ik snap het niet,' zei ze. 'Hoe kan mensenbloed een stofje bevatten dat jullie soort nodig heeft? Dan zouden we samen met jullie hebben moeten evolueren, maar je zei dat de Krinar veel ouder zijn dan onze soort. Tenzij...' Ze ademde scherp in. 'Tenzij er op jullie planeet een soort was die op ons leek en jullie ons DNA zo hebben vormgegeven dat het lijkt op dat van die soort?'

'Heel goed,' zei Zaron bewonderend. 'Je zou een uitstekende bioloog zijn. Dat klopt precies. Op Krina leefde er een primaatachtige soort, de Ionar, waar mijn voorvaderen op joegen. Hun bloed bevatte ook het hemoglobine dat wij nodig hadden. Het waren helaas zwakke, fragiele wezens, met een laag geboortecijfer en een korte levensduur. Toen ze door een plaag haast werden uitgeroeid, realiseerden we ons dat we een alternatief nodig hadden. Mensen, of eigenlijk de primaten van wie jullie afstammen, zouden het alternatief moeten zijn. Maar toen bleek dat we die niet meer nodig hadden. Tegen de tijd dat de primaten op aarde ver genoeg waren geëvolueerd om het hemoglobine te hebben, hadden we synthetische bloedvervangers uitgevonden, en ook al onze genen gewijzigd zodat we er niet meer van afhankelijk waren.'

'Waarom zijn jullie dan toch doorgegaan met jullie te mengen in onze evolutie?' vroeg Emily verward. 'Dat hebben jullie toch gedaan? Anders zouden de mensen niet zo op jullie lijken.'

Zaron knikte. 'Ja. Toen we jullie bloed niet meer nodig hadden, veranderde het doel van ons experiment. Onze wetenschappers besloten te proberen of ze een Krinar-achtige soort konden laten ontstaan.'

'Is dat de soort die we vandaag de dag kennen als de *Homo sapiens?*'

'Ja, precies.' Hij zag er verrukt uit dat Emily het begreep en ze vroeg zich af of dat betekende dat hij verbaasd was over haar intelligentie. Toen kwam er een vreselijke gedachte in haar op.

Wat als Zaron haar zag als een buitengewoon slimme aap, of als een genetisch experiment?

Haar longen stopten ermee en haar maag trok zich even samen, maar toen herinnerde ze zich dat Zaron haar in vertrouwen had genomen over de dood van zijn partner, en dat hij niet wilde dat Emily wegging, maar haar toch had laten gaan.

Ze herademde. Die zorg was ongegrond. Hoe de Krinar ook tegen hun soort aankeken, Zaron zag Emily niet als een laboratoriumdier. Dat wist ze zeker.

Alsof hij aanvoelde waar haar gedachten naartoe gingen, leunde Zaron naar haar toe en pakte haar hand. 'Emily... Luister, engel.' Zijn stem klonk zacht, maar zijn blik was intens. 'Ik weet dat ik en mijn soort nieuw voor je zijn en dat je dat soms kan beangstigen. Maar je hebt niets om bang voor te zijn, dat verzeker ik je. Ik zal je geven wat je maar nodig hebt en ik zal alles doen wat ik kan om te zorgen dat je gelukkig en veilig bent.' Zijn ogen schitterden vervaarlijk toen hij eraan toevoegde: 'Niemand zal je ooit nog pijn doen.'

Emily ademde huiverend in. 'Zaron...' Met een brok in haar keel vervolgde ze: 'Waarom ben je me komen halen?'

'Omdat je van mij bent,' zei hij, en zijn hand klemde zich om haar vingers. 'Omdat je van mij bent sinds het moment dat ik je op die rotsen zag liggen, waar je je met alles wat in je was vastklampte aan het leven. Ik wist het toen nog niet, maar toen ik je redde – toen ik je je leven teruggaf – gaf jij me ook mijn leven terug, Emily.'

De brok in haar keel werd groter en haar ogen brandden toen Zaron opstond en om de zwevende tafel heen liep, waarbij hij zijn grip op Emily's hand gebruikte om haar omhoog te trekken en tegen zich aan te drukken. Hij keek op haar neer en nam haar beide handen in de zijne en bracht ze naar zijn borst.

De rauwe kwetsbaarheid in zijn blik raakte haar tot in haar ziel.

'Nadat ik Larita had verloren, leefde ik in het donker,' zei hij zachtjes. 'Mijn wereld was zo leeg en grauw dat het zelfs moeite kostte om elke ochtend op te staan. Er waren dagen dat ik dacht dat ik het niet zou redden en avonden waarop ik...' Zijn krachtige keel bewoog omdat hij slikte. 'Avonden waarop ik het niet wílde redden.'

'O, Zaron.' Emily voelde zich alsof haar borst was opengereten. 'Het spijt me zo...'

'Nee, dat hoeft niet.' Hij kneep in haar handen. 'Je begrijpt me verkeerd, engel. Ik verlang geen medelijden. Ik wil alleen maar dat je het begrijpt.'

'Wat moet ik begrijpen?' fluisterde Emily, en ze knipperde om het waas van tranen van haar ogen te krijgen. Haar hart bonsde in een snel, oppervlakkig ritme, en de warme gloed in zijn blik deed haar adem stokken in haar keel.

'Waarom ik van je hou,' zei hij. 'Waarom ik je elke dag van de rest van mijn leven bij me wil. Je hebt me teruggegeven wat ik dacht nooit meer te zullen hebben, en ik kan het niet aan om dat kwijt te raken, Emily. Ik kan het niet aan om jóú kwijt te raken. Ik heb je twee maanden geleden laten gaan omdat ik het je had beloofd, maar ik kan dat niet nog eens. Ik heb je nodig, engel. Ik heb je voor altijd nodig.'

'Je...' Emily's stem brak en de tranen stroomden over haar hangen. 'Je hebt me, Zaron. Ik ben hier. Ik hou van je en ik ben van jou, zolang als je me wilt. Het spijt me. Het spijt me dat ik ben weggegaan. Ik dacht dat het moest, ik zei tegen mezelf dat het een rationele beslissing was, maar het was de angst die sprak. Ik wilde niet dat jij me zou verlaten, dus besloot ik zelf weg te gaan...'

'En ik liet je gaan omdat ik ook bang was,' zei Zaron, en hij omvatte haar handen nog steviger. 'Ik was bang dat ik je zou verliezen zoals ik ook Larita had verloren. Daarom probeerde ik het niet uit te leggen, ik probeerde je niet te overtuigen van wat ik je te bieden had.' Zijn mond vertrok tot een bittere glimlach en hij liet haar handen los en liet zijn armen langs zijn zij vallen. 'Ik had het mandaat de vinger moeten geven en je de waarheid moeten vertellen, maar in plaats daarvan zweeg ik als een lafaard en liet ik je uit mijn leven weggaan.'

'Waar heb je het over?' fluisterde Emily en ze keek hem verward aan. Ze voelde zich koud nu hij haar had losgelaten, als een verlaten kind. 'Je hebt me wél gevraagd te blijven. Wat heeft het mandaat ermee te maken?'

'Niets. Niet echt.' Zijn stem klonk geknepen. 'Het was al die tijd niet meer dan een laf excuus. Ik dacht dat ik je niet alles kon vertellen omdat als je me zou verlaten, ik het mandaat zou hebben geschonden. Maar het was alleen maar mijn angst die sprak.' Hij ademde diep in. 'Het spijt me, engel. De waarheid is dat ik je heb laten gaan omdat ik verliefd op je was geworden en omdat ik het vooruitzicht niet aankon je ooit te zullen verliezen… Dat jou iets zou overkomen waardoor je me zou worden afgenomen.'

'O, Zaron…' Emily kon het niet langer aanhoren. Ze deed een stap naar hem toe, pakte zijn grote handen in de hare en trok ze naar haar borst, net zoals hij haar had vastgehouden. De tranen welden weer op. De bitterzoete blijdschap om zijn bekentenis zorgde opnieuw voor een brok in haar keel. 'Je zult me verliezen, dat is onvermijdelijk,' zei ze schor. 'Maar dat betekent nog niet dat we niet tot die tijd samen kunnen zijn… en van elkaar houden. Een paar jaar is beter dan…'

'Nee, engel.' Tot Emily's verbazing krulden Zarons mondhoeken omhoog in een glimlachje. 'Je begrijpt het nog steeds niet.' Hij trok voorzichtig zijn handen uit de hare en pakte haar schouders vast. Zijn aanraking was warm en teder bezitterig. 'Het gaat niet om maar een paar jaar. Als je helemaal van mij bent…'

'Wat?' Emily staarde hem aan. Hij kon niet bedoelen dat…

'Er is nog een soort nanocyten, veel geavanceerder en complexer dan wat ik heb gebruikt om jou te genezen,' zei Zaron met glanzende ogen. 'Die nanocyten zijn ontworpen om celschade en DNA-schade oneindig te repareren.'

Emily deed haar mond open, maar klapte hem weer dicht. Hoofdschuddend zette ze een stap naar achteren, en ze bewoog haar schouders om Zaron te dwingen ze los te laten. 'DNA-schade repareren? Je…' Ze kwam haast niet uit haar woorden. 'Wat je nu zegt, is zoiets als biologische onsterfelijkheid.'

'Ja.' Hij pakte haar pols vast zodat ze niet nog verder van hem weg kon stappen. 'Dus dat betekent, engel, dat het meer is dan een paar jaar, als je mijn charl wordt.'

'Je wat?' Emily's hoofd tolde.

'Charl,' herhaalde hij. 'Zo noemen we mensen die we in onze samenleving opnemen. Het doet er echter niet toe hoe het heet. Waar het om gaat, is wat het je oplevert: toegang tot de nanocyten en een leven zonder ziekte en veroudering. Je kunt duizenden jaren of nog langer leven als mijn partner.'

'O mijn god, Zaron...' Wat hij zei was ongelofelijk, maar als het waar was... 'Kunnen jullie ons onsterfelijk maken?'

Hij schudde zijn hoofd. 'Niet iedereen. Alleen degenen die we als charl nemen, zoals ik bij jou doe.'

'Maar als deze technologie bestaat...'

'Emily.' Hij liet haar pols los en omvatte haar gezicht met zijn handen. Hij keek naar haar, wreef met zijn duimen zachtjes haar tranen van haar wangen en zei zachtjes: 'Luister, engel. Ik begrijp hoe dit op jou overkomt, maar ik kan niets doen voor de totale menselijke soort. Dat is aan de Raad en de Ouderen. Misschien is het op een dag mogelijk om onze technologie te delen met jullie soort, maar tot die tijd kunnen we deze nanocyten alleen geven aan onze charls. Ik kan ze alleen aan jou geven.'

Emily staarde naar hem en vouwde haar armen om zijn polsen. Zijn botten waren stevig en dik, net zo sterk als hijzelf. Ze wist niet wat ze hiervan moest denken, hoe ze wat hij zei moest interpreteren. Moest ze zelfzuchtig blij zijn dat Zaron haar dit ongelofelijke geschenk gaf, of moest ze het heel erg vinden dat de Krinar de rest van de wereld dit níét gaven? Hoeveel levens konden er met deze technologie gered worden? Hoeveel lijden kon er worden voorkomen? Haar hart bloedde voor alle mensen op de wereld die ziek werden en doodgingen, in het besef dat zij niet een van die mensen zou zijn.

Ze zou nooit een van die mensen zijn, want zij hoorde bij Zaron.

In plaats van een paar jaar, zoals ze had gedacht, zouden ze een eeuwigheid samen hebben.

'Niet huilen, engel,' fluisterde hij, en Emily realiseerde zich dat er weer tranen over haar wangen stroomden. Haar handen omklemden trillend zijn polsen. Hij boog zijn hoofd en kuste de tranen van haar wangen, maar ze bleven komen. Haar emoties zaten zo hoog dat ze er niets aan kon doen. Het was blijdschap vermengd met schuldgevoel omdat wat haar toeviel, bijna niemand anders gegund was. Haar vrienden zouden oud worden en doodgaan, terwijl zij bleef zoals ze nu was, samen met de man van wie ze hield.

Ze probeerde te stoppen met huilen en draaide haar hoofd weg van Zarons lieve kusjes, maar zijn lippen vingen de hare en het verlangen dat tussen hen knetterde werd weer aangewakkerd, waardoor haar gedachten vertroebeld raakten. Er kwam een kreun uit haar mond en zijn kus werd wild en verlangend; zijn tong drong haar mond binnen terwijl hij haar tegen een muur drukte, en met een van zijn handen hield hij haar beide polsen vast boven haar hoofd terwijl hij met de andere de rits van zijn spijkerbroek open frommelde om zijn harde pik te bevrijden. Hij bleef haar kussen terwijl hij haar polsen losliet en haar met twee handen onder haar benen vastpakte en van de grond tilde. Emily hield zich vast aan zijn schouders, overweldigd door wat hij deed. Ze had geen ondergoed aan, en de dikke kop van zijn pik duwde tegen haar naakte kutje, waardoor het vuur in haar nog meer werd opgestookt.

'Zaron,' gromde ze, en ze boog haar hoofd naar achteren terwijl zijn lippen over haar kaak gleden, waar hij een heet, vochtig spoor achterliet. Toen voelde ze het: een scherpe pijn bij het maken van een snee in de tere huid van haar keel.

'Van mij,' zei hij rasperig. Hij duwde zijn mond op de wond en ze raakte van de wereld; ze werd verzwolgen door een extase waarin ze samen helemaal opgingen.

HOOFDSTUK NEGENENDERTIG

PAS DE VOLGENDE MORGEN, TOEN EMILY WAKKER WERD naast Zaron, kwam ze eraan toe om alles te verwerken.

Hij lag op zijn zij naar haar te kijken toen ze haar ogen opendeed. De bezitterige blik in zijn ogen vervulde haar met een verwarrende mix van opgetogenheid en onbehagen.

Ze was nu van Zaron. Voor altijd. Hij had het niet op die manier gezegd, maar ze wist dat hij haar nu onder geen beding meer zou laten gaan, zelfs niet als ze erom smeekte. En dat was echt niet alleen omdat hij het mandaat had geschonden door haar alles te vertellen over de medische technologie van de Krinar.

Hij zou haar hier houden omdat hij haar nodig had – en omdat hij wist dat zij hem ook nodig had.

'Goedemorgen, engel,' mompelde hij. Hij streek een lok haar uit haar gezicht en Emily kreeg het warm bij de herinnering aan wat er gisteren was gebeurd. Hij had weer haar bloed gedronken, en de seks die daarop volgde, was ongelofelijk. Ze herinnerde zich er nu meer van dan de eerste twee keer, misschien omdat haar lichaam gewend raakte aan wat zijn speeksel met haar deed, en ze herinnering maakte haar weer opgewonden. Zaron was onverzadigbaar geweest; hij had haar op elke mogelijke manier genomen, en ze had er immens van genoten. Haar lichaam verlangde opnieuw naar alle vunzige, verdorven dingen die hij met haar had gedaan.

'Heb je honger?' vroeg hij.

Emily knikte, de beelden uit haar hoofd wegduwend. 'Zo terug,' zei ze en ze sprong van het bed. Ze negeerde de hongerige blik waarmee hij haar volgde toen ze naakt naar de badkamer liep.

Toen ze een paar minuten later weer terugkwam, had Zaron ongebruikelijke kleding aan: een mouwloos ivoorkleurig shirt en een losjes vallende witte broek tot de knie. In de simpele kleding zag je nog beter hoe krachtig gebouwd hij was. Het zachte materiaal volgde de lijnen van zijn spieren op een manier waardoor het water haar in de mond liep. Bovendien stak de lichte kleur van de kleding bijzonder mooi af tegen zijn bronskleurige huid. Hij zag er oogverblindend uit en Emily slikte toen hij naar haar toe liep, met zijn lippen in een verleidelijke glimlach geplooid.

'Dit is Krinar-kleding,' zei hij toen hij haar zag staren. 'Ik heb voor jou ook een setje.'

Hij gaf haar een zalmroze jurk met dunne bandjes en een laag uitgesneden rug. Emily trok hem aan en genoot ervan hoe soepel hij om haar lichaam viel. Het lichtgewicht materiaal leek op dat van de jurken die hij haar eerder had gegeven, maar de pasvorm was anders. De jurk was tegelijkertijd sexy en verhullend: de vorm van haar borsten kwam mooi uit zonder dat haar tepels te zien waren, de rok volgde de lijn van benen en kwam tot een paar centimeter boven de knie.

'Wat mooi,' zei ze toen Zaron in het Krinar een commando gaf en een van de muren een spiegel werd, zodat ze zichzelf kon zien. 'Dank je wel.'

'Graag gedaan.' Hij kwam achter haar staan en legde zijn handen op haar schouders. Er ging een rilling over haar ruggengraat toen ze zijn warme handpalmen op haar blote huid voelde. Hun weerspiegeling toonde duidelijk alle verschillen. Zaron was een kop groter dan zij en op en top mannelijk: zijn brede, gespierde schouders waren twee keer zo breed als zij. Hoewel Emily geen opvallend tenger type was, zag ze er in vergelijking met hem petite uit. Naast haar bleke huid en blonde haar was zijn getinte verschijning nog exotischer.

Voor het eerst drong tot haar door dat zij voor Zarons soort een vreemdeling zou zijn. Nee, geen vreemdeling, maar een alien – ze was van een andere soort.

Haar maag trok gespannen samen en Emily draaide zich om om hem aan te kijken. 'Zaron…' Haar stem klonk onvast. 'Waar wil je samen gaan wonen?'

'Het komende jaar gewoon hier,' zei hij glimlachend. 'Als ik niet meer nodig ben in Lenkarda, kunnen we samen besluiten waar we gaan wonen. We kunnen hier blijven, naar Krina gaan of in een van jullie steden gaan wonen, hoewel dat laatste niet mijn voorkeur heeft.'

'Zou je met me in New York gaan wonen?' vroeg Emily verbaasd. Mensen gedroegen zich zo vijandig tegenover de Krinar dat het nooit in haar was opgekomen dat ze samen in Manhattan zouden kunnen leven.

'Als de gemoederen kalmeren zou dat kunnen, ja. Anders zou het niet veilig zijn voor jou.'

'Voor mij?' vroeg Emily fronsend. 'Ik denk niet dat die agenten nog achter me aan zouden durven komen. Ik maakte me juist zorgen om jou, gezien de onrust op straat...'

'Ik kan wel voor mezelf zorgen,' zei hij met een wegwuifgebaar. 'En nee, ik denk niet dat de overheid je nog eens aan de tand zal voelen, maar er zouden weleens verzetsgroepen kunnen ontstaan die het niet fijn vinden dat je met een Krinar gaat.'

'Ah.' Ze had daar niet aan gedacht, maar Zaron had gelijk. Als iemand erachter kwam wat zij met Zaron had, zou ze een doelwit worden voor anti-K-groeperingen. Ze zouden haar als een verrader bestempelen – en ze zouden nog gelijk hebben ook, dacht ze met een steek van schuldgevoel.

Ze heulde met de vijand. Een vijand die haar in ruil daarvoor een ongelofelijk cadeau gaf.

'Maak je geen zorgen,' zei Zaron, die haar zorgelijke blik verkeerd interpreteerde. Hij streek teder over haar wang. 'Niemand zal je een haar krenken, engel. Dat beloof ik.'

'Weet ik.' Emily legde haar hand over de zijne en duwde hem tegen haar wang. Er kwam een warm gevoel in haar borstkas bij het zien van de liefde in zijn ogen. 'Dat weet ik, Zaron.'

Zijn glimlach kwam terug, breder dan ze hem ooit gezien had. 'Daar ben ik blij om. Kom, laten we wat eten – en je kat zien te vinden.'

George lag lekker te relaxen op een van de zwevende banken in de woonkamer. Hij leek het wel naar zijn zin te hebben. Toen Emily informeerde naar zijn voer, zei Zaron dat hij het huis opdracht had gegeven om George regelmatig eten te geven, en om te zorgen dat hij zijn behoefte kon doen.

'Hoe heeft het huis daar dan voor gezorgd?' vroeg Emily vermaakt, en Zaron vertelde dat er een speciaal plekje voor was ingericht. Emily stond erop dat ze het mocht zien, dus nam hij haar mee naar een kamer waar ze nog nooit was geweest. De vloer was bedekt met aarde.

'Zaron, dit is enorm,' zei ze. 'Heeft je huis deze kamer helemaal voor hem alleen gemaakt?'

Hij knikte. 'Ik wil dat George zich hier ook thuis voelt,' zei hij op serieuze toon, waarna hij zich bukte om de kat op te pakken, die hen de kamer in was gevolgd. 'Ik zal hem later vandaag mee naar buiten nemen om te jagen op muizen en vogels. Zijn soort heeft dat nodig.'

Emily's mond viel open. 'Je neemt mijn kat mee uit jagen in de jungle?'

'Ja, maar maak je geen zorgen.' Zaron hield George tegen zijn borst gedrukt, de pogingen van het dier om te ontsnappen waren tot mislukken gedoemd. 'Ik ben snel genoeg om hem bij te houden, dus hij kan niet wegrennen en ik zal ook zorgen dat hij niet gewond raakt. Ik weet dat het een huiskat is.'

En daarmee was het afgedaan.

Tijdens het ontbijt hield Zaron George op schoot om de kat aan hem te laten wennen, en na een paar harde mauwen en één mislukte poging om hem te krabben met zijn nagels stemde George erin toe, en hij liet zich door Zaron aaien en krabbelen. Toen ze klaar waren met ontbijten, lag George te spinnen.

Het leek erop dat zelfs een kat niet immuun was voor de vasthoudende tederheid van Emily's geliefde.

Na het ontbijt gingen ze een wandeling maken – zonder kat, want Emily was absoluut níét snel genoeg om hem te pakken als hij wegrende. Ze bracht iets ter sprake wat haar vanmorgen bezighield. 'Zaron… Mag ik mijn vrienden vertellen waar ik ben en met wie?' vroeg ze terwijl ze onder een guanacaste door liepen op weg naar het meer. 'Ik denk dat Amber zich zorgen zou maken als ze me niet kan bereiken, en ook anderen zullen zich na verloop van tijd afvragen waar ik uithang.'

Zaron keek haar van opzij aan. 'Je kunt ze vertellen

dat je met mij in Costa Rica bent, maar je mag niks vertellen over de nanocyten, en ook het merendeel van wat je nog te weten zult komen is geheim.'

Emily slikte. 'Ik snap het.' Haar leven zou steeds verder verwijderd raken van de normale wereld. Dat was nu al gaande. Dankzij Zaron had ze haar val van die brug overleefd, maar haar oude leven was op die rotsen wel degelijk ten einde gekomen. Al voordat hij haar was komen ophalen in New York was ze veranderd geweest, voorgoed veranderd doordat ze een man had ontmoet die ze in haar stoutste dromen niet had kunnen bedenken.

Geen wonder dat ze zich die zeven weken in New York een zombie had gevoeld. Ze had geprobeerd de oude Emily weer tot leven te wekken, in plaats van vrede te krijgen met degene die ze was geworden.

Ze liepen in een prettige stilte naast elkaar totdat ze bij het meer aankwamen. Het was warm en vochtig en toen ze het heldere water bereikten vonden ze het heerlijk om erin te springen. Ze zwommen meer dan een uur, tot Emily moe werd.

'Word ik sterker als ik de nanocyten heb?' vroeg ze. Ze hield zich vast aan Zarons schouders terwijl hij naar de oever zwom. Het extra gewicht dat hij moest meetrekken vanaf het midden van het meer leek hem niet te deren. 'Zal ik in staat zijn om jou bij te houden?'

'Ik ben bang van niet,' zei hij. Hij stopte en draaide haar om zodat hij haar kon aankijken. Zijn sterke benen werkten in het water om te blijven drijven. 'Je zult niet verouderen en ziek worden, maar je blijft een mens. Omdat de nanoycten alle celschade snel repareren, hoe ernstig ook, zul je wel sneller herstellen na een intensieve work-out. Je uithoudingsvermogen gaat er ook op vooruit. Dus als je veel traint, kun je in veel kortere tijd zo sterk en fit worden als een topatleet.'

'Wauw.' Alleen die gedachte al gaf haar een kick. 'Ik kan niet wachten.'

'Dat hoeft ook niet lang meer,' zei Zaron met een warme glimlach. 'Je krijgt vanavond de nanocyten.'

Hij trok haar naar zich toe en kuste haar met zoveel vuur dat het haar verbaasde dat het water niet aan de kook raakte.

HOOFDSTUK VEERTIG

'Ben je er klaar voor?' vroeg Zaron. Hij hield Emily's hand vast. Er was angst te zien in haar ogen, maar ze tilde haar kin omhoog en glimlachte.

'Ja, natuurlijk.'

'Goed.' Zaron gaf een kneepje in haar hand en keek toen naar Ellet. 'Is alles in gereedheid?'

De bioloog knikte. 'Ik ben er klaar voor. Ik geef je nu een roesje, Emily, is dat goed?'

'Ja.' Emily's glimlach nam wat af en ze kneep harder in Zarons hand. 'Heel even maar, toch?'

'Ja, maak je geen zorgen.' Ellet liep naar haar toe met een klein apparaatje dat deed denken aan een jansha. 'Het zal lijken alsof je gewoon even droomt.'

'Goed, we gaan ervoor,' zei Emily, en Ellet duwde het apparaatje tegen haar hals. Emily's hand werd meteen slap en haar ogen vielen dicht.

'Alles is in orde,' zei Ellet en ze verruilde het jansha-apparaatje voor een ingewikkelder apparaat dat bedoeld was om de nanocyten in te brengen. Zaron begreep dat hij er bezorgd bij had gekeken. Hij wist dat de procedure veilig was – dit werd al duizenden jaren bij mensen gedaan – maar het viel hem alsnog zwaar om Emily zo te zien, bewusteloos en kwetsbaar.

Het deed hem denken aan haar eerste dagen in zijn huis, toen ze herstelde van haar val.

Maar dit was niet zijn huis. Het was Ellets nieuwe lab in Lenkarda, voorzien van de meest geavanceerde medische technologie. Zelfs het simpelste apparaatje hier was geavanceerder dan wat Zaron ook maar in zijn huis had.

Dat zou hem moeten geruststellen, maar de ongerustheid bleef. Het knaagde aan hem als een parasiet. Het risico dat er iets mis zou gaan tijdens de procedure was ongeveer net zo groot als de kans dat de wereld morgen zou eindigen. Toch maakte hij zich irrationeel druk. Als Emily iets overkwam...

Nee. Zo mocht hij niet denken. Hij mocht niet opnieuw hun relatie laten leiden door angst.

'Je houdt van haar, hè?' zei Ellet terwijl de procedure verderging. Zaron rukte zijn blik los van Emily, keek naar de Krinar-vrouw en knikte.

'Natuurlijk,' zei hij met geknepen stem. 'Waarom denk je anders dat ik hier ben?'

Ellet glimlachte. Haar hazelnootkleurige ogen stonden vriendelijk. 'Het komt goed,' zei ze, en hij wist dat ze het niet alleen had over de procedure.

'Ik weet het.' Hij keek weer naar Emily en streelde

de binnenkant van haar hand met zijn duim. 'Ik weet het.'

Hij wist het echt. Het zou altijd zijn grootste nachtmerrie blijven om Emily kwijt te raken, maar hij zou dat niet weer tussen hen in laten komen.

Hun tijd samen was te kostbaar om te laten verpesten door angst.

Emily's hand bewoog ietsje en Zaron werd uit zijn gedachten getrokken. Ze werd weer wakker!

'Alles is in orde,' zei Ellet toen hij haar bezorgd aankeek. 'De nanocyten zitten in haar lijf en doen hun werk. Ik kan het je laten zien.' Ze pakte een klein mesje, waarschijnlijk om Emily een sneetje te geven zodat hij het bewijs kon zien, maar Zaron pakte haar arm vast voordat ze ook maar in de buurt kon komen van Emily's huid.

'Niet doen,' zei hij meteen. Hij wist dat hij overdreven beschermend deed, maar hij kon de gedachte niet aan dat ze op welke manier dan ook gewond zou raken.

Niemand zou haar ooit nog pijn doen als hij het kon voorkomen.

Ellet keek geschrokken, maar herstelde zich snel. 'Zoals je wilt.' Ze trok haar arm los en legde het mes terug op de zwevende tafel. 'Ze zou er niets van hebben gevoeld – ze is nog steeds een beetje verdoofd – maar als je het niet wilt, doe ik het niet.'

'Inderdaad.' Zarons spieren waren tot het uiterste gespannen. 'Ik wil het niet.'

'Zaron?' Emily's stem klonk zacht en slaperig, maar

kwam bij hem binnen als een bliksemschicht. Zijn aandacht was onmiddellijk weer op haar gericht en hij kneep haar slanke hand haast fijn.

'Ik ben er, engel,' zei hij en hij zag haar ogen opengaan. 'Hoe voel je je?'

'Eh...' Ze zag er een beetje gedesoriënteerd uit terwijl ze probeerde overeind te komen. Zaron hielp haar met zijn arm om haar rug geslagen. Haar lange haar kietelde zijn gezicht. De zachte, blonde lokken roken heerlijk en hij inhaleerde diep om haar geur op te snuiven voordat hij haar aankeek.

'Ik voel me niet anders,' zei Emily. Ze knipperde verbaasd naar hem en Zaron glimlachte. Zijn hart stroomde vol opluchting.

Het was goed gegaan. Zijn engel zou nog vele millennia gezond van lijf en leden blijven.

'Je hoort je ook niet anders te voelen,' zei Ellet terwijl Zaron haar in zijn armen nam. 'Niet meteen, tenminste. Mettertijd zul je wat verbeteringen opmerken. Je wordt niet meer verkouden, bijvoorbeeld, en als je ooit gewond raakt, zul je sneller beter worden.'

'Dank je wel, Ellet,' zei Zaron. Hij had er spijt van dat hij daarnet zo hard was geweest. 'Ik waardeer het heel erg.'

'Graag gedaan,' zei ze met een warme lach, en toen ging Zaron ervandoor, met Emily in zijn armen.

GEORGE BEGROETTE HEN MIAUWEND TOEN ZE HET HUIS

binnengingen en Zaron zette Emily voorzichtig op de grond zodat ze zelf kon lopen. Ze zag er niet meer dizzy uit, maar ze was stiller dan anders, waaruit hij opmaakte dat ze nog aan het herstellen was van de procedure.

Hij liet haar een tijdje George aaien, maar toen kon hij niet langer wachten.

'Kom,' zei hij, en hij pakte haar bij de arm en nam haar mee naar de slaapkamer.

'Alweer?' vroeg ze met grote ogen. 'We hebben voor het eten nog seks gehad.'

'Weet ik,' zei Zaron. Hij trok haar jurk uit en raakte meteen opgewonden bij het zien van haar naakte rondingen, maar hij was nu niet op seks uit. Hij trok ook zijn eigen kleren uit, tilde toen Emily op en legde haar op bed. Zelf ging hij naast haar liggen en hij trok haar naar zich toe om haar te knuffelen.

Ze begreep wat hij wilde en nestelde zich tegen hem aan met haar hoofd op zijn schouder en haar been over zijn heupen. Haar borsten voelden zacht en rond tegen hem aan. Haar lichaam paste bij het zijne alsof ze voor elkaar waren gemaakt. Zaron negeerde de lust die door zijn lijf stroomde, hield haar stevig vast en stond zichzelf toe te genieten van het volmaakte gevoel van simpelweg met haar samenzijn... van haar liefhebben. Echt geluk lag binnen hun bereik, en hij was niet meer bang om ervoor te gaan. De pijn van het verlies van Larita zou nooit helemaal weggaan – zijn vroegere partner zou altijd in zijn hart voortleven – maar Emily's liefde maakte het draaglijk.

Emily's liefde maakte het leven weer de moeite waard.

'Ik hou van je, Zaron,' fluisterde ze, en ze keek naar hem op. Hij glimlachte; ze had op de een of andere manier aangevoeld waar zijn gedachten naartoe gingen.

'Ik hou ook van jou, engel,' zei hij zachtjes en hij keek in haar heldere ogen. 'Je bent van mij – nu en voor altijd.'

EPILOOG

Tien maanden later

'GAAT HET GOED?' VROEG ZARON MET ZIJN DONKERE ogen op haar gezicht gericht.

Emily knikte, ook al ging haar hart hevig tekeer. George mauwde in haar armen, dus ze zette hem op de grond. Hij sprong meteen op een zwevende plank – zijn nieuwe favoriete meubelstuk – en begon aan zijn pootje te likken. Hij had geen last van zenuwen.

Emily wel. Het afgelopen jaar was surrealistisch geweest, maar het avontuur dat ze nu op het punt stond aan te gaan, overtrof haar wildste fantasieën. Over twee minuten zou het Krinar-schip waar ze aan boord waren de aarde verlaten, met Emily, Zaron, George en honderden Krinar-wetenschappers aan boord.

Over twee minuten waren Emily en haar kat op weg naar hun nieuwe huis in een ander melkwegstelsel.

Zaron had een eigen kamer voor hen geregeld in de buurt van de romp van het schip zodat Emily een mooi uitzicht had. Van buitenaf zag het kogelvormige schip er niet zo futuristisch uit, maar vanbinnen was het Zarons huis in het kwadraat. Alles was licht en ruimtelijk, vol zwevend meubilair, exotische planten en intelligente Krinar-technologie. Het beste was nog dat de buitenmuren transparant waren, dus Emily zou straks de aarde zien als een astronaut.

'Je zei toch dat we in het begin nog gewoon vliegen?' vroeg ze. Ze keek Zaron aan. 'We gaan niet meteen op warpsnelheid, toch?'

'Klopt,' zei hij, en zijn mooie lippen vormden een glimlach. 'Eerst zijn we een paar dagen onderweg. We moeten voorkomen dat we iets verstoren als we gaan warpen.'

'Ik snap het. Gewoon even warpen, stelt niks voor,' zei Emily. 'Net zo spannend als een wandeling op zondagmiddag.'

'Inderdaad,' zei Zaron en hij stopte een haarlok achter haar oor. 'Je zult net zo snel wennen aan ruimtereizen als aan al het andere.'

Zijn woorden en de blik in haar ogen kalmeerden haar. Zaron had gelijk: Emily paste zich makkelijk aan aan haar nieuwe leven. Ze had New York en haar carrière geen moment gemist terwijl ze in Costa Rica woonde. Al na een maand was ze net zo vertrouwd met de algemene Krinar-toepassingen als met menselijke technologie, en dankzij het taalimplantaat dat ze een week na haar nanocyten had gekregen, had ze zich de afgelopen tien maanden kunnen verdiepen in de Krinar-wetenschap en hun samenleving.

Haar kennis was zo hard gegroeid dat ze nu serieus overwoog haar jeugddroom om de wetenschap in te gaan waar te maken.

Ze had verwacht dat Zaron haar zou uitlachen als ze dat zei, maar hij was dolblij en was meteen begonnen haar alles te leren over de flora en fauna op Krina. Zijn geestdrift werkte aanstekelijk, en nu overwoog Emily ook bioloog te worden.

'Je hoeft het niet nu te beslissen,' zei hij toen ze hem dat idee voorlegde. 'Je hoeft überhaupt niet te beslissen. Velen van ons zijn actief in verschillende vakgebieden, jij kunt dat ook doen. Het is aan jou. Wat je ook gaat doen, je zult er zeker succesvol in zijn.'

Die aanmoediging en steun van Zaron hadden Emily de moed gegeven om naar Krina te verhuizen. Zaron had daar een baan aangeboden gekregen en hij had besloten de banden met zijn familie te herstellen, iets waar Emily volledig achter stond. Het zat haar dwars dat Zaron was vervreemd geraakt van zijn ouders, terwijl die van hem hielden. Ze had hem aangemoedigd om het goed te maken, ook al was ze tegelijkertijd bang dat ze niet achter zijn relatie met haar zouden staan. Zaron had ze vorige maand virtueel gesproken en alles over haar verteld, en hij had tegen haar gezegd dat ze het geen enkel probleem vonden dat ze een mens was. Ze keken ernaar uit om haar te ontmoeten, zei hij, en Emily keek er zelf ook naar uit. Toch maakte het achterlaten van de aarde haar alsnog een beetje nerveus.

Het hielp ook niet dat Amber had gezegd dat ze gek was.

'Je woont nu al bij een alienkolonie, samen met een alien,' had ze tegen Emily gesist toen ze elkaar vorige maand in New York hadden gezien. 'En nu overweeg je naar Krina te verhuizen? Wat ga je daar in godsnaam doen? Je spreekt niet eens hun taal!'

Emily kon haar niet uitleggen dat ze dankzij haar taalimplantaat Krinar sprak, dus ze had niets gezegd toen Amber doorging met allerlei doemscenario's over Emily's leven op Krina. Emily had die waarschuwingen met een korreltje zout genomen. Net als de meeste mensen was Amber zo bang voor de Krinar dat ze weigerde Zaron te ontmoeten. Emily kon niets zeggen om haar gerust te stellen.

Niet alle Krinar waren zo welwillend als Zaron waar het op mensen aankwam, en daarom was ze bang geweest voor de reactie van Zarons familie. Zelfs in Lenkarda, waar de meeste inwoners mensen kenden, had Emily een paar K ontmoet die haar leken te beschouwen als een soort huisdier slash seksslaafje van Zaron.

Als ze niet zo zeker had geweten dat Zaron van haar hield en haar respecteerde, zou ze er niet mee hebben ingestemd naar Krina te verhuizen.

'Engel...' Zaron nam haar gezicht in zijn handen. Zijn warme blik verjoeg de angst die haar alweer had overvallen. 'Je hoeft je nergens zorgen over te maken. Ik ben bij je en ik zorg dat je niets overkomt, goed?'

'Goed,' fluisterde Emily, gerustgesteld door zijn

woorden. Zaron sloeg zijn arm om haar schouders en drukte haar tegen zich aan toen er een soort scheepstoeter klonk. Het schip ging vertrekken.

Vol verwondering staarde Emily door de transparante muur naar de aarde, die steeds verder uit het zicht verdween. De mooie, blauwe bal werd met de seconde kleiner, maar de reis beangstigde haar niet meer. Wat de toekomst ook zou brengen, ze ging ervoor, samen met deze man – de Krinar die haar leven had gered en haar hart had veroverd.

Ze was met Zaron, en dat was het enige wat telde.

HET EINDE

Bedankt voor het lezen! Als je een recensie wilt schrijven, zou ik dat heel erg waarderen.

Het verhaal van Emily en Zaron is afgelopen, maar er zijn nog meer boeken in dit universum:

- *De Krinar-kronieken* - drie romans over Mia en Korum, enkele jaren na de invasie

Als je *De Krinar-kronieken* en *De Krinar-gevangene* leuk vond om te lezen, zijn deze dark romance-boeken van Anna Zaires misschien ook iets voor jou:

- *Verwrongen* – het verhaal van Julian en Nora, dark romance
- *Gevangen* – het verhaal van Lucas en Yulia, dark romance

Wil je een berichtje ontvangen wanneer er weer een boek uitkomt? Schrijf je in voor mijn release-nieuwsbrief via www.annazaires.com/book-series/nederlands.

Sla de bladzijde om voor een voorproefje van *Aanraking, Verwrongen* en *Gevangen*.

FRAGMENT UIT AANRAKING (DE KRINAR-KRONIEKEN: DEEL 1)

In de nabije toekomst hebben de Krinar het voor het zeggen op aarde. De Krinar komen uit een ander universum, zijn veel verder ontwikkeld dan wij en zijn een mysterie voor ons – en wij zijn aan hen overgeleverd.

De verlegen, onschuldige Mia Stalis leidt een serieus studentenleven in New York City. Net als de meeste mensen heeft zij nooit contact gehad met de Krinar. Maar op een dag in het park komt daar verandering in. Korum laat zijn oog op haar vallen en vanaf dat moment heeft ze te maken met een krachtige, gevaarlijk verleidelijke Krinar die haar wil bezitten en zich daar door niets of niemand van laat weerhouden.

Hoe ver zou jij gaan voor je vrijheid? Hoeveel zou jij opgeven om de mensheid te helpen? Welke keuze zou je maken als je begint te vallen voor je vijand?

Ademhalen, Mia, ademhalen. Ergens in haar achterhoofd bleef een rationeel stemmetje die woorden herhalen. In diezelfde vreemd opmerkzame hoek van haar brein viel haar op hoe symmetrisch zijn gezicht was en hoe strak zijn goudkleurige huid om zijn hoge jukbeenderen en hoekige kaaklijn zat. Ze had wel foto's en filmpjes gezien van K, maar die vielen in het niet bij wat ze nu zag. Op een kleine tien meter afstand was het wezen simpelweg adembenemend.

Ze bleef naar hem staren, nog steeds als versteend, en hij rechtte zijn rug en begon naar haar toe te lopen. Of eigenlijk was het meer sluipen, bedacht ze, want zijn bewegingen deden haar denken aan die van een katachtige die een gazelle wilde verslinden. Al die tijd hield hij met zijn blik de hare vast. Naarmate hij haar dichter naderde, zag ze de gele vlekjes in zijn lichtgouden ogen en zijn dikke, lange wimpers.

Ze keek geschokt en ongelovig toe terwijl hij naast haar ging zitten op het bankje, op nog geen halve meter afstand. Hij glimlachte zijn witte tanden bloot. Zijn hoektanden waren normaal, merkte ze op met een of ander nog functionerend deel van haar brein. Niet eens een klein beetje langer dan anders. Dat was een mythe die een tijdlang over hen de ronde deed, net als dat ze niet tegen zonlicht konden.

'Hoe heet je?' Hij stelde de vraag op een haast spinnende toon. Zijn stem klonk laag en prettig, zonder enig accent. Zijn neusvleugels gingen een klein stukje naar buiten alsof hij haar geur opsnoof.

'Eh…' Mia slikte nerveus. 'M-Mia.'

'Mia,' herhaalde hij langzaam, om haar naam te proeven. 'Mia hoe?'

'Mia Stalis.' O shit, waarom wilde hij haar naam weten? Waarom zat hij hier tegen haar te praten? Wat deed hij überhaupt in Central Park? Dit was niet bepaald om de hoek bij de K-Centers. *Ademhalen, Mia, ademhalen.*

'Relax, Mia Stalis.' Zijn glimlach werd breder en er verscheen een kuiltje in zijn linkerwang. Een kuiltje? K hadden kuiltjes? 'Heb je nooit eerder een van ons ontmoet?'

'Nee.' Mia besefte dat ze haar adem inhield en liet hem met een zucht los. Ze was trots dat haar stem niet zo bibberig klonk als ze zich voelde. Moest ze het vragen? Wilde ze het weten?

Ze raapte haar moed bij elkaar. 'Wat eh…' Nog een keer slikken. 'Wat wil je van me?'

'Praten, op dit moment.' De ooghoeken van zijn gouden ogen rimpelden een beetje, alsof hij op het punt stond naar haar te lachen.

Vreemd genoeg maakte dat haar zo boos dat ze geen angst meer voelde. Als er één ding was waar Mia een hekel aan had, dan was het uitgelachen worden. Gezien haar kleine, magere lijf en haar algemene gebrek aan sociale vaardigheden – het directe gevolg van een lastige puberteit waarin ze te maken had gekregen met een beugel die de nachtmerrie was van ieder meisje, pluizig haar én een bril – had ze meer dan genoeg ervaring als mikpunt van spot.

Ze hief haar kin omhoog. 'Goed dan, en hoe heet jij?'

'Korum.'

'Alleen Korum?'

'We doen niet echt aan achternamen zoals jullie. Mijn volledige naam is veel langer, maar als ik je die vertelde, zou je toch niet weten hoe je hem moest uitspreken.'

Hmm, interessant. Ze herinnerde zich dat ze iets dergelijks had gelezen in *The New York Times*. Tot nu toe leek zijn verhaal te kloppen. Haar benen waren bijna gestopt met trillen en haar ademhaling werd weer wat kalmer. Misschien, heel misschien, zou ze dit wel kunnen navertellen. Het praten met hem leek wel veilig, hoewel de manier waarop hij haar met die geelachtige ogen bleef aanstaren zonder te knipperen zenuwslopend was. Ze besloot hem aan de praat te houden.

'Wat doe je hier, Korum?'

'Zoals ik al zei: ik ben met jou aan het praten, Mia.' Hij klonk vermaakt.

Mia zuchtte gefrustreerd. 'Ik bedoel waarom je hier in Central Park bent; waarom je in New York City bent.'

Hij glimlachte weer en hield zijn hoofd een beetje schuin. 'Misschien wel in de hoop dat ik een mooi meisje met krullen zou ontmoeten.'

Oké, nu was het mooi geweest. Hij was haar

duidelijk aan het dollen. Nu ze weer een beetje helder kon nadenken, realiseerde ze zich dat ze midden in Central Park waren, waar ongeveer een triljoen mensen hen konden zien. Ze keek voorzichtig rond om te zien of haar vermoeden klopte. En inderdaad. Hoewel mensen logischerwijs afstand hielden van haar bankje en de buitenaardse man die erop had plaatsgenomen, waren er wat verderop een paar dapper genoeg om naar hen te kijken. Sommigen maakten zelfs voorzichtig opnames met hun smartwatchcamera. Als de K haar iets zou doen, zou het in no time op YouTube staan. Daar was hij zich ongetwijfeld ook van bewust. Restte nog de vraag of het hem iets kon schelen.

Maar goed, aangezien ze nooit een filmpje had gezien van een K die een studente aanvalt midden in Central Park, leek het haar dat ze relatief veilig was. Mia pakte voorzichtig haar laptop op en wilde hem terugstoppen in haar rugtas.

'Laat me je daarmee helpen, Mia…'

Voor ze met haar ogen kon knipperen, voelde ze hem de zware laptop overnemen uit haar plotseling krachteloze vingers. Hij raakte heel licht haar knokkels aan en een gevoel dat leek op een lichte elektrische schok schoot door Mia heen. Haar zenuwuiteinden tintelden ervan.

Hij pakte haar rugtas en stopte de laptop er behoedzaam in, in één soepele beweging. 'Zo, opgelost.'

O god, hij had haar aangeraakt. Misschien was haar theorie over de veiligheid van de openbare ruimte complete bullshit. Ze voelde haar ademhaling weer versnellen en haar hartslag was waarschijnlijk gevaarlijk hoog aan het worden.

'Ik moet nu gaan… Doei!'

Hoe ze het voor elkaar kreeg om die woorden eruit te persen zonder te hyperventileren, zou ze nooit begrijpen. Ze pakte het hengsel van de rugtas die hij zojuist had neergezet en sprong op – haar eerdere versteendheid was opgeheven.

'Doei, Mia. Tot later.' Zijn licht spottende stem klonk door de heldere lentelucht terwijl ze wegliep, zo haastig dat ze bijna rende.

Aanraking is nu verkrijgbaar. Klik HIER om jouw exemplaar te bestellen of ga naar www.annazaires. com/book-series/nederlands om er meer over te weten te komen.

FRAGMENT UIT VERWRONGEN

Ontvoerd. Meegenomen naar een privé-eiland.

Ik had nooit gedacht dat mij dit zou overkomen. Ik had me nooit kunnen voorstellen dat een toevallige ontmoeting aan de vooravond van mijn achttiende verjaardag mijn leven zo volkomen zou veranderen.

Nu behoor ik hem toe. Julian. Een man die even meedogenloos als knap is — een man wiens aanraking me in vuur en vlam zet. Een man wiens tederheid verwoestender is dan zijn wreedheid.

Mijn ontvoerder is een raadsel. Ik weet niet wie hij is of waarom hij me heeft ontvoerd. In hem bevindt zich duisternis—duisternis die me evenzeer aantrekt als beangstigt.

Ik ben Nora Leston. Dit is mijn verhaal.

Het is avond. Ik word elke minuut nerveuzer omdat ik weet dat ik straks mijn ontvoerder weer zie. Niet langer houdt het boek mijn aandacht vast. Daarom leg ik het maar weg en begin te ijsberen.

Ik heb de kleren aan die Beth me gebracht heeft. Zelf zou ik ze niet uitgekozen hebben, maar ze zijn beter dan die badjas. Ik heb een sexy wit slipje aan en een bijpassende beha. Daaroverheen draag ik een leuk blauw zomerjurkje met knoopjes van voren. Het is verbazend hoe goed het past. Misschien houdt hij me al wel langer in de gaten. Misschien weet hij naast mijn kledingmaat nog veel meer van me.

Die gedachten zijn misselijkmakend.

Hoe hard ik ook probeer niet te denken aan wat komen gaat, het lukt me niet. Eigenlijk begrijp ik niet eens waarom ik er zo van overtuigd ben dat hij vanavond naar me toe komt. Misschien heeft hij wel een hele harem aan vrouwen op dit eiland zitten en neemt hij elke avond een ander, net als sultans dat vroeger deden.

Maar ik weet gewoon dat hij eraan komt. Gisteren was gewoon een voorproefje. Hij is nog niet klaar met me – nog lang niet.

Uiteindelijk gaat de deur open. Hij stapt binnen alsof hij de touwtjes in handen heeft, wat natuurlijk ook zo is.

Opnieuw ben ik onder de indruk van zijn

mannelijke schoonheid. Met zo'n gezicht zou hij een model of een filmster kunnen zijn. Als de wereld eerlijk was, was hij klein geweest, of had hij een andere imperfectie gehad om voor die trekken te compenseren.

Maar dat is niet het geval. Zijn lichaam is perfect geproportioneerd, groot en gespierd. Als ik denk aan hoe het was om hem in me te voelen, bespeur ik tot mijn ongenoegen een vlaag van opwinding.

Wederom draagt hij een spijkerbroek en een T-shirt, een grijze ditmaal. Hij heeft groot gelijk dat hij de voorkeur geeft aan eenvoudige kleding. Het is niet of zijn uiterlijk nog extra nadruk nodig heeft.

Hij glimlacht naar me, duister en verleidelijk als een gevallen engel. "Hallo, Nora."

Ik heb geen idee wat ik moet zeggen en daarom flap ik het eerste eruit wat in me opkomt: "Hoelang wil je me hier houden?"

Hij houdt zijn hoofd een tikje scheef. "Hier in deze kamer? Of op dit eiland?"

"Allebei."

"Beth zal je morgen rondleiden. Als je zin hebt, kunnen jullie gaan zwemmen," zegt hij terwijl hij op me af loopt. "Ik houd je niet opgesloten, tenzij je domme dingen gaat doen."

"Zoals?" Mijn hart begint als een gek te bonzen wanneer hij met een hand door mijn haren strijkt.

"Beth of jezelf pijn doen." Zijn zachte stem en indringende blik werken hypnotiserend. Die ritmische strelingen door mijn haar versterken dat effect alleen maar.

Ik probeer de betovering te verbreken door een paar keer met mijn ogen te knipperen. "En op het eiland? Hoe lang ben je van plan me hier te houden?" Nu strijkt zijn hand over de ronding van mijn wang. Even leun ik tegen zijn hand, als een kat die geaaid wordt. Dan besef ik wat ik aan het doen ben, en meteen ga ik weer stokstijf rechtop staan. Aan zijn glimlach zie ik dat hij precies weet welk effect hij op me heeft.

"Lang, hoop ik," is zijn antwoord.

Op de een of andere manier verrast dat me niet. Je neemt niet de moeite iemand helemaal naar een verlaten eiland te brengen als je alleen paar keer seks wilt. Ik ben doodsbang, dat wel, maar niet verrast. Ik verzamel mijn moed en stel de volgende logische vraag: "Waarom heb je me ontvoerd?"

Nu glimlacht hij niet meer. In plaats van te antwoorden, neemt hij me met die onpeilbare blauwe ogen op.

Over mijn hele lichaam begin ik te beven. "Ga je me vermoorden?"

"Nee, Nora, ik ga je niet vermoorden."

Ik weet dat hij zou kunnen liegen, maar toch stelt het antwoord me gerust. "Ga je me dan verkopen?" Ik forceer de woorden naar buiten. "Als een prostituee of zo?"

"Nee," zegt hij zacht. "Dat nooit. Je bent van mij. Alleen van mij."

Ook dat stelt me wat gerust, maar er is één ding dat ik nog moet weten. "Ga je me pijn doen?"

Wederom lijkt het of hij geen antwoord gaat geven. Heel even verschijnt er een flits van iets duisters in zijn ogen.

"Waarschijnlijk wel," zegt hij dan en hij buigt zich voorover om me met zijn warme mond zachtjes op mijn lippen te kussen.

Een moment lang blijf ik als bevroren staan. Ik geloof hem. Ik weet dat hij de waarheid vertelt als hij zegt dat hij me pijn gaat doen. Al vanaf het begin is er iets aan hem dat me angst aanjaagt. Hij is zo anders dan de jongens met wie ik altijd uitging. Volgens mij is hij tot alles in staat. En ik ben volledig aan hem overgeleverd.

Heel even overweeg ik me weer te verzetten. Dat is wat men zou doen in mijn situatie, nietwaar? Dat zou dapper zijn.

Maar ik doe het niet. Ik bespeur een duisternis in hem, een afwijking. Die schoonheid verbergt iets monsterlijks en ik wil niet degene zijn die het wekt. Ik heb geen idee wat er dan zal gebeuren.

Daarom blijf ik doodstil staan en laat ik hem me kussen. Ook wanneer hij me oppakt en naar het bed draagt, verzet ik me niet. In plaats daarvan sluit ik mijn ogen en geef ik me over aan de gevoelens die hij in me oproept.

～

Verwrongen is nu verkrijgbaar. Ga naar mijn website www.annazaires.com/book-series/nederlands voor meer informatie en om je in te schrijven voor mijn releasemailing.

Noot van de auteur: *Gevangen* is een trilogie met donkere romantiek met Lucas en Yulia. Het loopt parallel met enkele van de gebeurtenissen in de *Verwrongen*-trilogie. Alle drie de boeken zijn nu beschikbaar.

~

Ze is bang voor hem vanaf het eerste moment dat ze hem ziet.

Yulia Tzakova is geen onbekende voor gevaarlijke mannen. Ze groeide op met hen. Ze heeft ze overleefd. Maar als ze Lucas Kent ontmoet, weet ze dat de harde ex-soldaat misschien wel de gevaarlijkste van allemaal is.

Eén nacht, dat is alles wat het zou moeten zijn. Een

kans om een mislukte opdracht goed te maken en informatie te krijgen over de wapenleverancier van Kent. Wanneer zijn vliegtuig naar beneden gaat, zou het het einde moeten zijn.

In plaats daarvan is het nog maar het begin.

Hij wil haar vanaf het eerste moment dat hij haar ziet.

Lucas Kent heeft altijd graag langbenige blondines gehad en Yulia Tzakova is zo mooi als ze komen. De Russische tolk heeft misschien geprobeerd zijn baas te verleiden, maar ze belandt in Lucas 'bed - en hij is van plan haar daar weer te zien.

Dan gaat zijn vliegtuig naar beneden en leert hij de waarheid.

Ze heeft hem verraden.

Nu zal ze betalen.

~

Zodra de deur open zwaait, stapt hij naar binnen. Geen aarzeling, geen begroeting... Hij stapt gewoon naar binnen.

Geschrokken zet ik een stap achteruit. De hal lijkt ineens benauwend klein. Ik was vergeten hoe groot hij is, hoe breed zijn schouders zijn. Ik ben lang - lang genoeg om me als model voor te doen als de situatie daarom vraagt - maar hij steekt nog een volle kop boven me uit. In zijn dikke winterjack neemt hij bijna alle ruimte in de hal in beslag.

Zonder iets te zeggen, sluit hij de deur achter zich en komt op me af. Instinctief ga ik achteruit, alsof ik een in de hoek gedreven prooi ben.

'Hallo, Yulia,' prevelt hij. Bij de doorgang naar de woon-/slaapkamer blijft hij staan. Zijn lichte ogen zijn op mijn gezicht gevestigd. 'Ik had niet verwacht je zo aan te treffen.'

Ik probeer mijn zenuwen weg te slikken. 'Ik ben net in bad geweest.' Ik wil kalm en zelfverzekerd overkomen, maar hij brengt me volledig uit mijn evenwicht. 'Ik had niet op bezoek gerekend.'

'Nee, dat zie ik.' Een vage glimlach verzacht de harde lijnen van zijn mond. 'Toch heb je me binnengelaten. Waarom?'

'Omdat ik geen zin had door de deur heen te praten.' Ik haal diep adem. 'Kan ik je een kopje thee aanbieden?' Aangezien hij voor iets heel anders gekomen is, klinkt het stom om te zeggen, maar ik heb een paar minuten nodig om me te herstellen.

Hij trekt zijn wenkbrauwen op. 'Thee? Nee, bedankt.'

'Mag ik dan je jas aannemen?' Ik gebruik beleefdheid als rookgordijn voor mijn onzekerheid. 'Hij lijkt me behoorlijk warm.'

Nu schijnt er geamuseerdheid door in die koele blik van hem. 'Zeker.' Hij trekt het donsjack uit en reikt het me aan. Eronder draagt hij een zwarte trui en een donkere spijkerbroek, die in zwarte sneeuwlaarzen gestoken is. De spijkerstof spant om zijn gespierde dijbenen en kuiten. Aan de riem is een pistool in een holster te zien.

Van die aanblik alleen al versnelt mijn ademhaling. Het kost me moeite mijn handen niet te laten trillen als ik de jas aanpak en in mijn kleine kast hang. Het is niet zozeer een verrassing dat hij gewapend is - het zou eerder verbazend zijn als dat niet het geval was geweest - maar het wapen is een overduidelijke herinnering aan wie Lucas Kent is.

Aan wat hij is.

Het maakt niet uit, houd ik mezelf voor. Ik ben gevaarlijke mannen gewend. Ik ben met ze opgegroeid. Deze man is niet heel anders. Ik ga met hem naar bed, peuter de informatie los die ik krijgen kan en dan verdwijnt hij uit mijn leven.

Zo simpel is het. Hoe eerder ik tot actie overga, hoe eerder het allemaal voorbij is.

Ik sluit de deur en plak een glimlach op mijn gezicht, klaar om mijn rol als zelfverzekerde verleidster aan te nemen.

Maar hij staat al naast me. Blijkbaar is hij zonder enig geluid te maken de hal door gelopen.

Mijn polsslag schiet opnieuw omhoog. Van mijn zojuist hervonden evenwicht is weinig meer over. Hij staat zo dicht bij me dat ik de grijze kleurschakeringen in zijn lichtblauwe ogen kan zien - zo dichtbij dat hij me zou kunnen aanraken.

En een seconde later doet hij dat ook.

Hij heft een hand en laat zijn knokkels langs mijn kaak glijden.

Ik staar hem aan, verrast door de directe reactie van mijn lichaam. Mijn huid wordt warm, mijn tepels worden hard. Mijn ademhaling versnelt. Het slaat nergens op dat deze harde, gewetenloze vreemdeling me opwindt. Zijn baas is knapper, indrukwekkender, maar mijn lichaam reageert op Kent. En hij heeft slechts mijn gezicht aangeraakt. Het zou me niets moeten doen, maar toch voelt het gebaar intiem aan.

Verontrustend intiem.

Ik slik nog een keer. 'Meneer Kent... Lucas, wil je echt niets drinken? Misschien koffie of...' De woorden worden abrupt afgebroken als hij in een kort, simpel gebaar aan de ceintuur van mijn ochtendjas trekt.

'Nee.' Hij kijkt toe hoe de ochtendjas openvalt en mijn naakte lichaam onthult. 'Geen koffie.'

Gevangen is nu verkrijgbaar. Ga naar www.annazaires. com/book-series/nederlands om er meer over te weten te komen.

www.ingramcontent.com/pod-product-compliance
Lightning Source LLC
Chambersburg PA
CBHW060617100726
47907CB00006B/1662